光文社古典新訳文庫

サイラス・マーナー

ジョージ・エリオット

小尾芙佐訳

kobunsha classics

光文社

Title : SILAS MARNER
1861
Author : George Eliot

目次

サイラス・マーナー　5

解説　冨田成子　350

年譜　374

訳者あとがき　380

サイラス・マーナー

幼子はこの世のまたとない贈り物
老いゆくものに希望と
未来を思い見る心をもたらす

ワーズワース

第一部

第一章

その昔、農家のうちで紡ぎ車がせわしない音をひびかせていたころ——綿レースや絹地を身にまとった身分の高い婦人方まで、樫材《かし》を磨きあげた紡ぎ車のおもちゃをもっていたような時代——村の小道の奥まったあたりや丘の中腹を、青白い顔の小柄な男たちがさまよっていたものだ。逞《たくま》しい村のひとたちにくらべると、その姿はまるで絶えてしまった民族の生き残りのように、はかなげに見えた。

怪しげな風体のそんな男たちが、はやばやと暮れる冬の夕空を背に黒々とした姿を丘の上にあらわすと、牧羊犬は烈《はげ》しく吠《ほ》え立てた。背に負った大きな袋に押しつぶされそうな男たちに、尻尾《しっぽ》をふる犬がいるだろうか。この青ざめた顔色の男たちは、出歩くときはかならず、そうした曰《いわ》くありげな大きな袋を背負っていた。羊飼いたちは、袋の中身が、亜麻糸か、亜麻糸で紡いだ反物だと、だれしも承知はしていたし、機織《はたお》りという商売が、自分たちの暮らしに欠かせぬものだということも承知はしていたものの、悪魔の助けがなければ、あんな商売が成り立つわけがないとだれもが信じていた。

こんな昔に、行商人とか刃物研《と》ぎとかいうような、ときたま村にやってくる連中や、いきなりひょっこりと姿をあらわす流れ者たちには、とかく迷信がつきまとい、村人から胡散《うさん》な目で見られたものだ。こうした者の家がどこにあるのか、生まれはどこなのか、だれも知らない。その者の父や母を知るひとと近づきにならぬかぎり、氏素性《うじすじょう》はまったくわからない。こんな昔の村びとたちにとっては、自分が体験したことのない世界は、なんとも不可思議なところだし、その偏狭な頭では、流浪の暮らしがいかなるものか見当もつかない。春に帰ってくる燕《つばめ》の、冬のあいだの暮らしが想像できないのと同じように。

遠い遠い地からやってきた者たちには、たとえこの地に根をおろしても、隣人たちの不信の目がいつまでも注がれており、長年、落ち度ひとつなく暮らしていたにせよ、いったん過ちを犯そうものなら、たちまち、そらみたことかと謗《そし》られる。とりわけ賢いとか、手先がかくべつ器用だとかいう評判がたつと、たちまち白い目で見られる。舌を器用に操るとか、村人には不慣れな技に長《た》けていたりすると、いっそう胡散くさそうな視線が浴びせられた。

氏素性がはっきりしている純朴な村人たちは、それほど賢くもないし利発でもない――せいぜい天候の兆しがわかるくらいの智恵しかない。それゆえ機織りのような手先の器用さを求められる仕事は、村人たちから見ると魔法としかおもえなかった。

こういう次第で、いまは村のあちこちに住みついている亜麻布の機織りたち、遠い町から村に入りこんできた渡り者たちは、純朴な村人にいつまでもよそもの扱いにされ、そのためにおおかたが孤独な暮らしを強いられていた。

十九世紀のはじめのころ、サイラス・マーナーという名の機織りがいた。かれは、ラヴィロー村のはずれにある石積みの小屋で機屋《はたや》を営んでいた。その小屋は、いまは寂《さび》れた採石場にほど近い、木の実のたわわに実る木立のあいだにあった。サイラスの機《はた》の怪しげな音は、村人たちがふだん聞き慣れている唐箕《とうみ》の軽やかな音や、殻竿《からざお》の単調なひびきとはまるでちがうので、ラヴィロー村の子どもたちは、怖いもの見たさの好奇心をかきたてられ、木の実拾いや鳥の巣探しを中途で投げ出して石積みの小屋の窓をのぞきにいく。機のなんとも不思議な動きは怖かったけれども、交互に繰り返される単調な機の音や、屈《かが》みこんで踏み車を踏む機織りの阿呆《あほ》らしいしぐさをはやしたててよろこんでいた。だがときおり、あのサイラスが糸のもつれを直すために手を止め悪童どもの姿に気づくと、表《おもて》の戸を開けて子どもたちをじっと睨《にら》みつける。子どもたちはその目にあうと怖くなって、われ先に逃げ出した。サイラス・マーナーの青白い顔に飛び出しているあの茶色の大きな目が、近くのものしかはっきり見えないなんて信じられなかったが、ぐっと睨みつけるあの恐ろしい目が、たまたましんがりにいた子にひきつけを起こさせたり、くる病にしてしまったという話をどうして信ぜずにいられようか。子どもたちは父親や母親の口から、サイラス・マーナーは、その気になれば、みんなのリュウマチも治せるんだよと聞かされていたかもしれない。またあれは悪魔の手先だから、あいつに頼みこめば、お医者さまの払いも省けるのさと、秘密めかしくいうのを小耳にはさんでいたかもしれない。こうした古い悪魔信仰の名残《なごり》は、老いた農夫たちの話に耳をかたむければ、いまも聞けるかもしれない。

このような無知なひとびとは、力はすなわち慈悲なりとは容易に考えられなかった。日々の暮らしに追いまくられ、熱い信心がもたらす恩恵に浴したこともないひとびとにとって、その心のうちにある見えざる存在とは、一心不乱にお祈りをして、御供物をそなえて、はじめて災いを追い払ってくださるものなのだった。かれらにとっては、悦《よろこ》びや楽しみがおとずれるより、苦痛や災いに見舞われるほうが、はるかに多かった。かれらの想像力には、欲望や希望を育《はぐく》む力はなく、恐怖を生みだす記憶だけがはびこっている。「なにか食べたいとおもうものはありませんか」と年老いた労働者に（作者は）かつて訊《き》いたことがある。不治の病で床につき、連れ合いがすすめる食べ物をいっさい拒んでいた。「いいや」とかれは答えた。「ふだんは同じもんしか食わんしなあ、いまじゃ、そいつが喉《のど》を通らんでなあ」かれは食欲をそそるような食べ物を、思い浮かべることすらできなかったのである。

さてラヴィロー村にも大昔の木霊《こだま》がいまも漂っており、それが現世の声にかき消されてしまうようなこともなかった。この村は、文明果つるところの不毛の地でもないし、痩せこけた羊と小人数の羊飼いしかいないような教区でもなかった。古き良き英国と呼ばれるような肥沃な平野にあって、高額な税を教会におさめている農地もあった。ただあいにくなことに、鬱蒼《うっそう》と樹木の生い茂る盆地にあり、いずれの街道からも、馬の背でたっぷり一時間はかかろうかというところ、乗合馬車のらっぱの音も、いわんや世の中のさまざまな噂《うわさ》などはいっさい聞こえてはこなかった。

村の中心には古びた教会と広々とした墓地がある。塀をめぐらした立派な果樹園をもち、風見鶏などを飾った煉瓦と石造りの広大な屋敷が三棟ほど、教会の向かいの木立のあいだに見える牧師館よりはるかに堂々とした構えで、道路沿いに立っている。つまり、村の社交界の主だったひとびとが、どのようなひとたちかすぐにわかるし、世馴れたひとの目には、近辺に広大な庭園をもつ領主館こそないが、この村には、英仏戦争の時代に、放漫な農場経営ながら、一稼ぎした数人の大地主たちが派手な暮らしをし、クリスマスも聖霊降臨日も復活祭もにぎやかに祝っている、ということは見てとれるだろう。

サイラス・マーナーがラヴィロー村にやってきてからもう十五年になる。来た当時は、青白い顔をした若者だった。茶色の目は近視で飛び出していた。世間並みの教養や経験を積んだものたちからみれば、別に奇人というわけではなかったが、かれが居を定めた近隣のひとびとの目には、その珍しい生業《なりわい》と、北っ方《ノーザード》と呼ばれる、だれも知るもののない地方の出身ということが重なって、いかにも曰くありげな奇人に見えた。その暮らしぶりも同様だった。村びとたちに寄っていけと声をかけることもなく、村に出かけて居酒屋の虹屋で一杯やったり、車大工の店に立ち寄って世間話をしたりすることもない。商いの用事があるとか、日常欠かせないものを仕入れにいくときのほかは、だれともつきあうことはなかった。相手に気がないのに結婚をせまるような男でないことも、ラヴィローの娘たちのあいだにはすぐに知れた——甦った死人みたいな男とはぜったい結婚しないと、娘たちがきっぱりというのが、かれに聞こえたとでもいうようだった。

マーナーが奇人だという意見が生じたのは、あの青白い顔色やあの独特の目のためばかりではなかった。もぐら捕りのジェム・ロドニーがこんな話をした。

ある晩のことだよ、おれが家に戻るとちゅう、やつが重い袋を背負ったまんま、牧場の踏み越し段に寄りかかっているのを見かけたのさ。正気の人間なら、背中の袋はおろして踏み段にのっけるだろ。近づいてみると、マーナーの目は死人のように動かん。声をかけ、体をゆさぶってみると、その手足は硬くこわばっててな、背負った袋をつかんでいる手は、まるで鉄でできてるようだった。こいつは死んどるぞとおもった瞬間、マーナーのやつ、正気を取り戻してな。あっという間だったな。そうして、「今晩は」というなり、さっさと行っちまいやがった。おれはほんとに見たのさ、誓ってもいいぞ、とジェムはいった。なにしろおれはキャス郷士《スクワイア》さまの地所でもぐら捕りをやってたんだからな。

きっと発作でも起こしたんだろという者もいた。とうてい信じられないようなことも、発作というひと言でけりがつく。だが理屈屋でならしている教会執事のメイシーさんは首をふりふり、発作を起こしたのに倒れないのはおかしいといった。発作とは卒中のことじゃないのかね？　卒中が起きると手足が動かんようになるから、頼る子どもがいないとなると、教区に厄介をかけることになるなあ。いやいや、そいつは卒中ではないぞ、だって梶棒のあいだの馬みたいに両足で突っ立っておって、そして「どうどう！」といわれるとさっさと歩きだしたんだろうが。だが魂が体から脱《ぬ》けだすということはあるわな。鳥が巣から飛び立って、また戻ってくるようにな。そうやってひとは利口になるのさ。牧師から教わる以上のことを学ぶんだよ。ところでマーナーの親方は、薬草の知識があるそうだが、いったいどこで仕入れてくるんだろう――ついでにいえば、あのまじないの力もな。

ジェム・ロドニーの話は、マーナーが、サリー・オーツの病を治したことを知るものたちには、得心のいく話だった。サリー・オーツは、医者にかかっていたのだが、二週間あまり心臓が破裂しそうなほどの烈しい動悸《どうき》に見舞われた。マーナーはそれを鎮《しず》めて、二カ月のあいだ赤子のように眠らせてやったそうな。マーナーはその気になれば、ほかにも病を治してやったかもしれんな。だがあいつには用心して口をきくことだ。とんだ目にあうかもしれんからな。

マーナーが、奇人だという理由で、世間から除《の》けものにされることがなかったのは、こうした漠然とした恐れの気持ちがみなにあったからだが、ターリーという隣の教区に住む年老いた機織りが死んだというのも理由のひとつだった。マーナーの機織りとしての腕は、この土地の小金のある主婦たちや、年の末に亜麻糸の蓄えが少々あるつましい農夫たちには重宝な存在だった。とにかくそういう思いが、嫌悪感だの疑惑だのを跳ね返したし、マーナーの織る反物は、尺や質もターリーの機屋に劣ることはなかった。

こうして歳月は流れていったが、マーナーに向ける世間の目は変わることはなかった。ただ目新しかったものが、日常のことになったにすぎない。十五年の歳月が経《た》っても、ラヴィローのひとびとが、マーナーについていうことは、はじめのころと同じだった。しじゅうひとの口にのぼることはないものの、だれもが、いつまでもそうしたことを信じていた。ただ積もる歳月とともに、ひとつだけ話につけくわえられたことがある。つまりマーナー親方は、大金をどこぞに貯めこんでいるという噂。それも自分より偉いひとたちの所有物を買い取れるほどの大金だと。

マーナーに対する世間の意見はほぼ固まって、そのふだんの生活にも目に見えるような変化はほとんどなかったが、マーナーの心の内は、そのあいだにきわだった変化をとげていた。内にあった熱いものが冷え、孤独な生活を送らざるをえないときにそうなるように。ラヴィローにくる前のかれの生活は、日々の暮らしや、知的な活動や、親密な人づきあいなどで満たされていた。それは、いうなれば、いまも当時も変わらぬ小さな宗派のなかに組みこまれた職人の生活というものだった。そこでは、ひどく貧しい信者でも、弁が立てば重用される機会もあった。マーナーも、ランタン・ヤードの教会の信者たちのあいだでは一目おかれ、模範的な暮らしを営み、熱烈な信仰をもつ若者と信じられていた。ところがある出来事をきっかけに、かれに大きな興味が寄せられるようになったのである。

あるときかれは教会の祈禱《きとう》会で倒れ、不可思議な硬直状態と一時的な意識喪失におちいり、その状態が一時間以上もつづいたので、もう死んだものと勘違いされた。牧師や信者仲間はもとより、サイラス自身もこうした現象について医師の見解を仰ごうとはしなかった。みながが、その場に存在したかもしれない霊的なものを無視できなかったのである。サイラスは、明らかに特別な苦行を課せられた信徒かもしれぬと、みなは考えた。だがサイラス自身は、自分が失神状態にあるあいだに霊的な幻像が全く見えなかったために、この現象を説明することができなかった。だがかれ自身もまわりのひとびとも、いずれは天啓という光が閃《ひらめ》き、その効果が目に見えるはずだと信じていた。不誠実な人間であれば、記憶が甦ってきたと偽り、霊的現象をみずからでっちあげる誘惑に駆《か》られたかもしれない。分別の足らぬ者ならば、そうした作りごとを信じたかもしれない。だがサイラスは分別ある誠実な人間だった。もっとも大方の分別もあり熱意もあるひとたちのように、教養というものが、その神秘的な感覚の進むべき道を示してくれるということはなかった。またひとに問うて、知ろうという正しい道筋も見えなかった。

かれは母親から薬草とその調合法の知識を受け継いでいた――それは母親が貴重な遺産としてかれに残したささやかな智恵袋だった――だがのちのちかれは、この知識をひとに応用することが正当なことかどうか、疑いをもつようになった。薬草というものは、祈りがなければ効果はなく、祈りは薬草がなくとも十分な効果があったからだ。したがってジギタリスやタンポポやフキタンポポを求めて野原をさまよう悦びは、まるで悪魔の誘惑の手のようにおもわれてきたのである。

同じ教会の信者仲間に、かれよりいくつか年上の若者がいた。ふたりは長いあいだ深い友情で結ばれてきたので、ランタン・ヤードの信者仲間は、ふたりをダビデとヨナタンと呼ぶようになった。この友人の本名は、ウイリアム・デイン。若き信者の鑑《かがみ》のように見られていたが、信心の足りない者には厳しく、己《おのれ》の才能に目が眩《くら》んで、自分は師より賢いのだと思いこんでいた。だがこの男の欠点をだれが認めようとも、腹心の友であるサイラスからみれば、なにひとつ欠点のない人物だった。なにしろサイラスは、もともと自分に自信というものがなく、まだ未熟な年ごろでは、高圧的な物腰に敬服もし、自分にはないものと頼りにもした。サイラスの顔に浮かぶ、ひとを信じてやまない純真な表情、ひとを疑うことを知らないあの無防備さ、そしてあの飛び出した大きな目にうかぶ鹿のような無力な表情は、ウイリアム・デインのつり上がった細い目と、きっと結ばれた唇に隠されている得意の色とは、きわだった対照を見せていた。

このふたりのあいだにひんぱんにのぼる話題のひとつは、救いについての確信ということだった。サイラスはせいぜい恐れをまじえた希望があるだけだと白状した。ウイリアムが、救いについては揺るぎない確信をもっているといいきったときには、烈しい羨望を覚えたものだった。なにしろかれはキリスト教に帰依したとき、『召されし事と選ばれし事を堅うせよ』という御言葉が、開いた聖書の白い頁にはっきりと浮かんでいる夢を見たのだそうだ。こうした対話は、青白い顔の機織りたちのあいだで取り交わされたものだ。かれらのまだ成長していない魂は、夕闇のなかに見捨てられた幼い小鳥のようだった。

疑うことを知らぬサイラスは、自分の親密な異性関係によってこの友情にひびが入ろうとは夢にもおもっていなかった。数カ月ほど前から、かれは若い召使女と契《ちぎ》りを交わしており、たがいの蓄えがもう少し増えたら結婚しようと考えていた。日曜日にふたりが会うときに、ときたまウイリアムが同席しても、サラがいやがらなかったのを、とてもうれしくおもっていた。祈禱会の折りにサイラスが強硬症のような発作を起こしたのはこんなころだった。仲間の信者たちは好奇心に満ちたさまざまな質問をかれに向けたが、その質問はどれもこうした特別の仕打ちを受けたサイラスに同情するものだった。だがウイリアムの意見はそうではなかった。自分の見るところ、サイラスを襲ったこの昏睡《こんすい》状態は、神の恩寵《おんちょう》の証《あかし》というより、悪魔の訪れを示すようにおもわれるといった。おまえは、自分の魂のうちに呪われたものを秘めているのではないか、よく考えてみろと友を戒めたのである。サイラスは、これを兄弟おもいのありがたい忠告と受け止め、怒りは感じなかった。とはいうものの、友が自分に疑いをもったことに心が痛んだ。また自分に対するサラの態度に妙な動揺が見えるようになったのも気になった。わざとらしく好意を示そうという様子が見えたかとおもうと、嫌悪の情がありありとあらわれる。婚約を解消したいのかと問えば首をふる。婚約したことはすでに教会の知るところだし、祈禱会でも二人の婚約は認められていた。厳しい詮議《せんぎ》がないかぎり、婚約を解消することはできない。土地のひとたちが納得するような理由を、サラはいいたてることはできなかった。

そんな折りも折り、教会の上級執事が重い病の床についた。執事は子どものいないやもめ暮らしだったので、若い男女の信者たちが、夜昼となく看病にあたった。サイラスもウイリアムと代わりあって夜番をつとめ、午前二時に交代するようにしていた。老執事は、予想に反して徐々に快復するように見えたが、ある晩、サイラスが付き添っていると、いつも聞こえている老人の息遣いが止まっているのに気がついた。蠟《ろう》燭《そく》の火は小さくなっていたが、かれはそれを掲げて老人の顔をじっと見つめた。老執事が息絶えているのはたしかだった。それもしばらく前に死んだのはまちがいなかった。なにしろ手足が硬直していたから。

サイラスは、自分が眠っていたのだろうかと、時計を見た。すでに午前四時、交代の時間はとっくに過ぎていた。ウイリアムはどうして来なかったのだろう？　ひどく不安になり、助けを求めにいくと、すぐさま友人たちが駆《か》けつけてきてくれ、そのなかには牧師さまもいた。サイラスは自分の仕事場にもどりながら、ウイリアムに会って、なぜ交代の時間にあらわれなかったのか、その理由を問いただしたいとおもった。だが六時になり、ウイリアムを訪ねようと思っている矢先に、当の本人がやってきた。それも牧師さまを連れて。ふたりはサイラスにランタン・ヤードまで来るようにと、そこで教会の信者たちが待っているからといった。なぜそこに呼び出されるのかと、その理由を尋ねても、「行けばわかる」というばかりで、それ以上なんの言葉もなかった。

サイラスは、教会の聖具室で、牧師さまの前にすわらされ、信者たちの重々しい視線にさらされた。牧師さまはおもむろに小刀をとりだし、サイラスに見せ、おまえはこの小刀をどこにおいてきたか覚えておるかと尋ねた。それはポケットに入れておいたもので、それをどこかにおいてきたという覚えはありませんとサイラスは答えた——この妙な質問に、おもわずサイラスの体は震えた。かれはそこで牧師さまから、己の罪を隠さず告白し懺悔《ざんげ》せよと厳しくいいわたされた。この小刀は亡くなった執事さまの寝床のわきにある書き物机のなかにあった——そこには教会の金の入った小袋もあったはず。牧師さまは前日たしかにその小袋を見たのだという。だがだれかの手がその小袋をとりだした。その人物が小刀の持ち主でないというなら、いったいだれの手だというのか。

サイラスはしばらくのあいだ驚きのあまり口がきけなかった。やおらかれはいった。

「神さまがわたしの潔白をお示しくださいます。わたしの小刀がそんなところにあったことも、金がなくなったことも、わたしはまったく知りません。わたしの体を、わたしの住居をお探しください。これまでに蓄えた三ポンド五シリングのほかはびた一文見つかりゃしません。その金はこの六カ月わたしの手もとにあったものです。ウイリアム・デインが知っとります」

この言葉にウイリアムはうめき声をあげたが、牧師さまはこういわれた。

「動かぬ証拠があるのだよ、ブラザー・マーナー。金は昨夜の明け方に盗まれたのだ。そのころ、いまは亡き執事さまのおそばにおったのは、おまえをおいてほかにおらん。ウイリアム・デインがはっきりと申し立てておる。自分は急病のために、いつもの交代時間に行くことができなかったと。おまえはその口から、ウイリアムは来なかったといったではないか、それにおまえは、執事さまの亡骸《なきがら》をほうっておいたではないか」

「わたしはきっと眠っておったのです」とサイラスはいった。ちょっと間をおいて、かれはこうつけくわえた。「さもなければわたしは、みなさんもこれまで見たことがおありでしょうが、例のあの発作に見舞われていたにちがいありません。ですから盗人《ぬすっと》は、わたしの魂が、この体のなかにいるときではなく、いないときにやってきて、そして立ち去ったにちがいありません。もう一度申します。どうかわたしの体を、わたしの住居をくまなく探してみてください。わたしはほかにはどこにも行っておりませんから」

捜索が行われ、そして終わった——だれもが知っているあの袋がからっぽになって、サイラスの居室の箪笥《たんす》のうしろに押しこまれているのをウイリアム・デインが発見したのである！　ウイリアムはこれを見ると、友に白状せよと、己《おの》が罪をもはや隠してはならぬと厳しく責めたてた。

サイラスは友をきっと睨みすえてこういった。「ウイリアムよ、九年ものあいだ、わたしらは変わらぬ友だったが、これまでわたしが嘘をついたことが、一度でもあったかね。神さまがきっと、わたしの身にふりかかった疑いを晴らしてくださるよ」

「友よ」とウイリアムがいった。「おまえが悪魔に従うために、心のなかでこっそりと行なったことが、なんでこのわたしにわかるというのだ？」

サイラスは友をなおもじっと見つめていた。その顔がふいに真紅に染まった。烈しくいいかえそうとしたその瞬間、心の奥を襲った衝撃が、ふたたびかれの口をつぐませた。その顔に血がのぼり、かれは震えだした。そしてとうとうかれはウイリアムを見すえながら、弱々しい声でこういった。「思い出したよ――あの小刀は、もともとわたしのポケットにはなかったんだ」

ウイリアムがいった。「なにをいっているのやら、さっぱりわからんよ」

一座のひとびとは、では小刀はいったいどこにあったのかと口々に問いただした。だがサイラスは、それ以上の説明はしたくなかった。かれはこういっただけだった。

「あまりにも辛くて、これ以上はなにも申せません。神さまが、わたしの身の証をた

てください ます」

一同は聖具室にもどり、さらに評議がつづけられた。犯人を特定するために法的手段に訴えることは、ランタン・ヤードの教会の根本方針に背くことだった。たとえそれが、教区の恥にはならないような事件であっても、起訴するということは、キリスト教徒としてはあるまじきことだった。したがって真実を突き止めるには、ほかの手段をとらねばならなかった。かれらが決めたのは、祈りかつ御神籤《おみくじ》をひくということだった。このような方法は、町の裏通りで営まれる宗教生活になじんだことのあるひとびとなら、いまさら驚くこともないだろう。サイラスは、教会の兄弟たちとともにひざまずいた。己の潔白は、神さまがすぐにも証明してくださるとおもってはいたものの、たとえ身の証がたったにしても、悲しみや嘆きは残るだろうと――ひとびとに対する信頼がいたく傷つけられるだろうということはわかっていた。

御神籤は、サイラス・マーナーが有罪であると告げた。かれは教会員としての身分を剝奪《はくだつ》され、盗んだ金を弁済せよと命じられた。悔い改めの証としては、自白しかなかった。自白さえすれば、教会員としてふたたび受け入れられるというのである。サイラスは黙ってきいていた。最後にみなが立ち上がって帰ろうとしたとき、かれは、ウイリアム・デインにつかつかと歩みより、興奮のあまり震える声でこう告げた。

「わたしが自分の小刀を最後に使ったのは、おまえのために革紐を切ってやったときだよ。そのとき小刀をポケットに戻したかどうかは覚えていない。おまえがあの金を盗み、わたしに罪をかぶせるという筋書きを考えだしたのだね。それでもおまえは成功するだろう。この世を正しく治めてくださる正しい神ばかりじゃない、無実の者をおとしめるような、嘘つきの神さまもおいでになるのさ」

神を冒瀆《ぼうとく》するこの言葉に、だれもが身震いした。

　ウイリアムはおとなしくこういった。「これが悪魔の声であるかどうかは、兄弟たちの判断にまかせましょう。わたしはおまえのために祈るだけだよ、サイラス」

　哀れなサイラスは、絶望にうちひしがれた心を抱いて外に出た。――それは神と人への信頼を揺るがせ、情愛深い人間にとっては、頭がおかしくなったのではないかとさえ感じさせた。傷つけられた心の痛みを味わいながら、かれはこうおもった。「あの女《ひと》も、わたしを捨てるかもしれない」そしてこう考えた。「あの女が、わたしに不利な証言を信じないとしても、あの女の信仰もわたしと同じように覆されるにちがいない」と。

　宗教的な感情と一体化した宗教上の形式というものを理性的に判断することに慣れているひとたちは、その形式と感情とを切り離して考えられぬ無知で単純なひとたちの心のなかを理解することはむずかしいのである。マーナーのような立場におかれた人間は、御神籤をひくことによって神の裁きを得ることが正しいのかと考えるべきなのかもしれない。だがそれはかれがいままで経験したことのないこと、つまり自分が独力で考えねばならぬということだった。そうするためにかれは、己の力をつくして、失われた信仰心という烈しい苦痛とたたかわなければならなかったにちがいない。人間の罪ばかりでなく、人間の悲しみも記録する天使がいるならば、なにびとも責められぬ誤った考えによって生じた悲しみというものがいかに多く、いかに深いかを記すことになるだろう。

マーナーは家に戻ると、終日ひとりですわりこんでいた。深い絶望にうちひしがれ、サラを訪ねて己の無実を信じてもらおうという気力すらなかった。二日目には、心を萎《な》えさせる不信感から逃れるために、いつものように機の前にすわって、せっせと仕事をした。さほどの時間が経たぬうちに、牧師と執事が、サラからの伝言をたずさえてやってきた。かれとの婚約はなかったものにしてほしいというのであった。サイラスは無言でその伝言を聞きおわると、使者たちに背をむけ、ふたたび機の前にすわった。

それからひと月余りが経ち、サラはウイリアム・デインと結婚した。それからほどなくして、サイラス・マーナーが町を出たことが、ランタン・ヤードの信者たちのあいだに知れわたった。

第二章

学ぶことによって、さまざまな生き方をしてきたひとたちでも、見知らぬ土地にいきなり移されて、こちらの素性も知らぬ、分かちあうものもないひとびとに囲まれたらどうだろう。これまでの人生観や、神への信仰も貫くことができなくなる、いやそれどころか、過去の悦びも悲しみも現実味を失ってしまうだろう——そのように、これまでの信仰や愛情を失ってしまったひとは、〝忘却の河〟ともいうべき、この流浪の生活を求めるだろう。そこでは母なる大地は見覚えのない懐《ふところ》を広げ、そこに住むひとびとの暮らしも、自分たちの魂が育まれたところの暮らしとはまったく違っている。そこでは過去は形を失い、またいかなる記憶ともつながらぬ、夢のようにぼんやりと捉えどころのないものになるだろう。

だがそうした経験をもつひとびとも、サイラス・マーナーのような純朴な機織り職人が、故郷を去り、親しいひとたちのもとを去って、ラヴィロー村に移り住んだとき、どんな思いをしたか、想像もつかないだろう。広々とした丘陵にかこまれた風景のなかにあった生まれ故郷とはなにもかもが違う。ここは樹木が鬱蒼と生い茂る低地、人目をさえぎる木々や生け垣に、天空を仰ぎ見ることさえ阻《はば》まれるような土地だった。ここにはなにもなかった。早朝の静けさのなか、起き上がって外を眺めても、そこにあるのは露でぬれた野いばらの茂みか、伸び放題の草むらが広がっているばかりで、ランタン・ヤードの中心で営まれていたあの暮らしとは別世界だった。ランタン・ヤードはかれにとって天から授けられた祭壇だった。白い塗り壁、小さな腰掛け、顔馴染《なじ》みのひとたちが、かすかな衣《きぬ》ずれの音をたてながら教会堂にひっそりと入ってくる。そして聞き慣れた声が最初のひと声を発し、そしてつぎつぎと声がくわわり、祈りの言葉が流れていき、あの神秘的な楽句が発せられる、胸につけられた護符のように。説教壇では牧師さまがあくまでも正しい教義を説き、半身を前後に揺すりながら慣れたしぐさで聖書を手にされる。聖歌が二行ずつ読みあげられ、切れ目ごとに歌声が響きわたる——こうしたことはマーナーにとって、信仰心を育む場だった——かれらはキリスト教徒であり、そこは地上における神の王国だった。機屋には、聖歌集のなかのむずかしい言葉の意味はまったくわからない。幼子《おさなご》が親の愛情などは知らずに、ただその顔や膝《ひざ》を覚えていて、慰めと食べ物を求めて両手を伸ばすようなものだった。ラヴィロー村とランタン・ヤードと、これほど違いのある世界はないだろう。ラヴィローでは、果樹園はろくに手入れもされず、果実がどっさり実ったまま。広い墓地のある大きな教会はあるが、ひとびとは礼拝の時間になっても、自分たちの家の戸口に立って、ぼんやりと外を眺めている。赤ら顔の農夫たちは、小道をとぼとぼと家路に向かうか、途中で居酒屋の虹屋に立ち寄る。どこの家でも男たちはたっぷりとした夕餉《ゆうげ》をとり、暖炉の火明かりを浴びて眠りにつき、女たちは先行きの暮らしに備えて亜麻布をためこんでいるらしい。

マーナーの麻痺《まひ》した信仰心に痛みをあたえるような言葉は、ラヴィロー村のひとたちの口から洩れることはない。むかしむかしは、それぞれの土地に、それぞれの神が住み、支配しておられると信じられていた。だから国ざかいの丘をのぼっていけば、生まれた土地の神さまの手が届かぬところに行くことができた。その土地の神々は、ひとが誕生以来住んでいる土地の川や森や丘から出ていくことはできないのだった。哀れなマーナーがぼんやり感じていたのは、意地の悪い神さまの前から怯《おび》えつつ逃げ出した太古のひとたちの気持ちに似たようなものだった。ランタン・ヤードの町で、あるいは祈禱会で、マーナーが漠然と信じていたあの力は、かれが逃げ場としたこの土地からは遠くはなれているようにおもわれた。この土地のひとたちの暮らしは、やりたい放題、かれが苦い目にあったあの信仰というものはいっさい要らなかった。かれが守っていた小さな光は、周囲をわずかに照らすだけで、失われた信仰は、夜の闇の大きな帳《とばり》となってかれを包みこんだ。

あの衝撃からなんとか立ち直り、かれが真っ先にしたのは、機を動かして布を織ることだった。かれは休むひまもなく織りつづけた。ラヴィローにやってきたいま、自分が昼夜を問わず織りつづけているのはなぜか、オズグッド家の奥方のテーブル掛けを、頼まれた日より早く仕上げようと夜更けまで織りつづけるのはなぜか、その理由を自分に問うこともなく、奥方がさしだす織り賃のことを考えることもなかった。まるで蜘蛛《くも》のように、なにを考えるでもなく、ただ本能のおもむくままに、ひたすら織りつづけた。どんな人間でも、やみくもに仕事をしていると、仕事をすること自体が目的となってしまうものだ。そしてその仕事がかれの空疎な暮らしを埋めてくれる。サイラスの手は杼《ひ》を投げることに満足し、その目は、自分の動く手の下で小さな四角形の布地となっていくのをひたすら見つめる。やがて腹が空く。独り身のサイラスは、朝昼晩と自分で食事を作り、井戸から汲んできた水を薬罐《やかん》に入れて火にかける。こうした日常の雑事にくわえて、機織りの仕事に追われるかれは、さながらせっせと糸をつむぐ蜘蛛のようだった。

過去は思い出したくもなかった。自分のまわりにいる他人に、愛情や友情を感じることもなかった。前途は闇だった。自分を見守ってくださる神さまがいないからだ。

頭のなかは、ただ混乱するばかり、これまでほそぼそと通っていた道は閉ざされてしまったし、愛情も、もっとも鋭敏な神経を傷つけられたために死んでしまったようだった。

だがようやくオズグッドの奥方のテーブル掛けができあがり、サイラスはその代金を金貨で受け取った。生まれ故郷の町での稼ぎは、卸売商のもとで仕事をしていたので、たいそう少なかった。賃金は週ごとに支払われたが、その大部分は、信心や慈善のために使われていた。かれはいま、生まれてはじめてぴかぴか光るギニー金貨を五枚も、その手に握っていた。この金の分け前を待っている人間はいないし、分け前をあたえたいとおもう人間もいなかった。ただ機を織るだけの、えんえんとつづく日々の、その先になんの希望も見えない人間にとって、ギニー金貨がなんになろう? かれにそんなことを尋ねる必要はなかった。その金貨を握って、その感触を愉《たの》しみ、その面の輝きを見て目を愉しませる。しかもそれがぜんぶ自分のものなのだ。布を織ることと飢えを満たすこと、これまたひとつの生き方だ。だがそれは、あの信頼と愛情に満ち足りた生き方とはまったくかけはなれている。サイラスの手は、まだその掌が大きくならぬうちから、苦労して稼いだ金の重みは知っている。二十になるまで、この不可思議な金というやつは、サイラスにとっては地上の善のしるし、そしてこつこつと苦労して手に入れるものとして存在していた。その一ペニーごとに、それぞれの使い道があったころは、それに愛着があったわけではない。そのときは、ただその使い道を愛していた。だがそうした使い道がいっさい失われたいまは、得た金を眺め、努力が報われたという満足感でその金を握っている。この習慣は、やがて欲望という種を肥沃な大地に蒔《ま》くようになった。サイラスは、黄昏《たそがれ》のなか、野原を突っ切って家に帰るみちみち、もらった金貨をとりだして、深まっていく暗闇のなかでそれを眺めた。するとそれはいっそう明るく輝きを増していくようにおもわれた。

さてこのころ、ある出来事があり、それが近隣のひとたちとつきあうきっかけとなった。ある日のこと、サイラスが靴を修理してもらおうと靴屋に出かけていくと、靴屋のおかみさんが炉ばたにすわりこんでいた。顔がひどくむくんで、心臓病の恐ろしい徴候を示しており、おかみさんはたいそう苦しんでいた。自分の母親が死にかけたときの前兆を思わせた。目の前の光景と、かつての母親の記憶とがいりまじって、哀れみがどっと胸にこみあげた。そしてかれは母親が見つけてきたジギタリスの煎《せん》じ薬で、母親の苦痛が和らいだことを思い出した。医者さまが投げ出したのなら、きっと楽になるものをもってきてあげましょうと、かれはおかみさんのサリー・オーツに約束した。こうして他人に情けをかけたことで、サイラスはラヴィロー村に来てはじめて、自分の過去と現在がしっかりとつながったような気がした。これは虫けらのような存在になっていた自分を救い出してくれるきっかけになるかもしれない、とサイラスはおもった。

ところがサリー・オーツのほうは、この病のおかげで、近隣のひとたちのあいだで、興味津々の重要人物になってしまったのである。サイラス・マーナーの薬を飲んで、病の苦しみが和らいだという噂が世間にぱっとひろまった。医者のキンブル先生の薬を飲んで病が癒えたというのは当たり前の話だが、一介の機織り職人、それもどこから来たのやら、だれも知らない人物が茶色の水で奇跡を起こしたとあっては、それが摩訶不思議《まかふしぎ》な奇跡であることはまちがいない。こんなことは、ターリーの巫女《みこ》さまが死んでからこのかた聞いたことはない。巫女さまは薬といっしょに呪文も使った。子どもがひきつけを起こすと、だれでも巫女さまのところに駈けつけたものだ。サイラス・マーナーもきっと同じ仲間にちがいない。サリー・オーツの病を癒したあの術をどうやって知ったのだろう。巫女さまは口のなかで呪文を唱えるので、なにをいっているのかわからなかった。子どもの爪先を赤い糸でしばらくくくっておく、そうやって頭に水が溜《た》まるのを防ぐのだ。あの当時のラヴィロー村には、巫女さまにもらった小さな袋を首にかけている女たちがいたが、そうしていれば阿呆な子は授からないといわれていた。

サイラス・マーナーもそれと同じようなことができる、いや、それ以上のことができるとすると、かれがどうしてだれも知らぬ土地からやってきたのかということも、たいそう風変わりな顔をしているということも納得できる。だがサリー・オーツはこのことを医者さまには話さないように気をつけていた。医者さまがサイラスをぜったい認めないことはたしかだから。医者さまはいつもあの巫女さまに腹をたてていた、あの女のところにいくやつは、今後いっさい診てやらぬとみなを脅していた。

いまやサイラスの小屋には、百日咳を鎮めてほしいとか、乳が出るようにしてもらいたいという母親たちや、リュウマチを治す薬や、手にできたいぼをとる薬を求める男たちが押しかけてきた。かれらは、サイラスに断られないように、銀貨を握ってやってきた。サイラスは、まじないや何種類もの薬草でたんまり稼ぐことができたかもしれない。だがこんな暮らしに、金などなんの魅力もなかった。かれはひとびとを欺《あざむ》くという術を学んだことはない。だから日増しに烈しい苛立《いらだ》ちをおぼえながら、押しかけてくるひとびとをすげなく追いかえすようになった。なにしろかれの占いびととしての評判が、ターリーまで広まってしまい、助けを求めてはるばる歩いてやってくるひとびとが絶えなかった。だがかれの智恵にすがろうという望みは、そのうちに恐怖に変わった。サイラスがなにしろ自分はまじないなど知らないし、病を癒すこともできないのだと、いくらいってもだれも信じようとしなかった。かれに相談をもちかけようとしたあとで事故に遭《あ》ったとか、発作がぶりかえしたとかいうようなひとたちが、その不運をマーナー親方の悪意のせい、あの敵意のこもった苛立つ目つきのせいにした。そんなわけで、サリー・オーツによせた哀れみの情も、血のつながったもの同士のような親愛の情をかれにもたらしてくれただけで、けっきょく近隣のひとびとのあいだには深い溝をつくり、かれはいよいよ孤立していった。

そうこうするうちにギニー金貨、クラウン銀貨、半クラウン銀貨が小山のように積みあがっていき、マーナーは、欲しいものもできるだけ切り詰めて、一日十六時間の労働に耐える体を最小限の出費で保持することに専念するようになった。独房に閉じ込められた人間が、時をはかるために独房の壁に短い線を刻んでいき、ついにはそれがたくさんの三角形を作りだす、そんなことが囚人の生きがいになるというようなことはないだろうか。われわれもなにもすることがないようなときに、ちょっとした仕草をくりかえしたり、音をたてつづけたりする。そのうちに、いつもそうしないではいられなくなる、というようなことはないだろうか。金を貯めこむのもそれと同じ、かくべつ目的もなく金を貯めはじめたひとが、金が貯まるにつれ、貯めるというそのことだけに情熱を傾けるようになる。

マーナーは十枚の金貨がやがては十倍になり、さらに何倍にもなるのを願っていた。金貨を貯めること、それだけで満足なはずだが、さらに新しい欲望がめざめる。この奇妙な世界、マーナーにとっては絶望的な、謎でしかない世界にあって、かれがもしもっと弱気な性格であったなら、ただ機の前にすわって、ひたすら織りつづけたことだろう——織物の紋様が仕上がっていくのを、布が織り上がっていくのを、ただ眺めていたことだろう。だが金が入ってきて、仕事にひと区切りがつく。そうして金は増えていき、かれの手もとに残る。金は、機のようにわたしの存在を感じているのではなかろうかとかれは考えるようになる。この金貨をほかの貨幣に替えようとはおもわない。いまでは自分の親しい友なのだ。ほかの貨幣はどれも見馴れぬ顔だった。マーナーは金貨をその手で慈しみ、数をかぞえ、その形や色は、かれの渇きを癒してくれた。

かれが金貨をとりだして、それとの交わりを愉しむのは、いつも夜だけ、仕事を終えたあとだった。機の下の床の煉瓦を何枚かはがし、そこに穴を掘り、金貨と銀貨の入った鉄の壺をその穴に入れると、煉瓦を置きなおしてその上に砂を敷いた。盗まれるのではないかという不安に脅かされていたわけではない。このころの田舎では、金をひそかに蓄えるのは当たり前のことだった。ラヴィロー村の教区の年老いた農夫たちは、貯めた金を、おそらくは藁《わら》ぶとんのなかに隠していたようだが、質朴な隣人たちは、おそらくアルフレッド大王の御世のご先祖たちのように、みながみな正直者だというわけではないものの、盗みを企むほど大胆な想像力をもつものはいなかった。盗んだ金と知られずに、自分の村でその金を使うことは不可能だった。盗んだ金をもって村を出奔しなければならない――風船旅行のように、暗く心もとない行く手だが。

そんなわけで、来る年も来る年も、サイラス・マーナーは、まことに孤独な生活を送っていた。ギニー金貨だけが、鉄の壺にみるみる貯まっていき、その暮らしはいよいよ狭く、凝り固まったものになり、欲と欲を満たすものだけが脈うつばかり、そのほかの暮らしとはなんの関わりももたなかった。かれの日々の暮らしは、ただひたすら織り、ひたすら貯めるというだけのものだが、そんな暮らしにはいつか終わりがくるというようなことは考えもしなかった。たとえかれより賢い者であろうと、信頼と愛情を断ち切られたら、同じような道をたどるだろう（ただ賢人であれば、織機や金貨にすがるかわりに、学問に打ち込み、緻密な理論を組み立てるかもしれないが）。奇妙なことに、マーナーの顔も体も、かれの生活の目的にかなうような形になっていた。機械からとりはずしてはなんの役にも立たない把手《とって》のようだった。ひとを疑わぬ静かな目が、いまは穀粒のように小さなものを絶えずきょろきょろと探しているように見えた。顔もすっかり萎《しな》びて黄色くなり、まだ四十にもならぬのに、子どもたちは、マーナーじいさんとかれを呼んだ。

だがこんなふうに心も体も衰えているときに、小さな出来事があった。それは、愛情の樹液が干上がってしまったわけではないことをかれに教えてくれた。毎日かれに課せられた仕事のひとつに、畠《はたけ》を二枚ほど越えたところにある井戸から水を汲んでくるという仕事があった。そのためにラヴィロー村に来てから、茶色の壺を使っていた。数少ない生活道具のなかで、これはもっとも大事な道具だった。この十二年のあいだ、かれの友であり、いつも同じ場所におかれ、早朝には、いつもその把手をさしだしてくれる。それはいかにもいそいそとかれの手伝いをしてくれるように見えた。掌に押しつけられる把手の感触は、新しいきれいな水を汲んできたという満足感とあいまって、満ち足りた気持ちにしてくれるのである。ところがある日のこと、井戸からの帰り道に踏み越し段につまずいたものだから、その大事な壺が、足もとの溝にアーチのように置いてある石の上に落ちて、三つに割れてしまったのだ。サイラスはその破片を拾い上げると、悲しみを胸に秘めながら、家にもって帰った。茶色の壺はもう使い物にならなかったけれども、破片をつなぎ合わせて、いつもそれを置いてあった場所に記念品のように飾った。

サイラス・マーナーがラヴィロー村にやってきてから十五年、これがかれのこれまでの物語である。

ひねもす機の前にすわっているあいだ、かれの耳には単調な音が鳴りひびき、目は茶色を帯びた亜麻布がゆっくりと織りだされていくのをじっと見下ろしている。筋肉は同じ動きをくりかえしつづけているので、その動きがやむと、まるで息を詰めているような感じになる。だが夜はかれの歓楽のときだった。鎧戸《よろいど》を閉め、しっかり戸締りをしてから、金貨をとりだす。金貨の山はたいそう大きくなり、壺には入りきらなくなったので、厚手の革袋を二つこしらえた。これだと隠し場所にぴったりとおさまり、袋のすみずみまで金貨がはいった。黒ずんだ革袋の口からこぼれだしてくる金貨のなんと美しく光り輝いていることか！　金貨に比べると銀貨の量はさほど多くなかった。なにしろかれが主に織っている亜麻布の長い反物は、たいてい金貨で支払われたし、たまに入る銀貨、一シリング銀貨や六ペンス銀貨は、身の回りの品々を調達するために使った。かれが一番好きだったのはギニー金貨だが、銀貨を金貨に替えようとはおもわなかった――クラウン銀貨も半クラウン銀貨も、どれも自分が布を織って稼いだものだから。稼いだ貨幣はどれも好きだった。ぜんぶ集めて山にして、そのなかに両手をそっと埋める。それから貨幣を一枚一枚数え、形のよい山をいくつも作り、その山の輪郭を親指と人指し指でたどりながら、まだ織りかけの亜麻布がこれから稼ぎ出してくれる金貨を、これから生まれてくる赤子《あかご》のように愛おしくおもうのだった。――そして来る年も来る年もゆっくりとやってくるギニー金貨に思いをはせる。このさき一生、えんえんと続く年月、来る年も来る年も機を織る日々、数えきれぬ日々はえんえんとつづき、その終わりは、はるかかなたに隠されて見えない。仕事を請け負った帰り道、野を越えて小道をたどる日々も、思いは常に機と賃金のことだった。だから、かつては馴染みの深かった薬草を探しに、土手や植えこみのある村道をさまようようなこともなかった。そうしたものはもはや過去のもの、己の人生とはもはやなんのかかわりもなかった。かつては土手に草が生い茂っていた水量豊かな小川が、水量も減ってほんの糸筋ほどの流れになり、不毛の砂地にわずかな溝をうがっている。かれの暮らしも、そんなありさまになっていた。

ところがラヴィロー村で迎える十五回目のクリスマスが近づいたころ、二度目の大いなる異変がマーナーの暮らしを襲い、かれの物語は、近隣のひとびととの生活と奇妙な形でまじりあうようになったのである。

第三章

ラヴィロー村でいちばん偉い人間は、キャス郷士《スクワイア》さまで、広壮な赤屋敷に住んでいた。屋敷の正面には、立派な石の階段があり、屋敷の裏には、教会とほぼ向き合って大きな厩舎《きゅうしゃ》がある。かれは何人かいる土地もちの教区民のひとりにすぎないが、かれだけが郷士の称号をいただいていた。オズグッド家もまた何代もつづいている名家——ラヴィローのひとたちは、オズグッド家が存在していない時代を想像する勇気はない——だがご当主は、農場をひとつ所有しているにすぎない。いっぽうキャス郷士さまは、小作人をふたりほど抱えている。かれらは、キャスが領主さまだとでもいうように、猟場の鳥獣のことであれこれ訴えにくる。

当時の地主階級にとっては、神の特別のお恵みだとおもわれた、あのすばらしい戦争景気がいまなおつづいていた。物価が下落して、小地主や自作農の人生が坂道を転げおちるように転落するようなことはまだなかったが、不手際な農業管理が、転げおちる車の車輪に油を注いでいた。

いまここでは、ラヴィロー村とその周辺の似たような教区について述べている。なぜならわが国伝来の田園生活というものは多種多様なのである。どのような生活も、それが営まれる場所によって異なり、空吹く風から住人の考え方にいたるまで、さまざまなものに揉《も》まれながら変容していくものだから。

ラヴィロー村は低地にあり、低い木立と轍《わだち》のあとがついた道に取りかこまれており、産業をあおる熱気や真面目な清教徒運動など、時代の風潮からは遠くはなれていた。金持ちたちは思うぞんぶん飲み食いし、痛風や卒中はなぜか名家のものたちがかかるものとあきらめていた。そして貧乏人はこう考えた、金持ち連中が楽しい暮らしを送るのは当然のことだと。金持ち連中が盛大な宴会を開いてくれれば、食い残しがどっさり出るというわけで、貧乏人にとっては先祖代々受け継がれてきた果報だった。ベティ・ジェイは、キャス家でハムを茹《ゆ》でる匂いをまっさきに嗅《か》ぎつけるが、彼女がせいぜいありつけるのは、ハムの脂が溶けだしている茹で汁だった。

そうして季節がめぐり、お祭りさわぎの宴会が夜ごとに開かれるようになると、貧乏人たちは大よろこび。ラヴィロー村のひとたちにとって、宴会といえば、大盛りの牛のもも肉が出る、ビールの樽《たる》がいくつも並ぶという、ご馳走《ちそう》の大盤振舞《ぶるま》い――それは大がかりな宴会で、ことに冬のあいだはそれが連日つづく。宴会にやってくるご婦人方は、宴席で着る晴れ着や髪飾りを衣裳箱に詰めこみ、それを後生大事に馬の鞍《くら》にのせてやってくる。雨もよいの日や雪の降る日、川の水かさがどれほど増すかわからないというようなときなら、客たちの滞在がおのずと長くなるのは当然だった。

だからこうした宴会は、陰鬱《いんうつ》な季節に、畑仕事も少なく日も短いころに、近隣のいくつかの屋敷で開かれる。キャス家の宴会の馳走が新鮮さを失い、量もめっきり減ってくると、客たちはすぐさま少しはなれた果樹園のなかにあるオズグッド家に歩いていけばよい。そこには、たっぷりのハムや骨つき肉の大きな塊や、焼きたてのポーク・パイや作りたての上等のバターがある。じっさいなにもかも、旺盛な食欲を満足させるほどの量があり、キャス家のような大盤振舞いというわけではないが、たぶん料理ははるかに美味だった。

それというのもキャス家の奥方は、だいぶ前に世を去っており、客間や厨房で健やかな愛情や威厳をふりまく妻や母親という存在が赤屋敷にはなかったからだった。祭日のご馳走はおのずから質より量が重んじられていたのも、尊大なご当主のキャスが、屋敷の暗い居間にすわっているより居酒屋の虹屋にちょくちょくおもむいて、よろこんで主人役をつとめているのも、それが理由だった。おそらく息子のふたりが放蕩者《ほうとうもの》なのもそのせいだっただろう。ラヴィローは、道徳にやかましい土地柄ではなかった。家でぶらぶらしている息子たちをキャスがほうっておくのは、かれの弱気のせいだろうと考えられていた。父親が富裕であれば、息子たちのご乱行も大目に見られる。だがキャス家の次男、ダンスタンの行状については、世間のひとたちも首をふった。馬の売買や賭けごとが大好きという性分が、いまに悪い種を蒔《ま》くようにならねばいいが。まあ、あのダンスタンがどうなろうとかまうことはないさと、村のひとびとはいっていた——意地が悪くて、威張りくさっているあの若旦那が、みなが白面《しらふ》でいる座で浴びるように酒を飲むあの男がどうなろうとかまうものか。キャス家のような旧家、教会に記念碑があり、古い蓋つきジョッキをジョージ三世より賜ったというような名家に厄介な悶着を起こしさえしなければなと。だが長男のあのゴッドフリーが、邪気のない顔立ちの気立てもよい好青年が、いつかこの土地を相続して、あげくの果てに弟と同じ道をたどるようになったら、こいつはすこぶる残念なことだ。近ごろどうやらそんな気配が感じられるのだが。もしあの青年がこのままでいったら、ラミター家のナンシー嬢さまにも愛想を尽かされるのではなかろうか。

先年の聖霊降臨祭のころ、ゴッドフリーが屋敷を何日も空けていたという噂がたったとき、ナンシー嬢さまが、かれの顔をおずおずと見上げていたことはだれしも知っていた。なにか尋常でないことが起こっているのは明らかだった。なぜならゴッドフリーのいつもの爽《さわ》やかな表情が曇り、あのおおらかさも失われていたからである。あのひととナンシー嬢さまはたいそうお似合いだと、世間ではいっときは噂していたものだ。あの嬢さまが赤屋敷の女主人になれば、あの屋敷にもすばらしい変化が起きるだろう。ラミター家のひとびとはみなそういう育ち方をしている、つまりひとつまみの塩もむだにはしないが、この家のものはだれもが、それなりにいちばん上等のものをもてるように育てられていた。息子の嫁がこういう女性なら、たとえ持参金を一ペニーもたずに輿入《こしい》れしてきても、ご当主のキャス老にとっては救いになるだろう。なぜならキャス老には莫大な収入はあるものの、そのポケットには自分の手だけではない、いくつもの手が入ってくるからだ。だがゴッドフリーさんが心をいれかえぬかぎり、ナンシー・ラミター嬢にはさよならをいう羽目になるだろう、と村の衆は噂しあった。

サイラス・マーナーのラヴィロー村での暮らしが十五年目に入った、その年の十一月の暮れ方、両手をポケットに入れ、暖炉の火に背を向けて、ほの暗い客間に立っていたのは、かつては前途有望と目されていたゴッドフリーだった。薄れゆく灰色の光が、愛情に恵まれぬ家庭生活を物語るさまざまなものに落ちていた。猟銃や狐の尾が飾られた壁に、椅子の上にほうりだされた帽子や外套に、気の抜けたビールの匂いを放つジョッキや消えかかった炉の火に、炉ばたにたてかけてあるパイプに。ゴッドフリーの色白の顔に浮かんだ暗鬱な苦悩の表情にそれは調和していた。どうやらかれは、だれかを待ち、近づく気配に耳をすましているようだ。やがて重い足音と口笛が、人気《ひとけ》のない玄関広間から聞こえてきた。扉が開いて、がっちりとした体格の、憂い顔の若者が入ってきた。赤くなった顔と、いたずらに意気盛んな態度は、酔いがまわりはじめている徴候だった。それは弟のダンスタン・キャス。かれを見たゴッドフリーの顔から、陰鬱な色がうすれ、烈しい憎悪の色が浮かんだ。炉ばたに寝そべっていた茶色のスパニエル犬は、そばにおいてある椅子の下にもぐりこんだ。

「よう、ゴッドフリーどの、わたくしめになんのご用で?」とダンスタンは、嘲《あざけ》るような口調でいった。「貴殿は、おれさまの大先輩、お呼びとあらば直ちに参上ですな」

「まあ、聞けよ──酔いを醒《さ》ましてよく聞くんだ、いいな」ゴッドフリーは猛々しくいった。かれもすでにしこたま飲んでおり、鬱々とした気分を突発的な怒りで吹きはらおうとしていた。

「ぼくはね、ファウラーの地代をおやじに渡さなくちゃならないんだよ。さもないとおまえにやったとおやじに言わねばならない。ファウラーのやつが地代をはらわなければ土地を差し押さえると、おやじはいきまいているんだ。ぼくが真相を話そうと話すまいとだ、真相はすぐにばれるだろうな。たったいま、出かける前に、おやじはこういった。ファウラーが今週じゅうに地代をはらわなければ、コックスをやって差し押さえをするというんだ。おやじの手もとは、いま現金不足でね、ごまかしにつきあっている気分じゃないのさ。おまえが、おやじの金を使いこんだと知ったら、どんな騒ぎになるかわかるだろう。だからあの金を即刻そろえて持ってこい。いますぐにだ、いいな？」

「やれやれ！」ダンスタンは、小馬鹿にしたように兄に近づいて、その顔をのぞきこんだ。「こうしたらどうですかね？　その金は、あんたが調達して、面倒なことにならないようにしてくれませんかね？　せっかくおれに恵んでくれた金じゃないか、おれのかわりに兄さんが返してくれてもいいだろ。兄さんがあの金をくれたのも、兄弟のよしみではありませんかね」

ゴッドフリーは唇を嚙み、拳を握りしめた。「そんな顔をして、そばにくるな、さもないと撲《なぐ》りたおすぞ」

「まさか、兄さんがそんなことはしませんよ」とダンスタンはいったものの、逃げ腰になる。「このおれは、根っからのお人好しだからなあ。そもそも、兄さんをこの家から追い出して、勘当の身にしてやることだってできるんだ。この家のご当主にこういってやれるんだぜ。あんたのご立派なご長男は、モリー・ファレンというかわいい娘とこっそり結婚してまして、その呑《の》んべえのかみさんと、いっしょに暮らせないから悲しんでいるとね。そう耳打ちしてやってもいいんだ。おれさまがあんたの後釜にすわって幸せに暮らすって手もあるんですぜ。おれは寛大で、とびきりのお人好しだからなあ。あの百ポンドは、あんたが工面してくれるよな、そうともさ」

「そんな金がどこにあるんだ？」ゴッドフリーは声を震わせた。「金なんぞ、びた一文ないんだ。ぼくの後釜にすわるなんて、いいかげんなことをいうな。おまえだって、追い出されるのがおちだよ。もしそんな告げ口をしたら、ぼくも黙っちゃいないぞ。おまえの弟のボブは父さんのお気に入りだからな――それに、わかっているだろ。父さんは、おまえを追い出せば、せいせいするだろうね」

「大きなお世話だ」とダンスタンは窓の外を眺めながら、首を横にふった。「あんたといっしょに追い出されりゃあ、楽しいというもんだな――ご立派な兄貴だからなあ、おたがい喧嘩は大好きだったしなあ、兄さんがいなくちゃ、どうしてよいやら、見当もつきませんな。だけどあんただって、おれが家にいるほうがいいにきまってるんだ。だからそんなわずかばかりの金は、そっちで工面しなさいよ。そうすりゃ、おれもこのままおさらばしますぜ、お名残おしいけど」

ダンスタンは歩きだしたが、ゴッドフリーは、そのあとを追ってかれの腕をつかみ、罵声をはなった。

「いいか、ぼくには金がないんだよ。金が入る当てもないんだ」

「キンブルの叔父貴に借りれば」

「いいか、あのひとはもう貸してはくれまいし、ぼくも、あのひとに頭を下げるのはいやなんだ」

「じゃあ、ワイルドファイアを売れば」

「いや、そんな呑気《のんき》な話じゃない。いますぐ金がいるんだ」

「いいや、明日猟場まであいつに乗って行けばいい。ブライスとキーティングが来ているはずだ。買い手はひとりばかりじゃないでしょう」

「そうしてたぶん、顎《あご》まで泥をはねあげて、夜の八時にご帰館というわけか。ぼくはオズグッド夫人の誕生日の舞踏会に行くことになっているんだよ」

「ほっほう――」ダンスタンは小首をかしげ、もったいぶった甲高い声で話しだした。「ナンシーお嬢さまがお出ましってわけですな、そしてあのひとと踊る、そしてもうおいたはいたしませんと謝って、相手のご機嫌をとってね、そうして――」

「ナンシーさんを持ち出すな、このばかめ」ゴッドフリーの顔が赤くなった。「さもないと絞め殺すぞ」

「そりゃまた、どうして？」とダンスタンは相変わらず作り声でいったものの、テーブルの上の鞭《むち》を取り上げ、持ち手のほうで自分の掌を叩いた。「こいつは絶好の機会ですぜ。もう一度、あのひとの気をひいてみちゃあいかがです。そうすりゃあ、時間のむだもはぶけますぜ。あんたの女房のモリーが万が一にも阿片《アヘン》を飲みすぎて、あんたが男やもめになるとしたら、こりゃあ、手間いらずだな。ナンシー嬢は、後添いだって気にはすまいよ。ほんとのことさえ知らなければな。そうすりゃ、兄さんには気立てのいい弟がついてるし、秘密はしっかり守りますぜ、だって兄さんは弟をそりゃ親身になって面倒みてくれますからねえ」

「いいか、よく聞くんだ」とゴッドフリーは震えながらいうと、その顔がふたたび青ざめた。「ぼくの忍耐にもかぎりがあるんだ。おまえももう少しお利口さんならわかるはずだよ。追い詰められた人間は、とんでもないことをしでかすってことがさ。いまがそうなんじゃないかねえ。ぼくの口からなにもかもおやじに話してもいいんだ——おまえなんかに口出しはさせない。こっちの得にならなくともね。どのみちおやじには知れるんだ。あの女、モリーは自分でおやじに話すといいはっているんだよ。おまえが握っているぼくの秘密をたてにぼくをゆすろうたって、そうはいかないのさ。

おまえがぼくから金をしぼりとれば、ぼくはあの女を金でなだめすかすことができなくなる。そうなったらあの女は脅し文句をいつか実行するだろうね。どっちみち同じことさ。そうなる前に、自分の口からおやじになにもかもぶちまける。そうなればおまえも身の破滅さ」

ダンスタンはそのとき、自分がやりすぎたことを悟った。ふだんは優柔不断のゴッドフリーも、いざとなれば肝がすわることもあるだろう。だがかれは平然といいかえした。「お好きなように。おれはビールを一杯といこうか」かれは呼び鈴を鳴らし、二つ並んだ椅子に体を投げ出し、鞭の柄で出窓のあたりを叩きはじめた。

ゴッドフリーは立ち上がったが、暖炉に背を向けたまま、ズボンのポケットに手を突っこんで中身をいじりまわしながら床をじっと見つめていた。その筋骨逞しい大きな体は、野獣のような獰猛《どうもう》さを秘めてはいるが、立ち向かうべき危険が、撲りたおすことも押さえつけることもできないものでは、なんの助けにもならない。かれの生来の優柔不断な性格と精神的な軟弱さは、自分が招いた恐るべき結果がひしひしと四方から迫ってくるような情況におかれると、いっそうきわだってくる。思い切ってダンスタンに挑戦したものの、これまでのかれの裏切り行為を考え、自分がじっさいにそのような挙に出た場合、もたらされる苦難を考えると、現在の苦境のほうがまだましのようにおもえた。自分からおやじに告白してしまえば、結果は明白だ。だが裏切られておやじに告げ口されたら、結果はどうなるか、はかりしれない。そうした確実な結果からは目をそらし、どうなるかわからない不確実なものにすがって、いっとき気持ちを休めるほうがましだ。畑を耕すことも、土を掘り起こすことも、お慈悲を乞うことも気が進まない、地主の放蕩息子は、根っこを引き抜かれた木のように無力だった。そもそも木というものは土と太陽のおかげで、最初に芽生えたところで立派に成長するものだ。もしナンシー・ラミターが自分のものになってくれるなら、畑を耕すことも苦にはならないだろう。だが相続権はおろか、ナンシーまで失う羽目になり、その上忌むべき秘密の妻のほかは、あらゆる絆を断たれるとあっては、良心を取り戻そうという気力も失せる。おやじにいったん告白してしまえば、先行きにはなんの望みもなく、残るは「兵役志願」という、良家の人間にとっては、自殺にも等しい絶望的な手段しか残らない。

いやだ！　自分が心を決めるのではなく、偶然の成り行きにまかせたい――宴会の席に腰をおろし、好きなワインを飲むほうがまし、頭上に刀がぶらさがっていようとも、心には恐怖が巣くっていようとも、愉しみひとつない寒々とした暗闇に逃げこむよりはましだ。ダンスタンと馬に関する最後の詰めを話し合うほうが、自分に襲いかかる脅威を目のあたりにするよりは気が楽だろう。だが弟との話し合いをその方向にもっていくことは、かれの自尊心が許さなかった。弟のダンスタンは、それを待ちかまえており、飲むビールもふだんより少な目だった。

「まったくおまえらしいよ」とゴッドフリーは苦々しくいった。「ぼくのワイルドファイアを売る話を、そんなに平然ともちだすとはね。ぼくのものといえるたったひとつのものだぞ。ぼくの一生のうちで最上の馬だぞ。おまえに自尊心というものがひとかけらでもあったら、厩舎がからになるのは恥ずかしいとおもうはずだ、世間の笑いものになるのは恥ずかしいとおもうはずだ。だがおまえというやつは、まずい取引をしたと相手に後悔させる愉しみが少しでもあるなら、自分の体も売りかねないやつだからな」

「はい、はい」とダンスタンはいやにすなおにいった。「おれの値打ちをよくご存じで。おれは相手に否応なく取引に応じさせることができる得がたき人材でしてね。だから兄さんも、ワイルドファイアを売るつもりなら、おれにまかせろというんだよ。明日にも、あいつに乗って猟場までいきますよ、よろこんで。馬上のおれは、あんたほど凛々《りり》しい男には見えませんがね。相手が値をつけるのは、乗り手じゃなくて馬ですからねえ」

「そりゃそうだが――ぼくの馬をおまえに預けるというのはなあ」

「お好きなように」とダンスタンはいい、平然として、窓ぎわの腰掛けを鞭の先で叩いた。「ファウラーの金をおやじにわたすのはあんただからね。おれの知ったことじゃあないよ。ブラムコートに出かけていって、ファウラーから金を受け取ったのは兄さんだ。金はもらえなかったとおやじにいったのは、あんただからな。おれはいっさい関わりがないのさ。ご親切にも、その金をおれに下さろうという気になったのは兄さんだぜ、それだけのことさ。金ははらいたくないというなら、ほっときゃいいだろう。おれには、どっちでもいいことさ。あんたがあした、遠出をするのはまずかろうとおもうから、馬を売りにいくお役目はおれが引き受けようと申し出たわけですがね」

ゴッドフリーはしばらく黙りこんでいた。できることならダンスタンに飛びかかり、その手から鞭をもぎとって、やつを叩きのめして半殺しの目にあわせてやりたいとおもった。だがかれは別の恐怖に怯えていた。それは怒りよりもっと烈しい感情から生まれた恐怖だった。ふたたびかれが口を開いたときは、相手をなかばなだめるような口調になっていた。

「うん、馬の件についちゃあ、ごまかしはないだろうな、ええ？　あの馬は公正な値で売る、その金をぼくにわたす。そうしなかったら、もう破滅だ。ぼくには当てにできるものがなにもないんだからな。自分の頭が砕かれかねないときに、いらぬ騒動を引き起こしても、楽しいことはあるまいね」

「はい、はい」とダンスタンはいった。「承知しました。おれならあのブライスじいさんにうまくわたりをつけるよ。おれの手にかかりゃあ、百二十ポンドはかたいね」

「だけど、あしたは土砂降りらしいぞ、きのうみたいな。そうなりゃとても行けまいね」とゴッドフリーはいったものの、そうした差しさわりがあればいいと自分が望んでいるのかどうか、よくわからなかった。

「降りゃしないさ」とダンスタンはいった。「おれは天気には恵まれるんだ。あんたが行きたいとなると雨が降るかもしれないがね――兄さんはいつもついてないからな――おれはいつもついているんだ。あんたは美人さんを手に入れる、おれは幸運を手に入れる、だから、大事なお守りのおれを手放しちゃいかんな。おれがいなけりゃ、あんたはどうにもやってはいけないんだからな」

「こいつ、口を慎め!」とゴッドフリーは烈しい語気でいった。「あしたはずっと白面でいるんだぞ。さもないと、帰るとちゅうで、まっさかさまに馬から落ちるぞ。いや、ワイルドファイアのほうがもっとひどい目にあうかもしれないな」

「ご安心めされ」とダンスタンはいいすてるなり、扉を開けた。「おれが取引をしようというときにゃ、ものが二重に見えることはぜったいないんだぜ。お楽しみがなくなるからねえ。それにさ、おれさまが落馬するときにゃ、いつも足からときまってますからねえ」

そういいすてるなりダンスタンは、後ろ手に扉をぴしゃりと閉めて出ていった。あとに残されたゴッドフリーは、己の惨めな日々をおもい、気分は滅入るばかりだった。狩りや飲酒、そしてカード、近ごろはめっきり少なくなったが、ナンシー・ラミターとの出会いの愉しみがなかったら、とりとめのない毎日がつづいていくのだろう。

それなりの教養を身につけた人間が敏感に感じとるさまざまな苦悩というものも、ささやかな娯楽や慰みもなく、悲しみや不満に絶えずつきまとわれている無知なひとびとをおもえば、さほど惨めとはいえないだろう。

平々凡々とだれもが考えがちな田舎の名士の暮らしといえば、馬に乗って自分の土地を見まわるぐらい、馬上の肉体は日ましに重くなっても、単調な生活のおかげで鈍ってしまった五感をどうにか満足させる日々を送っている――そんなひとたちでも、それなりの悲哀は感じている。そんなひとたちにも災厄は襲いかかる。過去に犯したあやまちが辛い結末を運んでくる。おそらくはかわいい乙女に捧げた純真な恋、そういうものがかれらの目を開かせ、甘い生活の幻影を見させてくれた。だが乙女は消えうせ、幻影が消えたあとに、いったいなにが残るだろう。狩りをするにも、銃をかついで耕地を歩きまわるにも、もはや太りすぎておもうままにならぬ。酒を飲んで浮かれ騒ぐか、くだをまくか、ほかにすることはなにもない。目先の変化からは遠ざかり、何十回も繰り返されてきたことをまたぞろ繰り返す日々。たしかに赤ら顔のどんよりとした目の男たちのあいだでは、その生来のひとのよさもあって、たとえ小競り合いがあろうと、おおごとにはならぬ。ひとは、頬がいきいきと輝いているあいだは、悲しみや後悔の鋭い切っ先を感じとることもあるし、よりかかった葦《あし》の穂先に肌を切り裂かれたり、どうもがこうと逃れることのできぬ足枷《あしかせ》に四肢を押さえこまれたりもする。こうした悲しい境遇におかれると、ひとは己のつまらぬ身の上話をくりかえすだけ、心の休まるところはどこにもないのである。

これが少なくとも、生を受けて二十六年のゴッドフリー・キャスの生活の実態だった。良心の呵責《かしゃく》に苦しんでいるところに、まわりのひとびとからさまざまな悪影響を受けたかれは、ある女と心ならずも秘密の結婚をすることになり、これがかれの生活に暗い影をおとしていた。劣情と心の迷い、そして迷いから醒めるといういかにも醜悪な話で、ゴッドフリーの苦い記憶の奥底から、いまさらそれを引きずり出してくる必要もない。このいっときの心の迷い、これは弟のダンスタンがしかけた罠《わな》だったと、彼はとうに気づいていた。ダンスタンは、兄の恥ずべき結婚が、兄に対する己の嫉妬や憎しみを癒し、よこしまな我欲を満足させるにはもってこいの手だてだとわかっていた。ゴッドフリーがもし自分は単に弟の生贄《いけにえ》なのだとおもえるなら、運命が自分の口にがっちりとはめた鉄の馬銜《はみ》も、これほど苦痛にはならなかっただろう。ひとりになるとぼそぼそとつぶやく呪詛《じゅそ》の言葉も、あの狡猾なダンスタンを誇るためにだけ向けられたものならば、自分の告白がもたらす結果をこれほど恐れたりはしなかっただろう。だがかれには、ほかに呪わねばならぬものがあった——己の御しがたい愚行である。いまとなっては狂ったような、わけのわからぬご乱行としかおもえない、そのような愚行や邪《よこしま》な行為というものは、衝動がおさまってしまえば、だれしもそうおもうものである。あの秘密の結婚など、正気の沙汰とはおもえなかった。

この四年というもの、かれはナンシー・ラミターを想いつづけ、心ひそかに強い憧れを寄せていた。ナンシーこそ、幸せな未来を約束してくれる女性だと思いつめていた。もしあのひとが妻になってくれるなら、父親の家庭とはうってかわった素晴らしい家庭をつくってくれるはずだ。それは容易に実現するはずである。あのひとがいつもそばにいてくれれば、これまでの、なんの愉しみもない、ただ空虚さを埋めるだけの、熱に浮かされたような生活態度も容易に変えることができるだろう。ゴッドフリーは、元来は家庭的な性格なのだが、炉ばたには笑いもなく、日常の生活習慣が家訓によって律せられるということもなかった。かれの御しやすい性向は、そうした家風にもなんら抵抗なく同調してきたものの、一方では一生変わることのない愛情を求め、自分が容易に善行をおこなうことができるよう、力づけてくれるものを求めていたのである。

ナンシーの微笑《ほほえみ》によって明るく華やいでいるラミター家の家族たちの、あの清潔さ、純真さ、偏見にとらわれず規律を重んずる心を、かれはいつしか求めるようになっていた。それはナンシーの微笑によって輝き、まるで光り輝く爽やかな朝をおもわせた。誘惑の魔手は眠りにおち、耳は、勤勉や禁酒や平和をささやく善い天使の声を聞くために開かれている、そんな朝をおもわせた。しかしこうした楽園《パラダイス》を思い描くだけでは、そうしたものから永遠に締め出されているかれを救いだすことはできなかった。ナンシーが、緑におおわれた、足元のたしかな土手にかれを救いあげようとして差し伸べた絹のロープを、かれはしっかりと摑《つか》むかわりに、どうあがいても抜け出せぬ泥沼のなかへと自らを引きずりおろしてしまったのである。こうしてゴッドフリーは、健全な目的を奪ってしまう忌むべき絆を自ら作り、絶えまない苛立ちの種を養っていた。

そしてさらに、いまよりもまずい立場にかれは追いこまれるかもしれないのだ、あの醜い秘密が暴かれたあかつきには。そしてかれのあらゆる欲望を絶えず圧しているのは、その忌まわしい日をなんとしても避けたいという渇望だった。その忌まわしい日とは、一家の面目を傷つけられた父親が激怒し、その結果もたらされる日々――そしておそらく親から譲られるはずの安楽な生活や威信を捨てねばならぬ日、そしてナンシー・ラミターに会うことも、好意をよせることすら永遠にできなくなる日である。そうなるまでの間が長ければ長いほど、かれが己を売ったために招いた忌まわしい結果から逃れる機会はあるということだ――ナンシーを眺めるという妙な満足を得る機会、あるいは彼女がためらいがちに見せる好意のいくばくかを垣間見るという機会もあるだろう。遥かかなたの、美しき翼をもつ天使を、かれは何週間も避けつづけたあげく、思い切って飛びかかろうとすれば、己に巻きつく鎖はいよいよきつくわが身を締めつける。ナンシーに会いたいという烈しい衝動が、いまもかれを襲っている。この衝動は、たとえ明日の狩猟に行く気になれない唯一の理由でなかったとしても、ダンスタンにワイルドファイアを委ねるほうがましとおもわれるほど烈しいものだった。実をいえば、もうひとつの理由があった。狩猟の朝の集合場所がバザリーの近くだったからである。あの市場町には、あの不幸せな女、モリーが住んでいる。あの女のことをおもうと、かれの憎しみは日増しに募っていく。あの界隈にはどこにでも、あの女の影がしみついている。誤った行いによって己の首を締めつける軛《くびき》は、生来気立てのよかった人間にも、憎しみの情を育むものである。快活で愛情こまやかなゴッドフリーが、みるみるうちに無情な男になりはて、無慈悲な願望がその心に入りこんだ。それはかれの心のなかに黄金造りの住まいを見つけた悪魔のように、かれの心を出たり入ったりしていた。

いったい今夜は、なにをして時を過ごせばいいのだろう？　闘鶏の話でも聞きに、虹屋に行けばいいかもしれない。だれもかれも、あそこに集まってくる。ほかになにをすればいい？　かれにしてみれば、闘鶏などまったく興味がない。茶色のスパニエルのスナフが、かれの前にすわりこんで、しばらくかれを眺めていたが、我慢しきれなくなったのか、かれにかまってもらおうと飛びかかってきた。だがゴッドフリーは、犬を見もせずに押しやって部屋を出ていった——スナフはあとからすごすごとついていく——たぶんスナフも、こうするより仕方がないことがわかっていたのだろう。

第四章

　ダンスタン・キャスは、うすら寒い朝に出発した。猟馬に乗って獲物のかくれる草むらに進む狩人のように、ごく慎重な足どりで小道をたどっていた。小道が尽きると、かつて採石場だった囲いのない土地に出る。そこには一軒の小屋があり、その昔は石工が住んでいた。ここ十五年というものは、サイラス・マーナーという機織り職人が住んでいる。いま時分の季節はこの場所も荒涼としており、あたりは、踏みかためられ湿気をふくんだ泥土におおわれ、打ち捨てられた採石場の立て坑には、赤茶けた泥水があふれんばかりに溜まっている。そこに近づきながらダンスタンがまずおもったのはそんなことだった。次に思い浮かべたのは、あの老いぼれの職人のこと、機の音がはや聞こえているのだが、あのじいさんは大金をどこかに隠しもっているという噂だった。マーナーが吝嗇《りんしょく》だという噂はちょくちょく耳にしていたダンスタン・キャスが、郷士の若き相続人という安全確実な保証を担保に金を貸してくれとあの老いぼれの機織りに頼んだらどうかと、兄のゴッドフリーに、なぜ進言しなかったのだろう？　この方法はいまおもえば、たいそう手っとり早くて好ましいものだった。なにしろマーナーが貯めこんでいるのは、ゴッドフリーが当面必要とする以上の金額で、忠実なるこの弟めにも、かなりのおこぼれが頂戴できそうにおもえた。そこでダンスタンは馬首をふたたび屋敷のほうに向けようかと考えた。ゴッドフリーはこの話をよろこんで受け入れるだろう。ワイルドファイアを手放さずにすむとあれば、この話に飛びつくはずだ。だがダンスタンがここまで考えたとき、このまま先に進みたいという気持ちが強まった。ゴッドフリーにそんないい思いをさせてはなるものかという気持ちがわいたのである。ゴッドフリーの若旦那は、さんざん悩むがいいんだとおもった。それにダンスタンにとって、自分で馬を売るというのは気分がよかったし、せいぜい威張りちらして、けっこうな値を吹っかけて、まんまとだれかに売りつけてやれと、内心おおいに愉しんでいた。兄貴の馬を売ることで、たいそうな満足感が得られるし、さらにゴッドフリーを唆《そそのか》してマーナーの金を借りさせるという満足感も得られるかもしれない。そこでかれは、猟場に向かって馬を走らせたのである。

ダンスタンの予想通り、そこにはブライスとキーティングの二人がいた——かれはこのようにいつも運のいい男なのである。

「ようよう」とブライスがいった。かれは前からワイルドファイアに目をつけていた。「きょうは兄《あに》さまの馬に乗っているな。いったいどういう風の吹きまわしだね?」

だぜ」
「馬を交換したのさ」とダンスタンはいった。儲け話は別として、相手はおよそ信じまいが、嘘をつく愉しみは減りはしない。「ワイルドファイアは、もうおれのもの
「なんだと！　あんたのあのでっかい老いぼれ馬ととっかえたというんかい？」と
ブライスはいったが、どうせ嘘八百が返ってくるだろうとはおもっていた。
「ああ、おれたちのあいだに、ちょっとした貸し借りがあってね」とダンスタンは無造作にいった。「ワイルドファイアで清算したというわけさ。おれがこの馬をもらって、手を打ったわけだ。まあ、気は進まなかったがね。だっておれはジョーティンのところの雌馬が喉から手が出るほど欲しかったんだよ。あいつは――めったにない純血種で、めったに乗れるしろものじゃないぜ。だけどワイルドファイアだって、手に入れたからには、手放しはしないぜ。もっともこのあいだ、フリットンの男が百五十の付け値をしたがね――クロムレック卿に買ってもらうんだと――あの斜視の、緑色のチョッキを着てるご仁さ。だけどおれはワイルドファイアは手放さないぜ、なにしろ柵の飛び越しがこれほど早いやつはいないからねえ。あの雌馬は、血統はいいんだが、後脚が少々弱くてね」
ダンスタンがこの馬を売りたがっていることは、ブライスには先刻お見通しだし、

ダンスタンにもそれはわかっている。馬の売買は、このような巧妙なかけひきで成立する取引のひとつである。ふたりが、いよいよ取引の第一段階に入ったなとおもったとき、ブライスが皮肉まじりにこういった。

「そいつはどうかなあ。おまえさんが、この馬を手もとにおいておくとはおもえねえなあ。だってよ、馬の元値の一倍半の値をつけられて、売りたくないってご仁がいるとは聞いたことがねえな。百ももらえりゃ、運がいいほうだぞ」

そこにキーティングが馬で乗りつけてきたので、取引はますます難儀した。けっきょくブライスが百二十ポンドという値をつけ、ワイルドファイアをバザリーの厩舎まで連れてきてくれれば、そこで金を払うということで話がついた。ダンスタンはその日の狩りはあきらめ、すぐにバザリーへ行き、ブライスの帰りを待って金を受け取り、馬を借りて家に帰るのが賢明だろうと考えた。

だがおれには運がついているぞとかれは勢いづき、取引成立の祝いだと懐中壜《かいちゅうびん》のブランディを飲むと、ワイルドファイアで一走りしようという衝動が抑えられなくなった。ことに自分の乗っている馬が、柵を次々に跳びこえて参加者の喝采を浴びようという駿馬とあればなおさらだ。ところがあろうことか、ダンスタンは、柵を跳び損ねて、馬の腹を棒杙《ぼうぐい》の先で串刺しにしてしまったのだ。どこに出しても売り物にはならぬ自分の体のほうは傷ひとつ負わずにすんだのに、哀れワイルドファイアは、己が値打ちも知らぬまま、どうと横倒しになり、苦しそうな喘《あえ》ぎをもらした末に息絶えた。この惨事が起きる少し前、鐙《あぶみ》の具合が悪く、それを直すために馬を下りたダンスタンはさんざん悪態をついたが、そのために狩猟隊の一行のしんがりになり、あせったかれは、柵に向かってやみくもに突進し、猟犬たちにあと少しで追いつこうという矢先、この由々しい惨事が起こったのである。そんなわけでかれは、後方でなにが起ころうと気にもしない連中と、ワイルドファイアが倒れた場所からはずっとはなれたところを走っている連中のあいだにいた。先のことを心配するより、目の前の厄介ごとのほうが気にかかるダンスタンは、ワイルドファイアはもはや望みなしと見ると、この悲惨な情況を目撃したものがいないことにほっと胸をなでおろした。

ブランディを少し飲んで悪態を吐きちらし、ぶるっと奮い立つと、右方にある雑木林に向かって足早に歩きだした。その林を通り抜ければ、狩りの連中に出会う危険もなく、バザリーまで行けるだろうと考えたのだ。最初のもくろみでは、そこで馬を借り、すぐさまご帰館するつもりだった。なにしろ銃ももたずにふつうの道を何マイルも歩いて帰るというのは、かれのように血気さかんな若者には思いもよらぬことだった。この悪い知らせをゴッドフリーに告げることはそれほど心配はしていなかった。

というのも、とにかくマーナーの金を借りることを提案するつもりでいたからである。もしゴッドフリーが、例のごとく新たな負債を作るような提案をはねつけるとしても、いつまでもその提案をはねつけているわけにはいかないだろう。ダンスタンは、ゴッドフリーを不安に追いこむことならお手のものだった。マーナーの金を借りるという考えは、金の必要が差しせまっているいまでは、いよいよ焦眉《しょうび》の急となってきた。長靴を泥まみれにして歩いてきたような格好で、バザリーの厩舎におもむいて、にやにや笑う馬丁たちにあれこれ質問ぜめにあうのはごめんだった。一刻も早くラヴィローに戻って、自分の名案を実行に移さねばと、ダンスタンは苛立たしい思いに駆られた。

さまざまに思いをめぐらしながら、なにげなくチョッキのポケットに人差し指をつっこむと、その指に触れたのは、三枚ばかりの小銭、こればかりでは、厩舎で借りたわずかな金も返せない、それが返せなければ、もうダンスタン・キャスとの取引はこれまでと厩舎の主人にいいわたされたことも思い出した。ここまで来れば、バザリーに戻るのも、家に戻るのも、その距離はたいして変わりはなかった。だが頭の鈍いダンスタンにも、家まで歩いて帰るということこれまでに前例のない道を選ぶ理由は、ほかにもいろいろあるということがわかってきたのだった。

そろそろ四時近く、あたりには霧がわいてきた。一刻も早くしかるべき道に出る必要がある。ワイルドファイアが転倒する直前に、道を横切った覚えがあり、そこで道標を見たことを思い出した。かれは上着のボタンをかけ、狩猟用の鞭のひもを柄にしっかりと巻きつけると、その鞭で長靴の上端を悠然と叩いた。それはまるで自分はいっこうにびくついてはいないぞという様子で、徒歩で行くというあっぱれな行為に、いよいよとりかかるのだといわんばかりだった。そしていずれは、ぱりっと身なりを整えて虹屋に集まるご常連たちを、あっといわせてやろうとおもっていた。ダンスタンのような若い紳士が、歩くというきわめて異例な移動手段に頼らざるを得ないようなときは、手のなかにある鞭の存在は、まことに重宝だった。この鞭はゴッドフリーのもの、柄の作りは金で――兄の許しも得ずに勝手に持ち出したのだが――どこから見ても立派な鞭だった。ダンスタンがそれを握っているときは、その金細工の柄に深く刻みつけられているゴッドフリー・キャスという名はだれにも見えない――ただそれが立派な鞭であることはよくわかる。自分が哀れな格好をしていることに気づくひとびとに会うかもしれないという恐れはないでもない。そばに寄ってこられれば、霧は隠れ蓑にはならない。だがだれにも会わずに、馴染みのあるラヴィローの小道に足を踏み入れたときには、いつもながら幸運のおこぼれにあずかったものよと、ダンスタンはほっとした。

いまや霧は、せまりくる夕闇とあいまって、かれが望む以上の隠れ蓑になっていた。足を滑らしかねない轍の跡も隠し――なにもかも覆い隠してしまったので、かたわらの生け垣の低い茂み沿いに鞭を引きずりながら、足もとをたしかめて歩いた。きっとすぐにも採石場の空き地にたどりつくだろう。生け垣がなくなればそこがそうだ。だがそれが見つかったのは、おもいがけぬもののおかげだった――それは灯火だったが、偶然にもそれはサイラス・マーナーの小屋から洩れる光だった。かれはそのことにすぐ気づいた。あの小屋と、そこに隠されている金のことは、歩いているあいだじゅう、かれの頭のなかにあった。そして利息を払うから手許にある金を貸してくれと、マーナーを言葉巧みに説き伏せることも考えていた。それには多少の脅しが必要かもしれない。利息というものがいかにお得なものか、数字の上で相手を説き伏せるだけの才覚は、かれにはない。それに担保というものは、かならず返済してもらえると相手に信じこませるまやかしの手段だともおもっていた。要するに兄ゴッドフリーは、守銭奴マーナーに金を貸せと持ちかけるのは、図太く狡猾な弟の役目だと考え、自分にそれを押しつけるにちがいないと、ダンスタンはふんでいた。マーナーの小屋の鎧戸の隙間から洩れている光を目にするころには、自分が機屋にかけあう心づもりになっていたので、いまここでかれと知り合いになっておくのはきわめて自然であるようにおもわれた。そうなれば、いろいろと都合のよいこともあるはず。機屋のところには角灯《ランタン》があるにちがいない。暗いなかを手さぐりで歩くのはもううんざりだった。屋敷までは、まだ四分の三マイルほどはある。小道はずるずると滑りやすくなっており、霧は雨に変わっていた。

かれは土手をのぼりはじめたが、方向を誤りはしないかと心配だった。灯火の光が洩れているのは、マーナーの小屋の正面か、あるいは側面か、確信がなかったからだ。だが鞭の先で用心深く地面をたしかめながら歩いていったので、とうとう無事に正面の戸口にたどりつくことができた。あのじいさん、時ならぬ音に驚くだろうと、なんだか面白くなってどんどんと戸を叩いた。だがその音に応じる気配はない。小屋はしんと静まりかえっている。じいさん、もう寝たのかな？　寝ているなら、どうして灯がつけっぱなしなんだろう？　あのどけちめが、灯を消し忘れるとは奇妙な話だ。ダンスタンは、いっそう烈しく戸を叩いた。戸に錠がかかっていることは疑わず、掛け金の隙間に指をつっこんで戸をゆさぶり、紐をひっぱって掛け金をはずそうとした。ところが驚いたことに、戸はなんの抵抗もなく開いた。目の前にはあかあかと燃える火があり、その火は小屋のすみずみまで明るく照らし出していた——寝台と機と、三脚ある椅子と食卓と——マーナーがいないことはたしかだった。
煉瓦を積みあげた炉床に勢いよく燃える火ほど、このときのダンスタンの心をそそるものはなかった。すぐさま内に入りこむと炉の前にすわりこんだ。火の前になにか黒いものがぶらさがっている。もう少しよく焼けていたら、腹を空かせた人間の食欲をさぞやそそったことだろう。それは豚肉の小さな塊で、戸口の大きな鍵に使う紐で自在鉤《じざいかぎ》に吊るしてあった。これは回転式の焼き串などなかった大昔の主婦たちが用いたやり方なのだ。だがこの豚肉は、主が留守の間に焼けすぎてしまわないように、できるだけ高いところに吊るされていた。するとぎょろ目のあの惚《ほ》けじじいは、夕食に焼きたての熱い肉を食うつもりだな、とダンスタンはおもった。あのじじいは、食欲を抑えるために、黴《かび》の生えたパンを食っているというのが、世間のもっぱらの噂だった。それにしてもこんな時間にいったいどこに行っているのだろう？　こんな夜に、生焼けの肉をほうりだしたまま、戸に鍵もかけずに？　歩くのさえ難儀したダンスタンのさきほどの経験から推して、機屋は、燃料を取りに小屋を出たのか、あるいは、なにかちょっとした用事があって外に出て、足を滑らせ、採石場の立て坑に転落したのではないか。ダンスタンにとって、これはまことに興味深い考えで、まったく新しい成り行きになるだろう。もし機屋が死んだとなれば、あの金を引き継ぐものはだれか。金がどこに隠してあるか、だれが知っているのか？　だれかがそれを持ち去ったにしても、だれに知れようか。証拠が残るというような微妙なことまで、かれは考えなかった。「金はいったいどこにあるのか」という焦眉の問題が頭を占め、機屋の死がきまっているわけではないことなど、頭には浮かばなかった。愚鈍な頭というものは、欲望を満足させるような結論に達したとなると、そんな結論を生じせしめたもとの考えはまったく根拠のないものだったことなど頭から消えてしまう。そしてダンスタンの頭脳も、そこらの悪党の頭と同じように鈍かった。

　小屋住まいの連中の金の隠し場所とかねがね聞いていたのは、ただ三つ。藁葺《わらぶ》きの屋根のなか、寝台、そして床に開けた穴。マーナーの小屋は藁葺き屋根ではない。ダンスタンが貪欲な心に刺激されてまず考えついたのは、寝台を調べることだった。だが寝台を調べながら、かれの目は床の上をなめまわすように見ていた。まず敷きつめられた煉瓦と、その上にふりまいてある砂が、炉の明かりではっきりと見えた。砂は床じゅうにふりまかれているのではなく、ただ一カ所、ほんとうに一カ所だけにまかれており、その砂の上には指の痕《あと》がはっきりと残っていた。それは機の踏み子のすぐそばだった。ダンスタンはとっさにそこに駆けより、鞭の先で砂をかきよけ、鞭の握りの尖端を、並べてある煉瓦の隙間につっこんでみた。すると煉瓦が動いたのだ。急いで煉瓦を二枚ほどどけてみると、疑いもなく探していたものが見えた。二つの革袋に入っているのはまちがいなく金貨。持ち上げた袋の重さからいってギニー金貨がぎっしり詰まっているのはまちがいない。穴の中を探ってみたが、それ以上はなかった。かれは手早く煉瓦を元にもどし、その上に砂をまいた。ダンスタンがこの小屋に入ってから、ものの五分も経っていないが、とても長い時間が経ったようにおもわれた。マーナーが生きていて、いつなんどき小屋に入ってくるかもしれないと、はっきり考えていたわけではないが、袋を持って立ち上がったときには、いいようのない恐怖に襲われた。一刻も早く暗闇のなかに飛び出して、ふたつの袋をどうするか考えなければ。後ろ手に戸を閉め、光が洩れないようにした。そこから二、三歩はなれれば、鎧戸の隙間や掛け金の穴から洩れる光で、こちらの正体がばれる恐れもなくなるだろう。さいわい雨足が強くなり、闇も深まっていたので、ほっとした。両手に袋を持っているので、鞭は片方の手の袋といっしょになんとか持っていた。だが二ヤードかそこら歩けば、ひと息つけるだろう。かれは暗闇のなかに足を踏み出した。

第五章

ダンスタン・キャスがサイラスの小屋に背を向けたとき、サイラス・マーナーは、そこからわずか百ヤードもはなれていないところにいた。布袋を外套がわりに肩にかけ、角灯を手に村からとぼとぼと歩いて帰ってくるところだった。脚は疲れていたが、胸のうちは平穏で、変わったことが起こるという気はしなかった。安心感というものは、日々の習慣から生じるもので、たしかな根拠があるわけではない。それゆえ危険を暗示するような徴候があっても、ひとはそれに反応しようとはしないものである。ある期間に予期されていた出来事が実際には起こらなかったというような場合、そうした習慣の論理からいうと、それだけの時間が経過したのち明らかに異変が迫っていても、その出来事は常に起こらないということになる。あるひとが炭鉱で四十年間、事故もなく無事に働いてきたからという、その理由で、いままさに坑内の天井が落ちようとしているときでも、なんの危険も感じないものだ。また、しばしば見受けられることだが、人間は老いるにつれ、己の死が実際に起こりうるものとは、考えられなくなるものである。マーナーのように単調な生活を送り、日々新しい顔に出会うでもなく、新しい出来事が耳に入るでもないというような人間は、予期せぬことが起こる、なにかが変わるというような予感を内に醸成するものがない。要するに、かれが平常心でいられたのは、そのおかげなのだった。

小屋もお宝もふだんより無防備にしてきたにもかかわらず、サイラスは夕食のことを考えていた。二重の満足を味わいながら。ひとつは、あの豚肉はさぞやほかほかと熱く、さぞやおいしかろうということ。もうひとつは、夕食の材料に自分の金が使われていないという事実である。あの豚肉の小さな塊は、世帯もちの上手な、ラミター家のプリシラ嬢さまからもらったものだった。かれはこの日、織り上げた亜麻布をあの方のもとに届け、そこであの豚肉を頂戴した。サイラスが炙《あぶ》り肉など食べるのは、こんなときだけだった。かれは夕食をなによりも愉しみにしていた。そのあとに黄金の感触を満喫するあのひとときがあるからだった。だから肉が手に入ったときは、いつも夕食のためにとっておく。だがこの夜は、豚肉の小さな塊を紐でくくり、その紐を自在鉤にしっかと縛りつけたあと、極上の撚《よ》り糸がひとまき必要だったことを思い出したのである。あす新しい仕事にとりかかるには、それがぜひとも必要だった。それをつい忘れていたのは、ラミター家から帰ってくるときは、村を通る必要がなかったからだった。だがそんな用事のために翌朝の大事な時間を割くのはもったいない。

外は濃い霧がわいていたが、サイラスには、わが身の安楽より、もっと愛するものがあったのだ。そこで豚肉は自在鉤のいちばん高いところに吊るし、古い麻袋を外套がわりにし、角灯を下げて、ふだんなら二十分ほどですむ用事をすませるために小屋を出たのだった。戸口の錠をかけるには、錠に巻きつけた紐をほどかねばならず、そんなことをしていたら夕食を遅らせることになるので、戸口の錠はかけなかった。お楽しみを犠牲にしてまで戸締りをする必要はない。こんな夜に、採石場までやってくる盗人がどこにいよう。なんでわざわざこんな夜を選ぶだろう。十五年このかた、なにごともなかったというのに。こんな考えがサイラスの頭にはっきり浮かんだわけではない。ただ不安を感じなかった理由として、かれがおぼろげに感じていたのは、こういうことだったのである。

ぶじに用事を果たしたと満足しながら、かれは戸口に近づいた。戸を開けたが、近眼のかれには、室内はなにもかも出かけたときのままのように映った。ただ炉の火が燃えさかっており、かれをあたたかく迎えてくれた。床をぎしぎしと踏みながら、角灯をおき、帽子や麻袋を床に投げだした。そのために、砂の上に残っていたダンスタンの足跡と、鋲《びょう》を打ったかれの長靴の跡がまじりあってしまった。やがてかれは豚肉の塊を火の近くに引きおろすと、腰をおろして体を温めながら肉の焼け具合をみるという楽しい仕事にとりかかった。

赤い炎が照らしだすかれの青白い顔、奇妙にひずんだ目、痩せこけた体を見れば、ラヴィロー村のひとたちが、かれに対して蔑《さげす》みと哀れみ、恐れや疑心を抱くことはだれしも理解するだろう。だが、この哀れなマーナーのように、無垢《むく》な人間は少ない。この正直で単純な心の持ち主の、近ごろとみに増した金貨への執着も、他人に害を及ぼすような悪徳と結びつくことはなかった。信仰の灯は消え失せ、愛情にも見放されたかれは、己の力のかぎりをつくして仕事と金にしがみついてきた。ひとがしがみついているものは、そのひとを己と同化させてしまうものだ。かれが機を動かしていると、逆に機のほうがかれを動かしつづけるようになる。そしてその単調な動きが、単調な反応をかれに求めつづけるようになる。金貨も、かれが毎夜それをのぞきこみ、その輝きを眺めているうちに、かれの愛情をも凝固させ、かれ自身を金貨そのもののように硬く孤立した存在にしてしまうのである。

体が温まってくると、夕食のあとまで金貨の袋を引き上げずにいるのが待ち遠しいような気持ちになった。めったに口に入らないご馳走を食べながら、テーブルの上におかれた金貨を眺めるのはどんなに楽しいだろう。なぜなら悦びは最上の美酒であり、マーナーのギニー金貨も、いうなれば黄金の美酒だった。

かれは立ち上がり、なんの疑いもなく、機のそばの床に蠟燭をおき、異変があったとはまったく気づかずに煉瓦をのけた。そして空っぽの穴を見たときは、心臓がどくんと跳び上がったが、金がなくなったとは思いもしなかった。ただわき上がった恐怖、その恐怖をかれはなんとか鎮《しず》めようとした。震える手で穴のすみずみまで撫《な》でまわし、これは目の錯覚にちがいないと考えようとした。それから蠟燭を穴のなかに差し入れて丹念にあらためるうちに、ぶるぶると震えだした。手があまりに烈しく震えたので、蠟燭をおとしてしまった。自分をしっかり落ち着かせようと両手で頭を抱え、なんとか考えてみようとした。昨夜、ふいに気が変わって、金貨の袋を別の場所に移したのに、自分はそれを忘れていたのか。暗い淵におちた人間は、ぬるぬる滑る石でも、なんとか足がかりにしようともがく。マーナーは、空しい望みにすがって、絶望におちる瞬間をなんとか避けようとした。部屋のすみからすみまで探しまわり、寝床をひっくりかえし、それをふるって揉んでみる。粗朶《そだ》をおいてある煉瓦作りの竈《かまど》のなかものぞいた。これ以上探すところがなくなると、かれはまた穴のへりに膝をついて、穴のなかを入念に探ってみた。恐るべき真実から束の間でも逃れる場所は、もうどこにもなかった。

いや、あまりにも烈しい感情に見舞われ、考えることもできなくなったときにあらわれる一種の避難所がある。それは、こんなことは起こるはずがないと期待する心、矛盾する幻想を信じる心だ。それは狂気とはまったく別物である。なぜなら、それは事実を突きつけられれば消散してしまうものだから。マーナーは、膝をがくがくと震わせながら立ち上がり、テーブルの上を見た。金貨はそこにおいてあったのではなかったか？　テーブルの上にはなにもなかった。それからうしろをふりかえった——小屋じゅうを見まわし、目を凝らした、さっき探して見つからなかった場所に袋があらわれるかもしれないとでもいうように。小屋のなかにあるあらゆるものが見えたが——金貨はどこにもなかった。

ふたたびかれは震える両手で頭を抱えこみ、烈しく絶叫した。数分のあいだ、かれは身じろぎもせず、その場に立っていた。だが自分のあげたその叫びが、狂わんばかりの真実の重圧から、かれを解き放ってくれた。うしろを向いてよろよろと機に近づき、仕事用の椅子にすわった。これこそ現実の確たる証だと、かれは本能的にその椅子にすわったのである。

空頼《からだの》みはすべて消え失せ、たしかになくなったのだという事実に直面したとき受けた最初の衝撃が消えると、ああ、盗人が入ったのだという考えが、むくむくと頭をもたげてきた。かれはその考えにすがって、一心に考えはじめた。盗人なら捕まえることができる、金貨も取り戻すことができるわけだ。そう考えるとにわかに力がわいてきて、かれは機の前から立ち上がって戸口に駈けよった。戸を開けると、烈しい雨が降りかかってきた。雨足はいよいよ激しさを増していた。こんな雨の夜に、賊の足跡が残っているはずはない——足跡だと？　賊はいったい、いつやってきたのか？　昼間、小屋を空けたときは、錠をおろしていった。日中に帰ってきたときは、ひとが侵入した気配はなかった。そして夕方、小屋を出るときも、なんら変わったことはなかった。砂も煉瓦も、荒らされた形跡はまったくなかった。金貨の袋を持ち去ったのは泥棒だったのか？　それとも人間の手の及ばぬ残忍な力が持ち去ったのか、ふたたびかれを悲惨のどん底に突き落とすことに悦びを見出したあの力なのか？　かれは、この漠たる恐怖から逃れようと身を縮め、手をもつ盗賊、こちらの手が届く人間の仕業という考えにすがりついた。

いまにしておもえば、怪し気なことをいったり尋ねたりした近隣のひとたちがいた。あのジェム・ロドニー、悪名高い密猟者、なにかと評判が芳しくない男、かれは畑を巡り歩くとき、マーナーにはちょくちょく出会い、貯めこんでいる金のことで、マーナーをからかうことがあった。いや、それどころか、パイプの火を貸してもらいたいと、炉ばたに嬉々として腰をおろし、いっこうに仕事に出るふうもなく、マーナーを苛立たせたこともあった。ジェム・ロドニーこそが犯人だ――そうおもうと心が落ち着いた。ジェムなら、見つけだして金貨を取り返すことはできるだろう。マーナーはかれを罰しようという気はなかった。自分の手もとをはなれ、自分を見知らぬ砂漠に置き去りにされた哀れな旅人のような心持ちにさせた、あの金貨を取り戻すことが肝心なのだった。盗人なら捕まえねばならない。その筋とはなにかマーナーには見当もつかないが、とにかく盗難にあったことは報告せねばならぬとはおもった。村のお偉方――牧師か巡査か郷士のキャスさまが、ジェム・ロドニーかだれだかが盗んだ金を取り返してくださるだろう。マーナーはこの考えにせきたてられて、雨のなかに飛びだした。頭をおおうことも忘れ、戸締りもどうでもよかった、もう失うものはなにもないのだから。かれは遮二無二《しゃにむに》走った。息が切れて、村の、虹屋に近い分かれ道にさしかかるころには、歩調をゆるめねばならなかった。

虹屋は、マーナーの見るところでは、金持ちの旦那衆や、筋骨逞しい亭主たち、女房が高価な亜麻布をどっさり蓄えこんでいるような連中の贅沢な寄り合いどころで、ここに行けば、ラヴィロー村のお偉方は必ず見つかるはずだし、かれが金を盗まれたこともたちまち村中に知れわたるだろう。マーナーは扉の掛け金をあげ、右手の明るい酒場兼調理場へ入っていった。ここは雑多な客がよく集まる場所で、左手の客間は、もっと上等の客筋にあてられている。キャス郷士さまは、ここでしじゅう酒にうかれたり、目下のものたちに酒を振舞ったりして、二重の楽しみを味わっていた。

だが今宵《こよい》、客間は暗かった。ここの常連はみな、オズグッド家の誕生日の舞踏会に出席しており、ゴッドフリー・キャスもそのひとりだった。だから調理場の高い仕切りでかこまれた席にいる人間は常より数が多かった。いつもなら客間に入ることを許されて、お歴々に威張りちらす機会をあたえてさしあげる連中が、今夜は、水で割った火酒《スピリッツ》を飲んだり、ビールを飲む輩にまじって空威張りをしたりしていた。

第六章

サイラスが虹屋の戸口に近づいたときには賑やかに弾んでいた話も、連中がここに集まってきた当初はいつものようにしめりがちだった。しかめ面をした連中が、黙りこくってパイプをふかしていた。それより少々おえらい客たちは、火酒を飲み、暖炉のそばに陣どって、先にまばたきをした者が金を払うという賭けでもしているかのように、おたがいじっと見つめ合っているし、その一方、綿布の上着や野良着を着たビール専門の連中は目を伏せ、両手で唇をこすっている。まるで悲しい弔いの席にいるような按配《あんばい》だった。

とうとう虹屋のあるじのスネルさんが、たまりかねて口を開いた。酒ずきの連中はだれも同じようなもの、かれらのあいだで常に中立をつらぬくご仁だが、このときばかりは、いぶかしげな口調で従弟《いとこ》の肉屋に声をかけた。

「おめえんとこじゃ、きのう、上等の牛を仕入れたってな、ボブや?」

肉屋は赤毛のご仁で、ご機嫌な笑顔だったが、すぐに返事はしなかった。煙草をひとふかしして、ぺっと唾を吐いてから、こう答えた。

「まあそんなとこだわな、ジョン」

わずかにその場が和んだものの、ふたたび重苦しい沈黙がおちた。

「赤毛のダラム種だったかい？」と獣医が話をつないだ。

獣医は、虹屋のあるじを見、あるじは肉屋を、答える義務があるやつの顔を見た。

「赤毛でさ」と肉屋は甲高い嗄《しゃが》れ声でいった。「それもダラム種のな」

「それじゃあ、そいつをだれから仕入れたか、おまえがいわんでも、おれにはわかっとるぞ」と獣医が得意そうに一座を見まわす。「この辺で赤毛のダラム種の牛を持ってるといやあ、きまっとるがな。眉間に白い星が入っていたろうが、一ペニー賭けてもいいぞ」そういいながら獣医は身を乗り出した。両眼がきらりと光った。

「ああ、まあ——あったかもしれんな」肉屋はゆっくりといった。「そうじゃねえとはいわねえ」

「そんなことは先刻ご承知だわさ」と獣医はまたもやそっくりかえって、喧嘩腰になる。「おれさまが、ラミターさんとこの雌牛を知らねえで、いったいどこのどいつが知っとるというんだい。おめえが損したか得したか知らんがな、おめえが買ったあの雌牛にゃ、このおれさまが水薬を飲ましたんだぞ——嘘だというならいってみな」

獣医が険しい顔をしたので、おとなしい肉屋も黙ってはいられなくなった。

「おれはひとさまと争うのはごめんだあ」と肉屋はいった。「平穏無事がいい。あばら肉の大切りがいいというやつもいるがね、おれは細切れがいいで。けんど、争いはごめんだな。おれがいいたいのはよう、あれはいい肉だったってことさあ。もののわかったやつなら、あの肉を見ただけで涙をこぼさあね」

「とにかく、あれはおれさまが水薬を飲ませたやつだな――だれがなんといおうとな」獣医が怒って、また口をはさむ。「たしかにラミターさんとこの牛だわ。そうでなきゃあ、赤毛のダラム種だなんて、とんだ嘘っぱちだな」

「おれは嘘はいわねえ」と肉屋は同じような穏やかな嗄れ声でいった。「だれのいうことにも反対はしねえ、血相変えてわめこうとな。そんなもんは、おれが手にかける肉じゃねえし、取引するしろもんでもねえからな。おれにいえるのは、あれは上等の肉だってことよ。そいつはたしかだな、おれはだれとも喧嘩はしたくねえ」

「ああ」と獣医は苦々しい顔でなんとなく一座を見まわした。「そう、おめえは石頭じゃなかろうし。たぶんおめえは、あの牛が赤毛のダラム種だったとはいわなかったんだな。眉間に星があるともいわなかったんだな、まあ、そういうことにしとけや」

「まあ、まあ」と虹屋のあるじがいった。「牛の話はもうやめんかね。どっちもどっちというところだな。あの牛がラミターさまのもんかどうかなんて、どうでもいいんでねえのかい。だがこれだけはいっとくぞ、虹屋は虹屋だからな。ところでラミターさまんとこの話だがね、あんたは、いちばんよく知ってなさるな、メイシーさんや。ラミターさまの先代が、最初にこのあたりに来なすって、ウオレンズを手にいれなすったころの話は」

メイシーさんは、仕立屋で教会執事。近ごろはリュウマチのため執事の仕事は、向かいにすわっている小顔の若者に半分まかせていた。白髪《しらが》頭をかしげ、いささか非難めいた色をうかべながら、満足そうに両の親指をひねくりまわしていたが、哀れむような笑みを浮かべて虹屋のあるじの話に応じた。

「おお、おお、知っとる、知っとるとも。だがそれはほかの連中に話してもらおうよ。わしはもう隠居の身でな、若い衆に肩代わりしてもろうとるでな、ターリーの学校に通ってた連中に訊いておくれ、やつら、発音なんぞも習っとるしな、わしらの若いころとは大ちがいよ」

「わたしのことをいっておいでなら、メイシーさん」と執事代理がおずおずと口を出す。「わたしは出しゃばって口をだすような人間じゃありません。聖歌にもありますが。――われは正しきことを知るなり、しかのみならず、われは知れることのみ行うなり――ですから」

「ほう、それじゃ、いっとくがな、歌うときにゃ、調子を狂わさんようにな。稽古するなら、そこんとこをきっちり稽古してもらわんとなあ」とおどけた顔つきの大男がいった。ふだんは腕ききの車大工のベン・ウィンスロップ、日曜には聖歌隊の指揮者をつとめている。なにしろこの男、ラヴィロー村の専門音楽家という自負があるから、仲間のファゴット屋と金管楽器屋にちらりと目配せをした。

とかく代理と名のつくものは不人気なものだが、執事代理のトーキーさんは真っ赤になったものの、そこはおとなしくこう答えた。

「ウィンスロップさん、わたしがまちがっているという証拠を見せてくださるなら、改めますよ。けど世間にゃ、自分の耳が正しいと信じこんで、聖歌隊の連中を自分のおもうままに従わせようとするおひともおりますからねえ。意見には二通りあるんじゃないでしょうか」

「そう、そう」とメイシーさんは、若い衆の生意気な態度をウィンスロップがやっつけたので、すっかりご満悦だった。「たしかにおまえさんのいうとおりだな、トーキーや。意見つうもんは、いつだって二通りあるでなあ。自分が自分に対してもっとる意見となあ、他人が自分に対してもっとる意見がある。ひびの入った鐘だってな、自分に聞く耳がありゃあ、意見が二通りあるぐらいわかるわな」

「だけどメイシーさん」と哀れなトーキーはいった。一座がどっと笑っているなかで、ひとり大真面目だった。「わたしは、クラッケンソープ師のお望みで、あなたの仕事のお手伝いをしているのです。それから聖歌隊で歌うのもお勤めなんですよ——あなたもそうしておいでだったでしょう?」

「ああ！　とにかく、このご老人とおまえさんとじゃ、人間の格がちがうでな」とベン・ウィンスロップがいった。「こっちのご老人には才能つうもんがあるでな。なにしろ郷士さまが、このひとに酒を振舞おうとご招待するんだぞ、このひとの『赤い海賊』を聞きてえばっかりにな。そうだよな、メイシーさんよ? 生まれながらの才能つうもんだわな。うちのチビのエアロンもな、こいつにゃ、才能があってよ——ウタツグミみてえにすらすらと歌うのさ。けんどな、あんたはなあ、トーキーさまよ、あんたは『アーメン』と唱えてりゃあいいのよ。おめえさんの声はな、鼻から出すときがいちばんええな。おめえさんの体のなかは、どうも音楽むきじゃねえ、麦わらのほうがよっぽどましだあな」

こうした無遠慮な冗談は、虹屋のご常連にはいつも大受けだった。それゆえ、ベン・ウィンスロップの嘲りは、メイシーさんの警句をしのぐものだと、だれもがおもった。

「これではっきりしましたね」トーキーさんは、もはや冷静ではいられなかった。「どうやら、わたしを聖歌隊から締め出そうという魂胆らしい。クリスマスの金をわたしに分けずにすむように――そうなんだ。わたしは、クラッケンソープ師に話しますからね。だれにもつけこむ隙は見せませんとも」

「おいおい、トーキーや」とベン・ウィンスロップはいった。「おまえさんの分け前はちゃんと払うで――払うとも。金を払っても追いはらいてえもんはあるがな、追いはらいてえのは害獣ばかりじゃねえって」

「まあ、まあ」とあるじが割って入る。ひとを追い出すために金を払うなんて危険な考え方だとおもったからである。「そいつは冗談、冗談。この店じゃみんな、仲よくしてもらわんとな。おたがい、もちつもたれつさね、おふたりさんとも正しい、おふたりさんともまちがっとる。わしゃ、メイシーさんに賛成だわな、意見つうもんは、いつも二通りあるってこったな。わしに訊いてもらえば、ふたりとも正しいというがな、トーキーは正しい、ウィンスロップも正しい。おたがい譲りあってだな、歩みよりゃあいいで」

獣医は、くだらん言い争いにはもううんざりして、猛烈な勢いでパイプをふかしている。そもそも音楽を聞く耳はもたないし、教会にも行ったことがない。牛馬の医者という仕事は、ひよわな牛どもの世話にいつお呼びがかかるかわからない。いっぽう音楽が好きな肉屋のほうは、トーキーが言い負かされればいいという思いと、穏便にことがすむようにという二つの思いに苛《さいな》まれながら、耳を傾けていた。

「たしかにな」と獣医がいった。「おれたちゃ、年とった執事さんが好きだ。そりゃそうよ、たいした歌い手だしなあ、弟さんのソロモンさんは、このあたりじゃ一番のヴァイオリン弾きだしな。あのひとがこの村に住んでてくれりゃあ、いつでも聞かせてもらえるになあ。メイシーさんよ、臓物なんぞいくらでも、ただで進呈しますでねえ」

「ほう、ほう」と答えたメイシーさんはおおいにご満悦だった。「なにしろわしらは、ずうっと昔から音楽家として知られておるからな。弟が来るたんびにいってきかせておるが。そういう音楽家はだんだんおらんようになるな、わしらが覚えとるようなことも、覚えとるもんがおらんようになる、覚えておるのはおいぼれカラスぐらいのもんだわなあ」

「ところで、あんたさんは、ラミター家のおやじさまが、この土地にやってきなすったころのことを覚えていなさるでしょう、メイシーさん?」と虹屋のあるじがいった。

「覚えとるとも」と老人がいい、みんなはお世辞たらたらメイシーさんを持ち上げたので、メイシーさんはようよう本題に入った。

「あのお方は立派な紳士だったな。立派なところは、ご当主のラミターさまもかなわんさ。ちょっくら北寄りのほうから来なすったと、そう聞いとるがな。その土地のことはだれも知らんが、北といってもそう遠くはないらしいで、この辺とそう変わりはないらしいぞ、なにしろ、良い品種の羊を連れてきなさったから、あっちにも牧場があったんだな、そいつを売り払って、ウオレンズを手に入れたそうな。自分の土地があったのに、不慣れな土地の農地を借りるとは、まったく奇態な話だな、ま、それも奥方が死んだせいだということっちゃ。だがものごとにはひとの知らぬわけがなにかとあるもんでな。まあそれはともかくとして、わしにわかったのはそれぐらいのところさ。もっともなかには利口なやつもおってな、理由ときたらすぐさま五十もあげてみせるがな、ほんとの理由がすみっこのほうで目くばせしててもだれも気づかんのよ。この教区に来なすったのは、ものの道理もしきたりも心得ていなさるおひとで、きちんとした暮らし方をしてなさる方だということが、すぐにわかったのよ。そして若旦那が、いまのラミターさまだがな、あのおひとには姉妹がおらなんだ、そいでじきに、オズグッド家の嬢さまにいいよってな、いまのオズグッドさまの妹で、そりゃ器量よしなおなごだった――おまえさんたちにゃ想像もつくまいが――この嬢さまが、おふくろさまに似とるというんだが、昔のことを知らんやつらが、そういうことをいうんだな。このわしは知っとるで、あの牧師のドラムローさんだがな、わしはあのひとの手伝いをしてな、あのおふたりさんの結婚式の介添えをやったんだから」

ここでメイシーさんはひと息つく。かれはいつも話を小出しにしては、質問がでるのを待ちかまえているのである。

「うん、なにか、とんでもねえことが起こったんだってなあ、メイシーさんよ。そいであの結婚式のことはようく覚えてなさると」虹屋のあるじが、そそのかすようにいう。

「そうそう――とんでもないことがなあ」とメイシーさんは首を左右にふりながらいった。「なんとドラムロー師が――気の毒にご老体でな、わしはあのひとが好きだったが。年齢《とし》のせいで、ちょっと惚けておいでだったがね、朝のお勤めが寒いときなんぞ、ちょっぴり温かいもんを飲んできなさったりするもんでな。ところがラミターさんの若さんが、どうしても正月に婚礼をあげたいといってなあ、こりゃ、婚礼には不向きな時節だわな、洗礼式や葬式ならいざ知らずだ。その婚礼の式で、いざ問答にさしかかると、あのドラムロー師が、とんでもないことをやらかした。つまり、あべこべをいっちまったのよ。『汝《なんじ》、この男を妻として娶《めと》るや』、とこういっちまったんだな、それから、『汝、この女を夫として娶るや』とねえ。ところがなんと、だあれも、この言いまちがいに気づかなんだのよ。気づいたのはこのわしだけさ、ところがな、ふたりともすかさず『はい』と答えたもんだ。わしが適当なところでアーメンという言葉を唱えるようにな」

「けんど、あんたさんはちゃんと気づいていなさったんだろ、メイシーさん？　あんたはよく気がつくおひとだからなあ？」と肉屋がいった。

「ありがとさんよ！」とメイシーさんはいい、聞き手の想像力のなさを哀れむような笑みを浮かべた。「そりゃ、そうさ、わしはぶるぶる震えとってなあ。まるで燕尾服の両裾をひっぱられとるような按配だったよ。牧師さまを止めるわけにもいかんしな、わしが口出しするわけにもいかん、だけど心配したぞ、──言葉があべこべだったから、契りを結んだことにならなんだら──とね。頭が挽《ひ》き臼《うす》みてえに動きだした。わしは、いつものごとをあちこちひっくりかえして見る性分だでな。そこでわしはこうおもったのさ、婚礼をあげている当人たちが堅く結びつくのは、言葉によるものか、それとも言葉の意味なのかとな。だって牧師さまは、自分の言葉が正しいとおもって、そういったんだしな、婿も嫁もその言葉の意味を正しく受け取ったんだしな。

だがね、よくよく考えてみると、意味なんてもんは、たいていろくな役には立っとらんのよ、だってな、なにかをくっつけようとしたってな、膠《にかわ》が悪けりゃ、くっつきゃせんだろ？　そこでわしはこう考えたのよ。くっつけるのは、意味じゃのうて膠なんだとな。だからわしゃ慌てたぜ、みんなが聖具室にぞろぞろ入っていって、おふたりさんが署名をはじめたときにゃ、わしの頭んなかは鐘を三ついっぺんに鳴らしてるみたいでな。だがこんな話をしたって無駄だろうが——賢いやつの頭のなかでなにが起こっとるかなんて、おめえさんたちにゃ想像もつくまいよ」

「けんど、あんたさんは、ひとりで胸にしまいこんでいなすったんだな、メイシーさん」と虹屋のあるじがいった。

「ああ、ドラムロー師とふたりきりになるまでは、しっかり口をつぐんでおったがな、ふたりきりになるとすっかり話したのさ、ふだんのように丁重にな。だけどあのおひとは、あっさりとしたもんだった、こういうたぜ、『おいおい、メイシーや、安心おし、肝心なのは、言葉でも意味なんぞでもない——ふたりをくっつけるのは、登記簿なんだぞ』そんなわけで、牧師さまは、あっさり片づけなすった。牧師さまもお医者さまも、なんでもそらで覚えとるからな、ものごとが正しいか、正しくないかなんてことに気をもむこともないのよ。たしかに、あの結婚はうまくいったが、かわいそうにラミターさまの奥方のほうは嬢さまたちが大きくなる前に死になすった。だがお家は繁栄しておるし、あれほど立派な家族はほかにはあるまいな」

メイシーさんの話にいつも耳を傾ける連中は、何度もこの話を聞かされているのだが、みんな、お気に入りの唄を聞かされているとでもいうようにじっと耳を傾け、肝心のところではパイプをふかすのもやめ、固唾《かたず》をのんで話に聞きいっている。そして虹屋のあるじが、さらにしかるべきところで、もっとも肝心な質問をはなつ。

「ところで、先代のラミターさまがこの土地に来なすったときには、かなりの資産があったそうだねえ?」

「ああ、そうさ」とメイシーさんがいう。「そいつを減らさずに守ったのは、いまのラミターさまさね。ウオレンズじゃ大儲けはでけんらしいから。いくら安値で手に入れたにしてもだ。世間じゃあそこを慈善の地と呼んどるがな」

「ああ、そう呼ばれるようになったいきさつは、あんたさんがいちばん知っていなさるもんな、メイシーさん」と肉屋がいった。

「ほかのやつらが知るものかね」と老いた教会執事は軽蔑したようにいった。「わしのじいさまが、あそこの厩舎を建てなすったクリフさんの注文で、馬丁のお仕着せをこしらえたのさ。あの厩舎ときたら、キャス郷士さまんとこの厩舎の四倍もあってな、あるじのクリフは馬と狩りのことしか考えんおひとでな――ひとの噂じゃ、ロンドンで仕立屋をやっとったとき、いかさまにあって頭がおかしくなったそうな。馬にはあまり乗れなんだのさ。馬にまたがるのが下手で、足が棒でできていたって、あれよりはましだったと。わしのじいさまの話だが、先代のキャス郷士さまからよく聞かされたそうな。ところがまるで悪魔がのりうつったみてえに馬に乗りたがったと。倅《せがれ》がひとりおってな、十六になる若造《わかぞう》だったが、おやじさまにせっつかれて、さんざん馬を乗りまわしたと――ご本人はたいそう怯えていたそうだがね。おやじさまは、倅は仕立屋にはせん、紳士にするつもりだといっておったそうだよ――わしの家は仕立屋だが、これは神さまの思《おぼ》し召《め》しだもの、鼻は高いな、なにしろアン女王さまのお顔が一シリング銀貨から消えちまう前からな、うちの扉には『仕立屋メイシー』と書かれておったがな。だがクリフは仕立屋と呼ばれるのを恥ずかしいとおもったんだな。ところが馬に乗っているのを笑われるし、この辺の旦那衆には見むきもされんという仕末でなあ。かわいそうな倅は病気で死んじまったがな、父親もあとを追うように死んじまったのよ。しまいには頭がおかしくなっちまって、ひとの噂じゃ、夜な夜な角灯をぶらさげて厩舎に行ってな、どっさり火を燃やしてたそうな。火のそばに突っ立って、鞭をぴしぴし鳴らしながら、馬を眺めとったと。あの厩舎が馬もろとも燃えなかったのは幸いだったな。ところがあの男は、全財産をロンドンの慈善団体に遺していたんだな。もっともラミターさまは厩舎のほうは使わなんだがな、あんまりでっかいもんで、あそこの扉を閉めようもんなら、まるで雷みたいなものすごい音がしたものよ」

「ところであの厩舎じゃ、昼ひなかにゃ見られねえことが、夜中に起こっとったそうだねえ、メイシーさん？」と虹屋のあるじがいった。

「うん、うん、闇夜にあそこに行ってごらんよ」メイシーさんは意味ありげにまばたきをしてみせる。「そうして夜明け前に、厩舎のなかに灯は見えるか、馬が足踏みをする音が聞こえるか、鞭の音や馬のいななきが聞こえるか、たしかめてみるんだな。わしらの子どものころから、そういうのを『クリフの休日』と呼んでおったがな。おとながいうには、クリフに、その日だけは地獄で焼かれんように、悪魔が休みをやるというんだな。これはおやじから聞いた話だが、おやじはでたらめをいうような人間ではなかったからな。もっとも近ごろは、己が生まれてもいない大昔のことを、自分の商売より、よく知っとるやつがおるがなあ」

「あんたはどうおもうかい？」と虹屋のあるじが獣医に話をふった。獣医は口をだしたくてうずうずしていたのである。「おまえさんにもってこいの難問だぞ」

獣医のダウラスは、なにごとにも批判的な意見をもっていて、それをひけらかすのが得意だった。

「どうおもうかと？　わしははっきりと目を開いてものを見る人間がいうようなことしかいわんでな。雨の降らん夜にあの厩舎の前に、おれといっしょに立っていてもいいというやつがおったら、十ポンド賭けてもいいぞ。灯だって見えねえし、音だって聞こえやしねえ。おれたちが鼻を鳴らす音が聞こえるぐれえのもんでな。おれはいつもそういっとるがね、幽霊を信じこんでる村の衆にゃ、十ポンド賭けるやつはおらんがな」

「そりゃ、ダウラス、その賭けはあんたの楽勝よ」とベン・ウィンスロップがいった。「いっそ、凍みる夜に池に首まで漬かってな、リュウマチにかかるかかからないかっつう賭けをしたほうがましだべ。リュウマチにかかるにきまっとるもんな。賭けに勝つもんにとっちゃあ、おもしろかろうよ。『クリフの休日』を本気にしとるやつらには、十ポンドくらいのことで厩舎に近づくもんはいねえでよう」

「ほんとのことを知りたいならだな、ダウラスよ」とメイシーさんが両の親指を打ち合わせながら皮肉な笑みをうかべてこういった。「なにも賭けをすることはない――教区の連中に厩舎の前に立ってろといえばいい――そうすりゃ連中に、自分たちの思い違いだとわからせてやれるでな」

「ありがとさんよ！　礼をいいますぜ」獣医は鼻を鳴らした。「世間のやつらが阿呆だって、おれの知ったことか。おれは、幽霊のことなんぞ、あれこれほじくりかえしたくないねえ。もうわかっとるがな。けど賭けにゃ反対しねえよ。公明正大にやりゃあいい。おれが『クリフの休日』を見とどけに行くから、十ポンド賭けねえか。おれがひとりで行ってあそこに立っておるさ。連れはいらん。このパイプに煙草をつめるくらいに、よろこんでやってやるよ」

「ああ、けどな、だれがあんたを見張っとるんかね、ダウラス、お前さんがたしかに見に行ったとだれがたしかめる？　そいつは公平な賭けとはいえんな」と肉屋がいった。

「なんだと？」ダウラスがいきりたった。「おれがいんちきな賭けをしたがっとると、だれでもいってみろ。さあさあ、ランディどんよ、おまえがいうのを聞きてえな」

「おめえさんならやりかねない」と肉屋がいった。「だけんど、そんなことはどうだっていい。おめえさんは、おれの取引相手じゃねえしな、値切ろうとはおもわんぜ。おめえの言い値で賭けをやりたいもんがおるなら、やらせりゃいい。おれは、平和がなによりだでな」

「そうさな、こっちが棒を振りあげりゃ、きゃんきゃんないて逃げだす野良犬そっくりだわ」と獣医がいった。「だけんどおれは人間も幽霊も怖くはねえから、公平な賭けには応じてやるぞ」

「ああ、だけんど、こういうこともあるでなあ」と虹屋のあるじがたいそう穏やかな調子でいった。「つまり、幽霊が見えねえ連中もいるでな、たとえ幽霊が連中の前に槍《やり》みてえにぴんとおっ立っていてもだよ。そういうにゃあ、理由があってよ。うちの嬶《かかあ》はな、匂いつうもんが、わからんのよ。匂いのきついチーズを鼻先にもってっても、ちいとも匂わねえというからなあ。おれだってこの目で幽霊を見たことはねえ。でもおれは、こうおもうのよ、おれはきっと幽霊の匂いがわからなかったんだ、とな。これはつまり、幽霊を匂いに、匂いを幽霊にたとえての話だがな。おれは、両方の言い分を信じるな。真実は両方のあいだにあるのさ。ダウラスが、あそこに一晩じゅう立っていたけど、幽霊は一度も見なかったといったら、おれはやつを信じるな。だれかが幽霊はたしかにいるといったら、おれはそいつも信じるな。真実は両方のあいだにあるんだわ。なんたって匂いが、おれのよりどころだからなあ」

虹屋のあるじの意見は獣医には歓迎されなかった。なにしろ妥協はいっさい受けつけぬご仁だったから。「ちっちっ」と獣医は舌うちをして、コップをおいた。「匂いと幽霊とどんな関係があるんだね？　幽霊がひとを撲って青あざをこしらえたっていうのかね？　幽霊がおれさまに信じてもらいてえっていうなら、暗いとこにこそこそ隠れておらんで、たくさんひとのいる、蠟燭の火があかあかと燃えてるところに出てくりゃあいいんだ」

「幽霊が物知らずのばかどもに、信じてもらいたがってるとでもいうのかねえ」とメイシーさんがいった。幽霊という存在を理解できない愚鈍な獣医につくづく嫌気がさしたとでもいうようだった。

第七章

ところが次の瞬間、みなの目の前に幽霊があらわれたのだ。そして幽霊というものは、メイシーさんがおもっているより腰の低いものだということがみなにわかったのだった。

なんと青白い顔をしたサイラス・マーナーが、温かな灯のもとに忽然《こつぜん》とあらわれたのである。かれはひと言も発せず、あの奇妙な目で一座のものたちを見まわした。長いパイプがいっせいにぴくりと動いた。虫けらの触角みたいに。一座のものはむろん、あの疑り深い獣医さえ、これはサイラス・マーナーの幽霊だとおもった。サイラスが入ってきた扉は、調理場の高い仕切りに邪魔されていて、かれが入ってきたことにだれひとり気づかなかった。幽霊からだいぶはなれたところにすわっていたメイシーさんは、わしのいうとおりだろうと得意になり、一座のものたちほどびっくり仰天はしていないようだった。なにしろかれは日ごろからいっていたではないか。サイラス・マーナーがあの奇妙な失神状態におちいるときは、その魂が肉体からはなれていくのだと。ここでそれがじっさいに演じられたのだ。ほんのしばらく、あたりはしんと静まりかえっていた。烈しい興奮のため、サイラスは口がきけなかったのである。まっさきに口をきいたのは、どんな客も歓迎する虹屋のあるじ、とうとう幽霊に向かって懇願するように話しかけた。

「マーナーの親方や」とかれはとりなすようにいった。「なにか入り用なのかね。あんたさんがこんなところにいったいなんの用があるのかね？」

「盗まれた！」サイラスはあえぐようにいった。「盗まれちまった！　巡査を呼ばねば、それから判事さんも。キャス郷士さまも、それからクラッケンソープさんも」

「しっかり押さえてろよ。ロドニー」とあるじは、幽霊という思いがうすらいできたので、そういった。「どうやら頭がおかしくなったらしいぞ。ずぶ濡れじゃねえか」

ジェム・ロドニーはいちばんはしっこにすわっていたが、サイラスの立っている場所にはいちばん近かった。「あんたが自分で押さえりゃいいだろ、スネルさんや。勇気があったらな」とロドニーは不機嫌そうにいった。「なにか盗まれて、殺されたんじゃねえかい」

「ロドニーさん」とサイラスはふりかえって、あの奇妙な目をかれに向けた。

「あいよ、マーナーの親方、おいらになにか用かい？」ジェムは震え声でいうと、コップをつかんで身構えた。

「もしわたしの金を盗んだのが、おまえさんなら」サイラスは両手をしっかとあわせ、大声をはりあげた。「返しておくれでないか――あんたをどうこうするつもりはない。巡査をさしむけるつもりもない。わたしの金を返してくれりゃあいい、そうしてくれるなら、金貨を一枚あげるから」

「おれが、おまえの金を盗んだだと?」ロドニーが怒声をはなった。「おれが盗んだといいはるなら、このコップをその目に投げつけるぞ」

「まあまあ、マーナーの親方よ」虹屋のあるじはサイラスの肩をつかんでこういった。「いいたいことがあるなら、筋道たててお話しな。自分が正気だという証拠を見せねばな。おまえさん、ずぶ濡れじゃねえか。ここにすわって体を乾かすがいい。それから話してごらんな」

「そうだなあ」獣医がいった。この場の空気に度を失った自分にようやく気づいたのだ。「そんな目で睨みつけたり、怒鳴《どな》ったりするのはよさんかね。さもないと狂人あつかいされて、縛りあげられるぞ。わしが最初に口を開かなかったのはそのためよ、こいつ頭がおかしくなっとるとおもったもんでな」

「ほれ、ほれ、やつをすわらせんかい」幽霊の正体についての問題が解決せぬまま残ったことに気をよくした連中がいっせいにいった。

虹屋のあるじはサイラスの外套をむりやり脱がせ、暖炉の火がよくあたる場所にすわらせた。サイラスはといえば、盗まれた金を取り戻すために助けを求めるだけのこと、逆らいもせず、されるままになっていた。一座のものたちは、わきあがる好奇心に、最初の恐怖も忘れた。みなの顔がサイラスのほうを向いたとき、ふたたびあるじがこういった。

「さてさて、マーナーの親方よ、あんたは金を盗まれたと、こういいたいのだね？くわしく話してごらんな」

「おれが盗んだなどと、二度とぬかすなよ」とジェム・ロドニーがあわてていった。「おまえさんの金を盗んで、どうするっていうんだ。牧師さまの白衣なら、ぞうさなく盗んで、すぐにも着てみせるがね」

「あんたは口をつぐんでいろ、まずこのひとの言い分を聞こうじゃねえか。さあさあ、マーナーの親方」と虹屋のあるじがいった。

サイラスがようやく話しはじめると、四方から質問がとんだ。盗難の情況がいかにも不可思議だったからである。

自分の災難をラヴィロー村のひとたちに打ち明けるという、まことに奇妙な情況で、自分の小屋ではないところの暖炉のぬくもりに包まれ、いちばん助けになってくれそうなひとたちの顔にかこまれて、放心状態になっていたマーナーの心は揺り動かされた。われわれの意識というものは、自分の外に芽生えるものと同様に、内にあるものの成長にも得てして気づかぬものである。小さな芽が顔をのぞかせる前に、樹液はもう何度もその身の内をめぐっているというのに。

はじめのうちは、多少の疑念をおぼえながらサイラスの話を聞いていたひとたちも、悲嘆にくれるサイラスの姿を見ているうちに、その疑いも消えていった。話を聞くと、かれが嘘いつわりをいっているのではないとだれしもが確信した。なにしろメイシーさんがいったように、悪魔にとりつかれている人間なら、これほどへこむはずはないというわけだった。だが盗賊が足跡ひとつ残さず、しかもサイラスが戸締りもせずに家をあける時刻を知っていたという不可思議な事実を考えてみると、サイラスが、もしあるとしたらだが、あちらの方面とのつきあい、つまり悪魔とのつきあいを怠ったために、こんなむごい仕打ちを受けたのではないかとも考えられた。もしそうなら巡査が追ってみても詮ないことだろう。だが悪魔ともあろうものが、戸締りのしていない隙を狙わねばならぬのかということに思い及ぶものもいなかった。

「こんなわるさをしたのは、ジェム・ロドニーじゃないよ、マーナーの親方」と虹屋のあるじがいった。「このジェムを疑っちゃあいかんぜ。そりゃ、ぱっちりと目を開いて見張っていなけりゃ、野うさぎの一羽や二羽ぐらいは盗《と》ったかもしれんがね、こいつは、あんたが自分の家を出たという時刻より前から、この虹屋にすわりこんで酒を飲んでおったでなあ」

「そうそう、無実のものに罪を着せちゃあいかんのう、それは法に背くことだよ。だれかの証言がなけりゃ、そいつを引っ張るわけにはいかんのよ、マーナーの親方。罪のないものを咎《とが》めるのはよそう」とメイシーさんがいった。

サイラスの頭はそれほど鈍ってはいなかったので、メイシーさんのこの言葉ではっとなった。いままで覚えのないような後悔の念に駆られると、つと椅子から立ち上がりジェム・ロドニーに近づいて、その顔をまじまじと見つめた。

「わるかった――うん、うん、よくよく考えるべきだった。あんたを疑っちゃあいけなかったな。ただなあ、あんたはうちにしじゅう出入りをしておったから、それであんたのことがまっさきに頭にうかんだ。わたしはだれも責めるつもりはないがな――ただ」サイラスは頭をかかえ、途方に暮れたように顔を背けた。「わたしは――わたしは、いったいわたしの金がどこにあるのか、考えるんだが」

「うん、うん、そいつが溶けちまうような熱いところにいっちまったんじゃないかのう」とメイシーさんがいった。

「ちっちっ！」と獣医がいった。「袋のなかに、いったいどれだけの金が入っとったのかい、親方」

「二百七十二ポンドと十二シリング六ペンス。ゆうべ数えたときはそれだけ入っておった」マーナーはうめき声をあげながら、椅子に腰をおろした。

「ほう」と獣医が大声をあげた。「それじゃ持ち運びでけんほどじゃあないな。まあ、流れ者がしのびこんで持ち出した、そういうこったな。足跡もねえ、煉瓦の上にまいてあった砂もそのままだったというんだろ――いやあ、あんたの目は虫けら同然なのさ、うんと近くによらにゃあ見えんのだろ。おれだったら、もしおれがあんたで、いやあんたがおれだったら、いや、どっちでも同じだがな、なにもかも出ていったときのまんまだとはおもわなかったんじゃないかねえ。そこでひとつ提案なんだがね、このあたりでいちばん賢いやつがふたり、あんたといっしょに巡査のケンチさんのとこに行ってだな、病に臥《ふ》せっとるようだが、おれたちのなかからひとり代理人を指名してもらうというのはどうだね。それがきまりというもんだからな。あのひとが反対するとはだれもおもわんわな。あそこなら歩いてもすぐだしな。そしてもしおれが代理人に指名されたら、いっしょにおまえさんの家に行ってさね、なかを調べてみようとおもうが。この意見に反対するもんがおったら、さっさとそういってくれ」

この含蓄ある演説で獣医はおおいに面目をほどこした。そしてとりわけ分別のある人間として自分が指名されることを確信していた。

「じゃあ、空模様を見てくるか」と虹屋のあるじがいった。獣医の提案に自分もかかわれるものと内心おもっていたのである。

「土砂降りだ」と戸口からもどってきたあるじがいった。

「雨なんぞ平気だ」と獣医がいった。「おれたちのような、れっきとした人間がだな、こういう事情を知りながら、なにもしなかったと、マラム判事さんの耳に入ってはまずいんではねえかい」

虹屋のあるじもそうおもったので、まず一座の意見を訊き、司教の任命辞退という儀式にならっていったんは辞退したのち、ケンチ巡査に報告するというお寒い任務を引き受けたのだった。ところがそこで獣医は苦々しい思いを味わった。というのは、かれが巡査代理の役目を引き受けようとしたことに異議が出たからである。法律にくわしいというあのメイシーさんが、医者は巡査にはなれないということを父親から教えられたといいだしたのだ。

「おまえさんはたしか医者だな、たかが牛馬の医者だが——馬蠅《うまばえ》だろうが蠅は蠅だな」とメイシーさんはそういった。

これについては烈しい議論がたたかわされた。獣医はむろん医者の資格を捨てるつもりはないが、医者だって巡査になりたいとおもえばなれる――あの法律が意味するところは、医者が巡査になりたくなければ、巡査になる必要はないということだといいはった。メイシーさんは、これは愚かしい考えだとおもった。法律というものが医者に肩入れするとはおもえないからである。それに、医者というものは巡査になりたがらぬものだ、というなら、なんで獣医のダウラスは、巡査代理になりたがるんだね?

「おれは巡査代理をやりたいわけじゃない」とダウラスは、メイシーさんの仮借のない論理に追い詰められながらそういった。「それに親方が真実を述べているとしたらだ、だれもおれに向かってそんなことはいえんな。だがこの雨のなかを巡査のところに行くのが羨ましいというやつがおるなら、どうぞ、ご勝手に行くがいいや――あんたはおれを行かせたくないんだな、そうにきまっとるがな」

だが虹屋のあるじの仲裁が入って、この口論もけりがついた。獣医のダウラスさんは、控えの人間として付き添うということになった。

そんなわけで哀れサイラスは古びた外套を着せられて、ふたりの連れといっしょにふたたび雨のなかに出ていった。安息を求めるのではなく、「夜明けを待ちわびる」

ひとのように、ゆくての長い夜を思いやりながら。

第八章

ゴッドフリー・キャスが、真夜中にオズグッド夫人の晩餐会から戻ってきたとき、ダンスタンがまだ戻っていないのを知っても、さほど驚きはしなかった。おそらくあいつは、ワイルドファイアを売らずに、次の機会を狙っているのだろう——おそらくあれほど霧の深い午後だったから、猟の都合であのあたりに引きとめられたとしたら、今夜は、バザリーの赤獅子亭に泊まるほうがましだと考えたにちがいない。兄貴に待ちぼうけをくわせるくらい、あいつは平気なんだから。ゴッドフリーの頭は、ナンシー・ラミターの容姿や、その立ち居振舞いでいっぱいだったし、あのひとを見るたびにかならずこみあげる、われとわが身の運命に対する苛立ちでいっぱいだったので、ワイルドファイアのことやダンスタンのことをあれこれ考える余裕はなかったのである。

翌朝になると、村じゅうがあの盗難の話でもちきりで、ゴッドフリーも村の衆とご同様、盗難事件の新しい情報について話し合ったり、採石場まで出むいたりした。雨が足跡を洗い流してしまったので、手がかりになりそうなものはなにもなかった。だがさらに念入りに調べてみると、村とは反対側のある場所に、なかば泥に埋もれた火打ち箱がみつかった。それはマーナーの火打ち箱ではなかった。かれのものは小屋の棚にのせたままになっていた。そこでこんな推論が生まれた。溝で見つかった火打ち箱は、このたびの盗難にかかわりがあるのではないかと。だがごく少数のものがかぶりを振った。これは火打ち箱が手がかりになるような事件ではないと。マーナー親方の話はどうも怪しい、どうも自分でわるさをしておいて、その犯人を判事に探させる魂胆なのさというものもいた。こうした意見の根拠を問い詰めて、マーナー親方は、そんなごまかしをしてなんの得があるのかねと質《ただ》せば、かれらは首を振りながら、なにが得かはひとそれぞれだという。まあ根拠があろうとあるまいと、だれでも自分の意見をもつのは当然だ、おまけにマーナーは、知ってのとおり、いささか頭がおかしいではないか。

メイシーさんは、マーナーが嘘をついているのではないかという疑いを斥《しりぞ》けて、火打ち箱の件は一蹴してしまった。そしてまた、これは人間の手でなされたことであり、煉瓦を動かさずに金貨を持ち出すことができる力などは存在しないという意見については、まことに不敬であると斥けた。

ところが執事代理のトーキーさんが、これこそ教区執事にふさわしいご意見であると、情況がこれほど不可思議で神秘的であるのに、これを盗難事件として追及してよかろうかといった。「まるで判事や巡査にわからぬことはないというのですかね」とトーキーさんは話をしめくくった。

「さてさて、度を越えてはいかんぞ、トーキー」とメイシーさんはトーキーさんのほうに頭をかたむけた。「おまえさんはいつもそうなんだ。わしが石を投げてそいつが的に命中すると、おまえさんは、もっといいものがあるとおもって、的の向こうに石を投げる。わしがいったのは、火打ち箱の件は受け入れられんということだよ。判事さんや巡査はいらんなどとはなにもいっとらんぞ。あの連中はジョージ国王さまが作られたのだ、そのジョージ国王さまに食ってかかるような輩に、教区勤めはふさわしくないいな」

こうした議論が虹屋の外でたたかわされているあいだに、虹屋のなかでは、牧師さまをはじめとして、郷士のキャスさまや、その他有力な教区民たちがくわわり、まともな協議が行われていた。虹屋のあるじのスネルさんが、こんな意見を述べた。かれは——事実から正しい結論を引き出すひとだったので——巡査代理として天晴《あっぱ》れにも自ら発見した、かの火打ち箱を前にして、ひと月ほど前に虹屋に飲みに寄った行商人のことをふと思い出したのである。その男がパイプに火をつけるのに、火打ち箱を持ち歩いているといったことも。これはたしかに重要な手がかりだった。記憶というものは、突きとめられた事実をさしだされると、驚くほど鮮明になるものだ。スネルさんの頭には、行商人の人相や、そのとき交わした話などが鮮やかに甦った。その男は目つきが悪かった。それがスネルさんの敏感な神経にさわった。べつになにかいったわけでもなし、ただ火打ち箱のことを話題にしただけ、——だが男がなにをいったかではなく、それをどんなふうにいったかが問題なのだ。ただ顔色が浅黒く、いかにも異国人という顔つきで、とても正直者には見えなかった。

「耳輪はしておったかね？」と異国の風習に通じているクラッケンソープ師がいった。

「さあて、ちょっと待ってくださいよ」とスネルさんは考えこむ。できるならなにひとつまちがいはすまいという千里眼女のように。目の前の耳輪を見ようとでもいうように、口のはたをひきのばしたり、眉をよせたりしていたが、とうとうあきらめてこういった。「たしか売り物の耳輪が箱に入っていたから、そいつを自分の耳につけたと考えるのは自然だな。村じゅうの家を、やつはまわっておったから、覚えているひとはほかにもいるんじゃありませんかねえ。はっきりしたことはいえませんがね」

ほかにも行商人の耳輪をおぼえているものがいるだろうというスネルさんの推量は

正しかった。村人のあいだで詮議がはじまり、牧師さまが、行商人が耳輪をしておったかどうか突き止めたいといっておられるということが言いふらされ、すべてはこの事実を引き出すことにかかっているということになった。むろんこうした問いを受けた村人たちは、耳輪をしていない行商人をはっきり思い浮かべることができなかったが、そのうちに村人たちの頭には耳輪をしている行商人の姿が浮かんでくるようになった。その姿はやがてはっきりとした記憶として村人の頭に浮かぶようになってしまった。それゆえ村でいちばんきれい好きの、ガラス屋のひとのよい女房、嘘などぜったいつけない性分の女房まで、つぎのクリスマスには聖餐を受けようと決心するときのように、きっぱりとこういいきった。三日月の形をした大きな耳輪が行商人の耳にぶらさがっているのをはっきり見たと。また靴屋のオーツの娘が、これまたさらに想像力豊かな人物で、自分は耳輪をはっきりこの目で見たばかりか、その前に立っているあいだ、ざわざわと悪寒がした、とまでいった。

虹屋には、行商人から買ったという品物がつぎつぎにもちこまれて陳列された。この盗難事件の解決には、これからますます虹屋を訪れることが多くなるだろうというわけで、男どもは虹屋に行くお許しをいちいち女房からいただく必要がなくなったとよろこんだ。

　さてサイラス・マーナーは、郷士キャスさまと牧師からいろいろ訊かれたとき、こんなふうに答えた。あの行商人が自分の小屋の戸口にやってきたとき、自分は戸口をちょっと開けてなにもいらないと告げただけだと。男は内へは一歩も足を踏みいれなかったというこの事実が世間に知れわたると、ひとびとはいささか失望した。ちょっと腹を立てたものもいたかもしれない。もっともサイラスは、行商人こそ犯人であるという考えにしがみついていた。そうおもうと、隠し場所から持ち出されたあの金貨がいまどこにあるか、目に見えるような気がするからだった。かれの目には、行商人の箱に入っている金貨が見えた。村人たちはこの話を聞いて苛立ちをおぼえた。サイラスのような頭の鈍いやつでなけりゃ、行商人があのあたりをうろつきまわっているのを見たにちがいない、さもなければ、そいつが火打ち箱をあの近くの溝に落とすはずがない。やつはサイラスの戸口に立ったとき、内をのぞきこんだのだろう。サイラスを一目見れば、頭のおかしい守銭奴だぐらいはわかるはず。やつがサイラスを殺さなかったのは不思議なくらいだ。耳輪なんかしているああいう輩が、何人も人を殺していることは聞いている。じっさい裁判で裁かれたやつもいて、それもそう昔の話ではないのだから。

　虹屋で何度も宣誓証言をしてきたスネルさんが、またもや独演会をやっているところに、キャス家のゴッドフリーさまがやってきた。かれはスネルの証言を軽くあしらい、自分はあの男から小刀を買ったといい、よく笑う陽気な男だったとおもうといった。あの男が悪人面をしているなんて、まったくばかばかしいとかれはいった。だがこれは若者の口からでた出まかせだと村人たちはいった。それじゃあ行商人が怪しいと睨んだのは、スネルさんひとりだというようなもんだと。なにしろマラム判事の前で、虹屋のあるじの証言をしのぐような驚くべき証言をする覚悟のある村人は少なくとも六人はいたのだ。だからゴッドフリーさまがターリーへ行き、スネルさんの証言にけちをつけないように、判事が令状を書く邪魔をしないようにとみんな願っていた。ところがゴッドフリーさまは、正午をすぎると、馬に乗り、ターリーの方角に向かう姿が見られたので、きっとそのつもりなのだと村人たちは案じた。

だがこのころには、盗難事件に対するゴッドフリーの興味はすっかり失せていて、いまはダンスタンとワイルドファイアの心配のほうが募っていた。かれが向かっていたのはターリーではなくバザリーだった。弟のダンスタンと馬がどうなったのか不安でたまらなかったのだ。ダンスタンがまんまと自分を欺き、ワイルドファイアを連れ出し、それを売った金で、博打《ばくち》をやって大負けをするかなにかで使い果たして、ひと月も経ったころにようやく戻ってくるのではないかという不安のほうが、不慮の事故に遭って大怪我《けが》でもしたのではないかという心配より勝っていた。オズグッド夫人の舞踏会が終わったいまとなっては、ダンスタンを信用して馬を預けた自分に腹が立った。そしてかれは、己の不安を鎮めるのではなく、いよいよ募らせていた。悪いことが必ず起きると強く信じていると、じっさいは起こらないという迷信にとりつかれていたからである。だからそのとき馬が速歩《はやあし》で駈けてくる音を聞きつけ、向こうの生け垣の上に帽子が見えると、自分のまじないが効いたような気がした。だが馬の姿があらわれると、心はまた沈んだ。それはワイルドファイアではなかった。乗り手はダンスタンではなくブライスで、その顔には不愉快なことを暗示するような表情が浮かんでいた。

「やあ、ゴッドフリーさん、弟さんは運がいいや、そうだろう？」

「なんのことかね」とゴッドフリーはいった。

「あれ、あいつ、まだ帰ってはいないのかね？」

「家に？　いいや、なにかあったのかい？　早くいってくれ。あいつがぼくの馬をどうしたっていうんだ？」

「ああ、あの馬はやっぱあんたさんのものだったんですな、あいつは、あんたさんがくれたようなことをいっておったがな」

「馬をつまずかせて、脚でも折ったのかね」とゴッドフリーは怒りのあまり真っ赤になった。

「それどころじゃないよ」とブライスがいった。「だってね、こっちはあの馬を百二十で買う契約をしたんだが——とてつもない言い値だったけどね、おれはあの馬が前から欲しくてね。ところが、あのひとがなにをしでかしたかというとだね、あの馬を串刺しにしちまったんだよ。柵の柱が突き出しているやつ、土手の真上にあるあの柵で。馬は発見されたときにはもう死んどった。まだ家には戻っておらんのだね?」

「家に? いや」とゴッドフリーはいった。「あんなやつは家に近寄ってもらいたくないね。それにしてもぼくはなんとたわけだったんだ! こんなことになるぐらいわかっていたはずなのに」

「まあ、実をいうとね」とブライスはいった。「あの馬を買う契約をしたあとで、ふっとおもったんだ、こいつはあんたに無断で馬を売りにきたのかもしれんとね。ダンスタンの旦那はときどきわるさをするからねえ。けど、いったいどこに行っちまったのかねえ? バザリーでも見かけなかったしな、怪我をしたわけではねえしな、歩いて帰ったからねえ」

「怪我だと?」ゴッドフリーは苦々しげにいった。「あいつは、自分じゃ怪我はしない、他人に怪我を負わせるのは得意だがね」

「あの馬を売ることは、許したわけですかい？」とブライスがいった。

「ああ、あの馬はもう手放そうと思ってね。ぼくには、ちょっと苦手なんだよ」とゴッドフリーはいった。自分が必要に迫られてあれを売る羽目になったと、ブライスが憶測したにちがいないとおもうと、自尊心がいささか傷ついた。「いまあいつを探しにいくところでね。なにか困ったことでも起きたんじゃないかとおもってね。そういうわけなら家に戻るとしよう」かれは馬首をめぐらしながら、そうつけくわえた。なんとかブライスを追い払いたかった。なにしろ自分がながらく恐れていた危機がいまや迫っていることをひしひしと感じていたからである。

「あんた、ラヴィローに行くところだろう？」

「いやいや、いまは行きませんよ」とブライスはいった。「これからフリットンに行く用事があってね。途中であんたさんのところに寄ってあの馬のことをお耳に入れといたほうがよかろうとおもったもんだから。ダンスタンの若旦那は、悪い噂がおさまったころに姿をあらわすつもりだろうし。きっとウィットブリッジの三冠亭にでもしけこんでいるんじゃないかね――あそこがご贔屓《ひいき》だから」

「たぶんそうだろうね」ゴッドフリーはなかば放心の体《てい》でそういった。それから気を取り直し、何気ないふうを装ってこういった。「じきに消息がつかめるさ」

「じゃあ、ここで曲がるんで。こんどはよい知らせをお届けしたいもんですな」かれはゴッドフリーが沈んでいるのに気づいていたが、驚きはしなかった。

ゴッドフリーはゆっくりと馬を進めながら、もはや逃れようのない、父親への告白の場を頭に描いていた。あの金のことは、あすの朝には白状しなければならない。ダンスタンは近いうちに帰ってくるだろうし、父親の怒りの矛先が自分に向かうと知ったら、腹いせに、こちらの秘密をばらすにちがいない。それでもダンスタンの口を封じて、最悪の事態を招かぬようにするには、ひとつだけ方法がある。自分の口から父親にほんとうのことを打ち明ければよい。小作人のファウラーから受け取った金は、自分が使ってしまったと、父親に話すのだ。自分はこれまでこのような罪を犯したことは一度もないから、多少の騒ぎはあっても、やがて一件落着となるだろう。だがゴッドフリーはどうしてもそうする気にはなれなかった。自分は小作人から預かった金をそっくりダンスタンにやってしまったのだ。自分のためにその金を使ったという罪より、父親の信頼を裏切ったというこの罪のほうがずっと重いではないか。ゴッドフリーにはとうてい耐えられるものではなかった。「ぼくはいい子のふりをするつもりはない」とゴッドフリーは考える。「といって破廉恥《はれんち》な悪党でもない。すくなくとも、どこかで踏みとどまる気持ちはある。自分がしてもいないことを、したようにおもわせるくらいなら、自分のしたことの報いを受けよう。自分の楽しみのために金を使ったんではないんだ――苦しまぎれに、やむなくやってしまったことなんだ」

ゴッドフリーはこの日、多少の迷いはあったものの、父親にすっかり打ち明ける決意をかためていた。ワイルドファイアが死んだことは、そのときまで話さずにおこうとおもってた。さらに重大な話のきっかけになるかもしれなかったからである。父親はゴッドフリーがちょくちょく家を空けることには慣れていたし、ダンスタンやワイルドファイアが姿を見せなくとも気にすることはなかろう。ゴッドフリーは何度も自分にいいきかせた。自分の秘密を告白するとしたら、この機会を逃してはならぬ。自分の犯した罪は、ダンスタンの告げ口より忌まわしい形で露見するかもしれない。あの女、モリーが、日頃の脅しを実行し、ここにやってきて一切合切ぶちまけるかもしれないのだ。ゴッドフリーは心を決めた。そこでかれは、下稽古をするつもりで、父親との対決の場を思い描いてみた。どうしようもない自分の弱みをダンスタンに握られたために、金を渡さざるを得なかった、と打ち明ける。自分にはどうしてもふりきることのできない弱みがあると父親に告白する。その弱みのなんであるかを打ち明ける前に、なにかよからぬことが出来《しゅったい》していると父親に予感させることが肝心だろう。

老いた郷士どのは、なにごとにも容赦をしない人間だった。怒りに駆られていったんこうときめたことは、怒りが冷めても翻そうとはしなかった。それは火山から流れ出た溶岩が冷えてかたまって岩石となるのに似ていた。気性のはげしい、情け容赦もない多くのひとたちとご同様、自分が目配りを怠り、はびこる悪事を見逃しながら、いったんそれに気づくと、すばやく反撃に転じ、仮借ないほど厳しくことにあたる。それが小作人に対するかれのやり方だった。小作人が小作料を滞納しようが、家畜の数を減らそうが、柵の手入れを怠ろうが、どんな誤りをおかそうが放っておく――いったんそれが自分の実入りを減らすようなこととなると、断固として強硬な手段をとり、小作人がいかに哀願しようと耳もかさない。ゴッドフリーは父親のそうした仮借ない態度をふだん見聞きしていて、絶えず心を痛めていた。優柔不断なかれは、父のやり方に共感しなかった(ふだん放任しておきながら、いざとなると怒り狂う、そんな父親の態度は当然のことだとおもってはいた)。だが一縷《いちる》の望みはあると、ゴッドフリーは考えた。自分の秘密の結婚については、不肖の息子を勘当して、十マイル四方の世間から一家があしざまにいわれるよりは、そんな醜聞は闇に葬ってしまえと、世間に知られぬよう穏便にはからえと息子を説き伏せるほうを、父親の自尊心が選ぶかもしれないからだった。

真夜中近くまで、ゴッドフリーはあれこれ思案したあげく、結論は出たと思いこみ、心安らかに眠りについたのである。だが早暁の静まりかえった暗闇のなかで目を覚ましたとき、ゆうべのあの楽観的な結論は甦ってはこなかった。父親に真実を告白するかどうか悩むより、告白したあげくの忌まわしい結果だけが身に沁みて感じられた。自分とナンシーのあいだに絶望的な障壁がつくられるという考えから逃れようとする気持ち——自分に好都合な望みだけにたよろうとする性癖が甦ってくる。なにゆえに、そうした希望をみずから断ち切るような行動に出る必要があろうか。きのうは問題を誤った角度からみていた。ダンスタンに腹を立てていて、もうあんなやつとは縁切りだとしかおもえなかったが、じっさい自分がやるべきもっとも賢明なこととは、ダンスタンに対する父親の怒りをやわらげること、そしてできるかぎりダンスタンとはこれまでと変わらない関係を保つことだ。もしかれがこのさき数日は戻らなくても（ゴッドフリーは、あの悪党が、長く家を空けていられるほどの大金をもっていることは知らない）、いずれは戻ってきて一件落着ということになるだろう。

第九章

ゴッドフリーは常より早く朝食をとったが、弟たちが食事をすませて出ていくまで腰板張りの居間でぐずぐずと父親を待っていた。父親は、朝食前に管理人を連れて散歩をする。赤屋敷では、みながそれぞれ勝手な時間に朝食をとるが、父親の郷士どのはいつもしんがり。朝のうちはあまり食欲がないので、散歩をしてなんとか腹を空かせようという算段だった。かれがあらわれる二時間も前に、食卓にはたっぷりとした料理がならぶ。郷士どのは六十歳、長身のでっぷりとした恰幅《かっぷく》、ぎゅっと寄せた眉、厳しいまなざしは、しまりのない口もとには似合わない。その風采は日ごろなおざりにしているしるしを見せ、着ているものもだらしない。とはいうものの、この老郷士の物腰は、このあたりの平の農家のあるじたちとはどこかちがっている。かれらにしても、郷士さまとはたいして変わらず、まあお上品なところはあったのだろう。旦那さま方のおそば近くにいて、終生、腰を屈めて暮らしてきたひとたちなので、身分の高い方々というものは、アメリカや天の星ほど遠くて縁のない存在だととらえている者ならではの思いから、あのような落ち着きと威厳のある声や挙止をそなえたいものだと考えていたかもしれない。郷士どのは、なにしろ生まれてこのかた、教区の尊敬を一身に集めていたし、家族にしても、蓋つきの大杯にしても、自分の所有となるすべてのものが、もっとも古く、もっともよいものと思いこんでいた。また自分より身分の高い大地主とつきあうこともなかったので、自分の意見について、あれこれ批判されることはいっさいなかった。

郷士どのは部屋に入っていくと、そこにいる息子を一瞥《いちべつ》してこういった。「おんや、おまえはまだ食べてはおらんのか」だが快い朝の挨拶などはなかった。よそよそしいというわけではないが、朝の挨拶などという甘美な花は、赤屋敷のような家庭には咲かぬものである。

「いや、もうすませましたよ。でもお父さんに話があるので、待っていたんです」とゴッドフリーはいった。

「ほう、そうか」と郷士どのはいい、自分の椅子にどっかりとすわり、重々しく咳払いをしながら話しだす。こういう話し方はラヴィローでは、かれのような身分の者の特権と考えられている。切り分けた牛肉の一片を、伴ってきた犬の前にかかげてみせる。「呼び鈴を鳴らしてビールをもってくるようにいってくれ。おまえたち若いものの用事といえば、どうせ自分の道楽の話だろうが。急ぐにはおよばんな」

郷士どのの暮らしも、息子たちと同じように怠惰なものだが、ラヴィロー村の同世代のひとびとと同様、若いときは、もっぱら愚かなことをしたものだ。だが老いては、辛抱のしどおし、せいぜい厭味《いやみ》をいって耐えるものだとおもっていた。ゴッドフリーはビールが運ばれて扉が閉まるまでは口を開かなかった。犬のフリートが貧乏人の休日の夕食になるくらいの肉をたいらげるのを待っていた。

「ワイルドファイアが悪運に見舞われましてね」とかれは口を切った。「一昨日のことなんですが」

「ふうん！　膝でも折ったか？」と郷士どのは、ビールを一口飲んでからいった。「馬の乗り方ぐらい心得とるとおもっておったがな。わしは生まれてこのかた、馬を転ばせたことはないぞ。代わりの馬がほしいといったって、うちのおやじは、財布の紐をおいそれとはゆるめなかったからな。だが世間の連中も、心を入れかえねばなるまいよ。あれこれ抵当に入っておるわ、小作料は入らんわ、わしだって道ばたの物乞い同然、金がないのさ。あのばか野郎のキンブルの話だと、新聞じゃ、和平がどうのこうのといっとるそうだ。そうなりゃ、ものの値段がどんと落ちるわな。そうなりゃ、小作料は入らん、やつらの財産を差し押さえぬかぎりはな。それなのにあの忌々《いまいま》しいファウラーのやつめ、あいつにはもう我慢ならん、今日こそコックスのところに行ってこいとウィンスロップにいっておいたがな。あの嘘つきの悪党め、先月たしかに百ポンド払うと約束したのにまだ払わん。こっちが忘れるとでもおもっておるのさ」

郷士どのは、咳きこみながら、とぎれとぎれにこんな話をして、ゴッドフリーに口をはさむいとまをあたえなかった。父親は、息子がワイルドファイアの災難にかこつけて金の無心をしようという魂胆だとおもっているらしい。だから金がないだの、小作料が入らんなどといいだした。こちらの告白をきいてもらうどころではない。だがなにはともあれ、ここは話さねばならぬ。かれは口を切った。

「馬は膝を折るどころじゃないんです、杭に腹を貫かれて死んだんですよ」父親が黙りこんで肉を切りわけはじめると、かれはすかさずこういった。「しかし新しい馬を買ってくださいというつもりはありません。ただワイルドファイアが死んでしまって、お父さんにわたすはずだった金をひねりだす算段がつかなくなった。ダンスタンは、ぼくのかわりにワイルドファイアを売ってくれるといって猟場に連れていったんです。ところがブライスに百二十ポンドで売る約束をしたあと、猟犬を追って不用意な飛び越しをした、それで馬は杭に腹を貫かれて死んでしまったんです。そんなことにならなければ、けさはお父さんに、あの百ポンドをおわたしできたんですが」

郷士どのは、ナイフとフォークをおくと、驚いたように息子を凝視した。脳のはたらきがまだ鈍く、どうして息子が親の自分に百ポンドをはらうといっているのか理解できなかった。

「じつをいうと――ほんとうに申しわけないことをしました。お叱りを受けて当然です」とゴッドフリーはいった。「ファウラーは、小作料の百ポンドをぼくにわたしてくれたんです。先月ぼくがあそこに行ったときに。それを知ったダンスタンが、どうしても貸せというものだから、つい貸してしまったんです。こうなる前に、かならずお父さんにわたせるものとおもっていたものですからね」

郷士どのの顔はみるみる紫色に変じ、口もきけないありさまだった。「ダンスタンのやつにあの金をやっただと、ええ？　おまえはいつから、あいつと仲よくなったんだい？　わしの金を着服するような悪事に荷担するとはな。おまえまでならずものに成り下がったか？　いいか、わしはご免だぞ。おまえらをこの屋敷からほうりだしてやる。わしはまた嫁をもらうからな。ようく覚えておくがいい、キャス家は、財産の相続人をきめておらんのだぞ、わしのじいさんのころから、キャス家のものは、所有する土地を自由にできるんだ。ようく覚えておけよ、なあ。あの金をダンスタンにやってしまったと？　あの金をどうしてダンスタンにやらねばならなかったんだ？　どうやらこの話には裏がありそうだな」

「裏なんかありませんよ」とゴッドフリーはいった。「ぼくはあの金を自分で使おうなんて気はまったくありませんでしたがね、ダンスタンのやつが、しつこくいうものだから。ぼくがばかだったんですよ、あいつにやったのは。でもぼくはあの金はお返しするつもりでした。あいつが返してくれようとくれまいと。ぼくが金をごまかすような人間じゃないことは、お父さん、よくご存じじゃありませんか」

「じゃあ、ダンスタンはいまどこにいる？　こんなところでぐずぐずしとらんで、あいつをつれてこい。どうしてあの金が必要だったのか、あいつに説明させろ。あの金をなんに使ったのか？　きっと後悔させてやるぞ。勘当だ。わしはやるといったらやるからな。わしに刃向かうことは許さんぞ。さっさとやつめを連れてこい」

「あいつはまだ戻っていません」

「なんだと！　自分の首でもへし折ったのか」そういった郷士どのは、いささかひるんだ。そうなったら自分の脅しもきかなくなるからである。

「いや怪我はしなかったと思います。死んだ馬は見つかりましたから。ダンスタンは歩いてその場を立ち去ったのでしょう。いずれ近いうちにあらわれますよ。いまは所在がわかりませんが」

「ところでだな、おまえはどうして、わしの金をあいつに貸さなければならなかったんだね？　答えてもらおうか」郷士どのは、ダンスタンに手がとどかぬと知るとふたたびゴッドフリーを責めたてた。

「ええ、まあ、よくわからないんですが」とゴッドフリーは口を濁《にご》す。たよりない言い逃れだが、嘘をつきたくはなし、言葉巧みにいいくるめるような才覚もなかった。

「わからないだと？　それならわしが教えてやろう。おまえはなにかばかげたことをしでかして、やつに口止め料を払う羽目になったんだろうが」郷士どのは、ゴッドフリーを竦《すく》み上がらせるような鋭い語気で言い放った。父親の言葉がほぼ的を射ていたので、ゴッドフリーは動悸が烈しくなるのを感じた。ふいをつかれて、かれはまたつい一歩踏みだしてしまった――下り坂にかかれば、ちょっと押されただけで走りだしてしまうものである。

「いやいや」とかれはさりげないふうを装った。「やつとちょっとしたことで揉めましてね。若いものの愚行を詮索するのはむだというものですよ。お父さんにはなんのかかわりもないことで。ワイルドファイアを失うという不運さえなければ、お父さんにちゃんとあの金をわたしていたはずなんです」

「愚行だと、ばかたれが！　ばかもいいかげんにしろ」郷士どのは眉をしかめ、息子を睨みつけた。「きさまの振舞いのおかげで、わしは文無しになるわ。じいさんの代は厩舎は馬でいっぱいで、いい暮らしをしておったよ。不景気なときだったのにな。わしだってあれぐらいはできたのさ。ろくでなしの倅が四人、馬蛭《うまびる》みたいにわしにひっついていなけりゃな。わしはどうも倅どもに甘すぎたよ、まったくな。わしはもうごめんだ」

ゴッドフリーは黙っていた。自分の判断は決して的確なものとはおもわないが、父親が息子に甘いのは、けっして温かな親心によるものではないと、かねがね感じていた。過ちを犯しがちな自分の弱さを正してくれるような厳しさが父親にあってもよいのではないかと、そして自分の善き意志を助けてくれればよいのにとおもっていた。郷士どのは、パンと肉をそそくさと食べ終えると、ビールを一気に飲みほし、椅子をこちら側に向けて、ふたたび話しはじめた。

「おまえの先ゆきは、ますます苦しいぞ――せいぜいわしを助けて、うまくやっていかんとな」

「ぼくとしては、これまでにも、管理のほうは任せてくださいと何度も申し出ましたがね、お父さんはいつもそれを悪くとって、ぼくがお父さんの地位を奪おうとしているとお考えのようでしたね」

「おまえがそんな申し出をしたとか、わしがそれを悪くとったとか、そんなことはなにも知らんぞ」と郷士どのはいった。なにしろ細かいことは、いっさい気にしないたちで、強い印象を受けたことしか覚えていないのだ。「だがわしは知っとるぞ、おまえはひところ結婚するつもりでおったらしいがな、わしは邪魔はせなんだぞ。ラミターの娘と結婚したって、わしはいっこうにかまわん。まあ、わしがだめだといったら、おまえは勝手に話をすすめただろうがね。ところがわしの反対がなかったから、おまえは気を変えたのさ。まったく、だらしのないやつだ。おまえのおふくろにそっくりだよ。あれには、自分の意志というものがなかった。まあ、まともな男を亭主にしておれば、そんなものは必要はないがね。だがおまえのかみさんになる女には、それが必要だな。自分の両足をそろえて歩くこともでけん旦那だからな。どうだ、あの娘はおまえをきっぱり振ったりはせなんだか？」

「ええ」とゴッドフリーは答え、顔がかっと熱くなり、いたたまれぬ思いをした。

「でもあのひとは、ぼくと結婚しないとおもいますがね」

「おもいますだと！　あの娘に訊く勇気がないのか。あの娘と結婚したい気持ちに変わりはないんだな――そこが肝心だ」

「ぼくが結婚したいとおもう女性は、ほかにいませんが」ゴッドフリーは口を濁した。

「じゃあ、わしが申しこんでやろうかい、おまえにその勇気がないんなら。ラミターは、娘をうちに嫁がせるのを、いやとはいうまいよ。あの別嬪《べっぴん》にしたところで、自分の従兄《いとこ》とは結婚するまいし。おまえの邪魔だてするやつはだれもおらんのだぞ」

「でもぼくは、自然のなりゆきに任せたいんですよ」とゴッドフリーはあわてていった。「あのひとは、どうやらつむじを曲げているらしいんです。ぼくは自分の口から話しますよ。男なら、これぐらい自分で片をつけるでしょう」

「そうか、じゃあ、せいぜい自分で片をつけるがいいさ。まず行いをあらためるんだな。男が結婚を考えるなら、それぐらいは考えんとな」

「でもいまは、結婚どころじゃありませんよ。お父さんは、農場ひとつ、ぼくに任せようとはしないし。あのひとだって、弟どもといっしょに、この屋敷で暮らしたいとはおもっていませんよ。あのひとの暮らしとは大違いですからね」

「この屋敷に住む気がないと？　なにをいうんだ。おまえが住めといえばよい、それだけのことだ」郷士どのは嘲《あざけ》るように、ふふんと笑った。

「とにかくいまは、そっとしておきたいんですよ。どうかせっつかないでください」

「わしは、こうとおもうことをやる。わしがこの屋敷の主人なんだぞ。それがいやなら、ここを出ていくんだな。どこかの農場に転げこむがいい。さあ、さっさとウィンスロップをつかまえて、コックスのところには行くなといえ、わしを待てというんだ。馬に鞍をつけておくようにいっとけ。ちょっと待てよ。ダンスタンの老いぼれ馬は売ってしまえ、その金をわしにわたせ。わしの金で馬を飼うことは、以後まかりならんぞ。それからあいつの隠れ家《が》を知っておるなら——おまえは知っておるわな——もうこの屋敷には戻ってくるなといってやれ。馬丁にでもなって、自分で食べていくがいい。もうわしを頼りにするなといってやれ」

「あいつの居場所は知りませんよ。まあ、かりに知っていたとしても、この家に寄りつくなとは、ぼくの口からはいえません」ゴッドフリーは、扉に歩みよった。

「ばかめが、ぐずぐずいわずに馬の用意をさせろ」郷士どのはそういうと、パイプをとりあげた。

ゴッドフリーは部屋を出たが、自分の立場になんら変化はなく、父親との話し合いがぶじおわったという安堵感はわかなかった。それより口先のごまかしで、自分をいよいよ窮地に追いこんだのではないかと不安になった。ナンシーに結婚を申し込んだことを父親に話してしまい、さらなる不安がわいた。父親がラミターさんにふともらしたひとことで、万事休すということになりかねなかった。そこでかれはいつもの避難所に逃げこんだ。運命が意外な展開をみせ、自分を不愉快な結末から救い出してくれるかもしれないという期待——自分が不誠実に見えたのは、慎重さのなせるわざだったと示してくれるような運命の訪れ、つまり僥倖《ぎょうこう》を期待していたのだった。僥倖とは、自分が信じる掟には従わず、自分の才覚にたよるひとにとっての守護神である。

いまどきの教養のあるひとたちであっても、ひとにいうのも恥ずかしいような境遇におかれれば、そこから自分を救いだしてくれる手だてはないものかと血眼《ちまなこ》になるだろう。そんな人物に己の収入以上の暮らしをさせるとか、給金が確実に支払われる職業にはつかぬように仕向けてみるがいい。おそらくかれは、すぐにも自分の後ろ盾になってくれるひとはいないか、うまく言いくるめれば金を出してくれそうな阿呆はいないかと、そんな義俠心《ぎきょうしん》ある人物があらわれるのを期待するようになるだろう。あるいはその人間に、自分の職務をおろそかにするように仕向けてみるがよい、かれはそこで僥倖というものを期待するだろう。つまり自分がおろそかにしたことは、おもっていたほど重要なことではなかったというような。また、友人の信頼を裏切るようなことをさせてみるがいい。するとかれは、幸運という、巧妙かつ複雑なものを崇《あが》めるようになるだろう。すなわち、当の友人には決してばれないという幸運である。また、そもそも自分の性《しょう》には合わない優雅な職につきたいと日ごろから願っている人間に、自分の身の丈に合っていた職を捨てさせてみるがいい。その人間は必ずや、お恵み深い僥倖を崇めたてまつる宗教に凝るようになるだろう。このような宗教において排斥されるのは、蒔かれた種子は、その種類に応じた実を結ぶという因果応報の帰結なのである。

第十章

マラム治安判事は、ラヴィロー村では、包容力のある人物だと見なされていた。証拠がなくとも、きちんとした結論を引き出せるひとだと、とうぜん考えられていた。またこういうご仁は、火打ち箱というような証拠品もおろそかにはしないものである。かくして姓名は不詳、黒い縮れ毛の、顔はどうみても異国人、大きな耳輪をして、刃物や宝石を売り歩く行商人の捜査が、いよいよはじまった。

だが捜査は遅々として進まず、この人物を捕らえることはできなかった。なにしろ配られた人相書きが、あまりにも大勢の行商人にあてはまるものだから、だれを犯人と名指せばよいかわからないのだった。数週間が空しくすぎ、成果はいっこうにあがらず、ラヴィロー村のこの騒ぎも、次第に下火になっていった。

ダンスタン・キャスの不在については、ほとんど話題にのぼらなかった。父親と大喧嘩をすれば、すぐに屋敷を飛び出して行方をくらませる。だが六週間もすればひょっこり戻ってきて家でふんぞりかえっているのが常だから、今回も同様のことだと、家族のだれもまったく気にもとめなかった。このたびは、ただひとつちがうといえば、父親が家にはもうぜったいに入れぬと心を決めていたことで、かれの不在については、父親はひとことも触れなかった。叔父のキンブルやオズグッドは、かれの不在には気づいたが、かれがワイルドファイアを殺してしまい、父親の機嫌を損ねたことを知ると、かくべつ騒ぎ立てはしなかった。

ダンスタンが姿を消した日は、マーナーが盗難にあった、まさにその日だったが、それを結びつけて考えるものはだれひとりいなかった。どんなことでもやってのける弟を、だれよりもよく知っているゴッドフリーでさえ、かれの不在とマーナーの盗難事件を結びつけて考えることはなかった。十二年ほど前なら、機屋をからかうのが、がきだったかれら兄弟の慰みだったが、いまでは、かれらのあいだでも機屋が話題にのぼることはいっさいなかった。その上かれの想像力がダンスタンのアリバイをつねに作りだしていた。ダンスタンがいまどこにいるか、ゴッドフリーの脳裏にははっきりと見えていた。ワイルドファイアを置き去りにして、さっさと隠れ家に向かう姿がはっきりと見えた——とちゅうでたまたま知り合ったやつの家に転がりこみ、兄貴を苛《いじ》めるという楽しみにふけりながら、いつ屋敷に戻ろうかと思案している弟の姿がはっきりと見えていた。

ラヴィロー村の住人なら、このマーナーの盗難事件とダンスタンの不在という二つの事実を結びつけて考えるものはいないだろう。教会の壁面に記念碑がかかげられ、由緒ある杯を所有している村いちばんの名家の体面を傷つけるような人間はいないはずだった。その上、クリスマスの菓子やら料理やら、たらふく腹に詰めこみ、強い酒をしこたま呷《あお》れば、たちまち夢魔の領界に入りこみ、正常な思考力など消し飛んでしまうものである。

盗難事件が、虹屋あたりで話題になっているあいだは、ひとびとは、火打ち箱という、れっきとした証拠にもとづく推測と、はかりしれぬ神秘のなせるわざという説のあいだをふらふら行き来していた。行商人犯人説の支持者は、それに反対する連中を騙《だま》されやすいぼけなすだといった。あの連中は目玉が濁っているから、なにも見えていないのだと。これに異を唱えるものたちは、あの連中は穀粒ひとつ見つからぬうちから大さわぎするけだもので、うすっぺらなことといったら乳の薄皮すくいの薄皿みたいだと――目がいくらいいといっても、納屋の戸の向こうをすかして見ることはできないから納屋はからっぽだといっているような阿呆だといった。こうして両者の論争は、盗難事件の真実を引き出す役には立たなかったけれども、さまざまな本音を引き出す役には立った。

哀れなサイラス・マーナーの金貨盗難事件は、ラヴィロー村ののんびりした噂話を活気づける役には立ったが、サイラス自身は、身が萎えるほどの悲しみを味わっていた。金貨を失う前のかれを見ていたひとたちには、これほど生気のない干からびたような暮らしをしているかれは、傷の痛みすら感じられないのではないか、その暮らしから、これ以上なにかを抜きとれば、もう生きてはいかれないのではないかとさえおもわれた。だが実をいえば、これまでのかれの暮らしぶりは旺盛なもので、目の前にはいつも仕事がひしめいており、それが陰鬱な未知の世界から、かれを守ってくれていた。それは、執着する生活だった。その執着するものが、丸い無機質な金貨だとしても。だがいまや、その防壁は失われ、かれを支えてくれるものはなにもなくなった。マーナーの思考は、これまで通りには働かなかった。帰り道にぽっかり穴が空いて帰れなくなり、途方に暮れている蟻《あり》んこのように、かれの頭にもぽっかりと穴が空いてしまった。

目の前には機があり、日々織るという仕事があり、織りだされていく紋様がある。だが足もとの穴に隠しておいた光り輝く金貨は消えてしまった。毎夜それをもてあそび、それを数える楽しみも失せてしまった。哀れな魂の渇きを癒してくれていた幸せな幻影は消えた。いま日々の仕事で得る金はなんのよろこびももたらしてはくれない。手にしたわずかばかりの金貨は、失ったものの大きさを思い知らせるだけだった。とつぜん襲った災難に希望は打ち砕かれ、そんなわずかなものを元手に、これからあらたな蓄えをつくろうという意欲などまったく湧かなかった。

かれはその空白を悲しみで埋めた。機の前にすわり、布を織りつづけながら、痛みに苛《さいな》まれているもののように、ときおりうめき声をあげた。それはかれの思いが、ふいにあらわれたあの深淵に、空虚な夕べの時間に、囚われているしるしだった。そうしてかれは、一晩じゅう、ほの暗い火の前にすわって、両肱を膝につき、両手で頭を抱えながら、低いうめきをもらすのだった——だれにも聞かせたことのない低いうめきを。

だがこのような災難に遭ったかれを、世間は見捨てなかった。マーナーに対する村人たちの嫌悪の情は、このたびの不運がかれを照らしだした新しい光によって、いくばくか失せたのだった。正直な人間がもちうる程度の才覚しかもちえなかった人物、さらに残念なことに自分の所有物を守れるほどの才覚さえももちあわせていなかったという事実が明らかになった。あのマーナーは、どうやら押しつぶされた哀れなやつだと噂されるようになった。そしてこれまでかれが村人を避けてきたのは、かれの悪意のなせるわざだと、おそらくは悪魔に魂を売ったせいだと噂されていたのに、いまでは単に頭がおかしな人間だからということになった。

村人たちが、マーナーにこんなふうに思いやりのある気持ちをもつようになったことは、さまざまな言動で示された。折りしもクリスマスのご馳走のにおいが風にのって漂ってくる季節、ありあまるほどの豚肉料理や黒プディングが、裕福なひとびとに慈善の心を芽生えさせる季節である。マーナーの悲運は、オズグッド家の奥方のようなひとの脳裏にも真っ先に浮かんだ。クラッケンソープ牧師さまは、マーナーに向かって、あんたが金貨を盗まれたのは、あんたが金にばかり執着し、教会に一度もやってこなかったせいだと説教した。そして豚の足をマーナーにあたえ、この訓戒を押しつけ、牧師という仕事に対するいわれなき偏見を消そうと図った。

言葉をかけるしか慰めの方法がない村人たちは、マーナーに村で出会ったときはちゃんと挨拶をしたし、かれの小屋まで出むいて、盗難事件の詳細を話してもらい、それからこういってかれを励ました。「まあまあ、親方よ、おまえさんだってほかの貧乏人ほど運は悪かねえ、足が動かんようになったら、教区が面倒みてくれるでな」世間のひとたちが、隣人に慰めの言葉をかけることがめったにできないのは、自分の気持ちはともかくとして、その言葉が自分の口から出たとたん、不純なものがまじってしまうからである。黒プディングや豚の足なら、自分のひとりよがりをのぞかせず贈ることができる。だが言葉というものは、小川の流れのようなもので、そこにまじっている泥の味がしてしまう。ラヴィロー村のひとたちに親切心はちゃんとあったが、ほろ酔い機嫌の不器用なねぎらいというようなもので、体《てい》のいいお世辞をいったり、もったいぶった言葉をかけたりすることではなかった。

たとえば教会執事のメイシーさんだが、マーナーのところにこんなことを告げにやってきた。最近のあの事件のおかげで、ものごとを軽々しく判断しない者から好意をもたれるようになったことはよろこばしいと。メイシーさんは椅子に腰を落ち着けると、親指をつきあわせてすぐさま話しはじめた。

「なあ、親方よ、おまえさんは、そんなふうにすわりこんで呻《うめ》いておることはないで。金をなくしてほんによかったぞ。あくどいやり方で金を貯めこむこともなくなってほんによかった。おまえさんがこのあたりにやってきたときにゃ、わしはこうおもったもんさな、あいつは見かけより悪いやつだってな。いまよりはずんと若かったなあ。だがあんた、いつだって目をむいて睨んでおったろうが、青白い顔してなあ。なんつうか、顔に白まだらのはいった子牛みてえだったよ。だがわからんぞ、悪魔がこしらえたもんが、どれも奇妙な顔つきしてるとはかぎらんでな――ほれ、ひきがえるだってな、あいつら、あんな姿しとっても害はせんし、悪い虫を食ってて役に立つこともあるでよ。おまえさんも、わしの見るところ、同じようなもんよ。ほれ、苦しい息をしてるものを治してくれるあの薬草だがな、あれだってもうちっと気前よく使えばよかったのさ、ああいう知識は、まともな方法じゃ得られるもんじゃないっていうなら、教会にきて償いをすりゃあよかったのさ。わしは、魔女がまじないをしてやった子どもに、いくたびも洗礼をほどこしてやったもんだが、みんなおとなしく聖水を浴びたでな。そりゃ当然じゃろ、悪魔だって、ちょっといいことをやってやろうというなら、だれが反対するもんかね。まあ、わしはこんなふうに考えておるのさ。四十年というものな、この教区で教会執事をつとめておるから知っとるがな、牧師さまとこのわしが聖灰の水曜日に唱える呪いの言葉のなかにだって、医者の手によらず癒されたものを呪う言葉はありゃせんわ。医者のキンブルにはいいたいことをいわせときゃあいい。話というもんは、まわりくどいもんだでな、わしの話も祈禱書の最後のとこまでいっちまったがな――わしの忠告はだ、もっと元気を出せっちゅうこった、おまえさんのことを、腹の底が知れんとか、後ろ暗いことがあるんじゃねえかとか、おもっとる連中もおるがな、わしはそんな意見には賛成でけんな。村の衆にもわしはそういっとるんだ。親方が話をこしらえとるというが、そいつはおかしいんではないかねとな、あんな話をこしらえるにゃ、よっぽど頭がはしっこい人間じゃないとでけんもの。だからわしはこうもいうとるがな、マーナーは、うさぎみてえに怯《おび》えた顔をしとるじゃないかとな」

　こんなとりとめもない話がえんえんとつづくあいだ、マーナーは相変わらず身じろぎもせず、両肱を膝にのせて両手で顔をしっかりと抱えこんでいた。メイシーさんは、マーナーが自分の話を聞いていないとは思いもしなかったので、せめて感謝のひとことでもいってもらえるかと、口をつぐんでみたが、マーナーはひたすら黙りこくっているだけだった。この老人が自分に思いやりのある言葉をかけてくれているのはわかってはいたが、そんな言葉も、惨めなひとたちに降りそそぐ陽光のようなもので――かれにはそのぬくもりを感じる心の余裕もなく、はるか遠くのもののように感じられた。

「おい、親方よ、あんた、なにもいうことはないのかい？」とメイシーさんは、ちょっと苛立たしそうにいった。

「ああ」とマーナーは答えながら、両手で押さえている頭を左右に振った。「ありがたいことで――ありがたいことで――ご親切に」

「うん、うん、そうともよ」とメイシーさんはいった。「ところでな、あんた、よそゆきの服はもっとるかい？」

「いいや」とマーナーは答えた。

「そうじゃないかとおもっとった」とメイシーさんはいった。「それならよそゆきの服をつくれや。トーキーというもんがおる、かわいそうなやつだが、わしの仕立屋の仕事を継いでおる。トーキーとやっとるがな。安値で服をこしらえてくれるぞ。金は後払いにすればいい。服ができりゃあ、おまえさんも教会にこられるでねえか。近所づきあいも、ちょっくらできるっつうもんだしな。おまえさん、この土地に落ち着いてから、わしがアーメンと唱えるのを聞いたことがあるまい。ぐずぐずしとっちゃあかんぞ、トーキーがひとりでやることになったら、ろくなことはでけんからな。このわしも聖書台の前に立てんようになるかもしれん、こんどの冬あたりはなあ」ここでメイシーさんは口をつぐんだ。ここらで聞き手の気持ちが動くだろうと期待したのかもしれない。だがいっこうにそんな気配は見えなかったので、メイシーさんは言葉をついだ。「あんたも織り賃を週に一ポンドぐらいは稼いどるじゃろうから、仕立て賃ぐらいは払えるだろ。それにまだ若いしなあ、見かけはひどく萎びておるがな、この土地に来たときは、せいぜい二十五ぐらいだったかい、ええ？」

相手が詰問の口調になったので驚いたが、サイラスはおだやかに答えた。「覚えていないので。はっきりとはいえません――ずいぶん昔のことだから」

こんな返事を聞いたメイシーさんは、その日の夜、虹屋におもむいて、マーナーの頭のなかはぐちゃぐちゃだぞ、やつは日曜日がいつだかわかっちゃおらん。犬より劣る異教徒だといっても驚くにはあたらんと、そんなことをいった。

マーナーを慰めにやってきたのは、メイシーさんばかりではなく、同じような話題をひっさげてかれのもとにやってきたひとがいた。それは車大工のおかみさんのドリー・ウィンスロップさんだった。ラヴィロー村のひとたちは、そうきちんと教会に行くわけではなかった。おそらく日曜日にちゃんと教会へ行く人間は、この教区ではごく少ないだろう。そんな連中は、神さまに気に入られようという欲深い望みをもっていて、分不相応なお恵みをちょうだいしようとおもっているが、それは同じように名づけ親もいて、死ねば同じように葬ってもらえるひとびとに対するあてつけかもしれないと考えないものはひとりもいなかっただろう。また召使いや若者でないかぎり、だれしも大きな祝日には聖餐《せいさん》を受けるべきものとされていた。キャス郷士さまは、クリスマスに聖餐を受けた。「徳あるひとびと」といわれるひとたちは、教会にしばしば、というか、まあ適当に足を運んでいた。

ウィンスロップのおかみさんも信心深いひとだった。どこから見ても誠実な心の持ち主で、日々の仕事に精を出し、明け方の四時に起きなければ、一日の務めをとうてい果たせないとおもっている。おかげで昼近くになると、仕事がなくなってしまう始末だった。とはいうものの、こういう気質につきものの、がみがみ口うるさいところはまったくなかった。たいそう温和で忍耐強い女だった。常にこの世の哀れで悲惨な問題を探し求めては、それを魂の糧としていた。

家族のうちに病人が出たとか死人が出たとか、蛭に血を吸わせなければならないとか、産後の付き添い看護婦が急に来られなくなったというようなときに、ラヴィロー村のひとびとがまっさきに思い浮かべるひとだった。気持ちのよいひとで器量よし、血色もいいし、唇をいつもちょっぴり歪めているところは、まるで牧師と医者といっしょに病室に控えているとでもいうようだった。だが泣き言をいったことはない。涙を浮かべているところを見たものもいない。ただただ真面目で、身内ではない弔問客のように、首をふりふり、かすかな溜め息をもらすのだった。大酒飲みで冗談好きのご亭主のベン・ウィンスロップが、ドリーのようなかみさんと仲睦まじくやっているのは、まず驚きというものだが、ドリーのほうは、夫の冗談も羽目をはずした振舞いもじっと辛抱していた。男というものはだれしもこういうもの、牡牛や雄の七面鳥のように、神さまのお好みで、生まれつき手のかかる生きものなのだとおもっていた。

この善良な女が、サイラス・マーナーに心を強く惹《ひ》かれるのは当然だった。なにしろマーナーはいままさしく受難のひとなのだから。ある日曜日の昼下がり、ドリーは、小さな息子のエアロンを連れて、マーナー親方のもとを訪れた。その手には、ラヴィロー村でも珍重されているラード・ケーキをもっていた。エアロンは林檎のようなほっぺたをした七つの男の子。ぱりっと糊《のり》のきいたフリルの衿飾り《クラヴァット》をつけているが、それはまるで林檎をのせている皿のように見えた。エアロンは、あの大きな目をした機屋が、自分の体になにか悪いことをするのではないかという恐れをやわらげるために、これから冒険に出かけるんだと自分を奮い立たせなければならなかった。そうして採石場にたどりつき、機のあの不可思議な音が聞こえてくると、エアロンの恐れはいっそうつのった。

「ああ、やっぱり、おもっていたとおりだね」とウィンスロップのおかみさんは悲しそうにいった。どんどんと戸を叩くと、ようやくサイラスに聞こえたらしい。だが戸口にあらわれたサイラスは、以前ならとつぜんあらわれた客に見せていたあの迷惑そうな顔はしていなかった。これまでのかれの心は、宝物を入れて錠をおろした小箱だったが、いまやその小箱はからっぽ、錠前もこわされてしまった。支えるものがなにもなく、暗闇を手さぐりで進むしかないサイラスは、もし助けが来るなら、外から来るだろうとおもっていた。そしてひとの姿を見かけると、かすかな期待が、かれらの善意にすがろうという淡い思いが湧くのだった。

かれは戸口を大きく開いて、ドリーを内に入れたが、挨拶を返すこともなく、ここにおすわりというそぶりで肱掛け椅子をわずかに動かしたにすぎない。ドリーは腰をおろすとすぐにラード・ケーキにかぶせてあった白い布をとり、思いきり重々しい口調でこういった。

「きのうこのケーキを焼いたんですよ、マーナー親方、ラード・ケーキがいつもよりよく焼けてねえ、よかったら、あんたさんに食べてもらおうとおもって。わたしは、こういうもんは食わんのね、パンのきれはしさえありゃあ、それでじゅうぶん。けんどな、男衆の腹ときたら、そりゃけったいなもんで、ときどき変わったもんを欲しがってねえ――まったく、やれやれだね」

ドリーはそっと溜め息をつくと、ケーキをマーナーにさしだした。マーナーはていねいに礼をいい、ぼんやりとそれに目を近づけた。近ごろは、手にとったものはなんでもそうやって見るのがくせになっていた――そのあいだ母親がすわる椅子のかげに隠れていた小さなエアロンはその一部始終をじっと見守っていた。

「ケーキの表面にな、焼きつけた文字が見えるでね」とドリーがいった。「わたしにはこれが読めんの。だあれも読めるもんはおらんの、この文字を読めるのはメイシーさまだけ。これには立派な意味があるんだね。だって教会の説教壇にかけてある布に書いてあるのと同じ文字だもんね。なんという文字なの、エアロンや?」

エアロンは、椅子のかげにすっかり身を隠して出てこようとしない。

「あれま、行儀の悪い子だね」と母親はやさしくいった。「まあ、なんつう字かわかんねえけど、いい意味なんですよ。うちのベンがいうには、うちにずっと昔からあった焼き鏝《ごて》でね、あのひとのおふくろさまもケーキにこれを押したって。それでわたしも押すことにしとるの。お恵みつうもんがあるなら、この世にいるあいだにいただきたいもんでね」

「この文字は、I・H・Sと読むんですよ」とマーナーはいった。マーナーにそんな知識があるのを知って、エアロンはおもわず椅子のかげから顔をのぞかせた。

「おや、これは、親方さん、字が読めるのねえ」とドリーがいった。「うちのベンが何度も教えてくれるけどねえ、すぐに頭から抜け出しちまってね。なんとも情けないね。よい意味をあらわす文字なのにねえ、さもなきゃ教会にあるはずはないもの。だからわたし、パンやケーキには、みんなこれを押すんだけど、ときどき文字がくずれちまってねえ——パンはふくらむもんだから。さっきもいったけど、お恵みというもんがあるんなら、この世にいるうちに欲しいわねえ——ほんとうに。あんたさんにもお恵みがあればいいとおもってね、親方さん、こんなケーキを持ってきたのもそんなわけなの。見てのとおり、この文字もくっきり押されているしな」

サイラスはドリーと同じようにI・H・Sがなにを意味するかわからなかったけれども、ドリーの穏やかな口調でもわかるように、相手を慰めてやりたいというその気持ちは、疑いようがなかった。サイラスは、前よりも心をこめて、ありがとう、ほんとうにありがとうといった。だがケーキを下におき、ぼんやりとすわっていた――悲しいかな、ケーキも文字も、ドリーの親切も、どれほど自分の役に立つのか、ほとんどわからないのだった。

「ああ、お恵みがあるもんなら、欲しいわねえ」とドリーは繰り返した。役に立ちそうな言葉をそうそうあきらめる気にはならなかった。サイラスを哀れむように見つめながらこういった。「けどな、けさの教会の鐘は聞きなすったの、マーナー親方？きょうが日曜日だってこと、知らなかったかな。こんなところにひとりぼっちで暮らしていると、日にちを数えるのも忘れるんだねえ。機が音をたてちゃ、鐘の音も聞こえんしな。こんなに寒いとよけいに音も聞こえないねえ」

「いや、聞きましたよ。鐘の音は聞こえた」とサイラスはいった。かれにとって日曜日に聞こえる鐘の音は、その日の単なる出来事にすぎず、神聖な意味をもつものではなかった。以前に住んでいたランタン・ヤードには鐘というものはなかった。

「おんやまあ！」とドリーはいって、しばし口をつぐんだ。「日曜日に働かにゃならんとは、かわいそうにねえ、教会にも行かずに、心も清めなさらんとは。肉を炙《あぶ》らにゃならんのなら、それをほったらかして家を留守にするわけにもいかんわねえ、独りものだもの。けどパン屋もあるしな、ときどきあそこの竈に二ペンス払う気になんなさりゃあ——まあ毎週じゃなくともええけど——わたしはご免こうむるけどな——親方なら夕食用の肉をあそこで炙ってもらえばええで、日曜日にあったかいものを食べたってええの。なにもいつもと同じものを食べんでもええ。けどクリスマスにはな、いつもやってくる聖なるクリスマスにはな、親方さん、パン屋で夕食の肉を炙ってもらって、それから教会に行きなさってね、ヒイラギやイチイの木を眺めて聖歌を聞いてな、それから聖餐をいただいたら、気持ちもぐっと引き立つし、あんたさんがどなたに頼っておられたかもわかるしな、わたしらよりなんでもよう知ってなさるあのお方を信じることもできるしね、わたしらがみんなせにゃあならんことを、あんたさんもせにゃならんことがようくわかりなさるよ」

ドリーの説教はいつになく長かったし、その口調は、病人にいいきかせて薬をのませるときのような、食欲のない病人に粥《かゆ》をすすめるときのような按配《あんばい》だった。サイラスはこれまで、教会になぜ行かぬと責められたことはなかった。それもかれの変人ぶりのひとつと考えられていた。サイラスはたいそう率直で単純な人間だったので、ドリーのすすめをはぐらかすことができなかった。

「いや、いや」とかれはいった。「わしは、教会のことはなにも知らんで。教会に行ったことがないのでね」

「まさか!」と驚いたドリーは低い声でいった。そしてマーナー親方が、見も知らぬ遠いところから来たことをようやく思い出した。「あんたさんが生まれたところに、教会がないと? そんなことがあるもんかね」

「いや、教会はある」とサイラスは考えこむようにいうと、いつものように両膝に肱をついて頭を抱えた。「教会はいくつもあった——大きな町だったから。だけどわしは行ったことがなかった——礼拝堂には行っておった」

ドリーは、このはじめて聞く言葉にたいそう戸惑ったものの、問い返すのはなんだか怖かった。「礼拝堂」というものが、邪悪なものの巣ではないかとおもったからだ。ちょっと思案したのち、ドリーはこういった。

「ねえ、親方さん、心をいれかえるのに、遅すぎるってことはないの。あんたさんは一度も教会に行ったことがないそうだから、教会ってとこが、どれほどあんたさんのためになるか、わからんわねえ。そりゃこれまで覚えがないくらい元気になって、く歌を聞くの。神さまを讃《たた》える歌を聞いて、お祈りの言葉を聞いて、教会へ行って気分もよくなるの。ことに聖礼典の日にはねえ。牧師のクラッケンソープさまがありがたいお説教をしてくださるしね、ことねえ。それに立ち向かう勇気がわいてくるの。なんせわたしらは、どんな災難に遭っても、お助けを仰ぐし、最後にはあのお方さまたちにわが身を捧げるのだから。自分の務めさえしっかり果たしていれば、高いところにおいでのお方さまたちが、正しきところにお仕事がし足りないなんてことは、心配せんでもええわねえ」

ラヴィロー村における信仰についてのドリーの説教も、マーナーの耳には空疎なものに聞こえた。かれの知っている信仰を思い出させるものはなにひとつなかったし、ドリーが、あのお方さまたちと複数形を用いていたことにひどく困惑していた。ドリーの信ずるものが邪教というわけではなく、無遠慮なものいいを避けるための、ドリーなりの気づかいにすぎなかったが、かれは黙りこんでいた。教会に行けというドリーの言葉だけはよく理解できたけれども、それに従う気はなかったので黙っていた。マーナーは、自分の単純な商売に必要な短いやりとりのほかは、まったく不慣れだったので、さしせまった用事でもないかぎり、言葉というものは容易にかれの口にはのぼらなかった。

そのとき、恐ろしい機屋の存在に慣れてきた幼いエアロンが、母親のわきにすりよってきたので、マーナーはその存在にはじめて気づいた。そしてドリーの善意に応えるために、この坊やにラード・ケーキを少しばかりさしだしてみた。エアロンはちょっと尻込みをして母親の肩に頭をすりよせたものの、ケーキが欲しいので思い切って手を伸ばした。

「ま、お行儀のわるい、エアロン」と母親はいって、坊やを膝に抱きあげた。「まだ、ケーキが欲しいわけはないな。この子はそりゃ大食いなんですよ」ドリーは小さな溜め息をついた。「まったくねえ、末っ子だもんで、すっかり甘やかしちまって、わたしもこの子の父親も目がはなせないんですよ、ほんとに」

ドリーはエアロンの茶色の頭を撫でながら、こんなかわいい子を見れば、マーナー親方もうれしかろうと思った。だが炉の向こう側にいるマーナーには、目鼻だちの整った薔薇《ばら》色の顔も、二つの黒点をもったぼんやりとした形のものにしか見えなかった。

「この子の声といったら、そりゃ小鳥みたいでね」とドリーはつづける。「クリスマスの祝い歌も、ちゃんと父ちゃんが教えたとおりに歌えるんですよ。良い歌はすぐに覚えるから、これは良い子になるしるしだとおもうとるの。さあ、エアロン、立って、マーナー親方に、祝い歌を聞かせておあげ、さあ」

エアロンは、母親の肩に額をこすりつけている。

「ま、わるい子だねえ」とドリーはやさしくいう。「さあ、お立ち。お母ちゃんのいうとおり歌いおわるまで、そのケーキはお母ちゃんがあずかるよ」

エアロンは自分の才能を披露するのは、こうして守ってくれるひとがいるかぎり、たとえ鬼の前だろうと平気だった。手の甲で目をこすったり、指のあいだからマーナー親方のほうをうかがったりした。親方が、ほんとうに祝い歌を聞きたいのかたしかめてから、ようやく頭をまっすぐに起こしてテーブルの前に立ったが、それでは幅広の衿のフリルが見えるばかりで、まるで体というもののない天使の顔のように見えた。エアロンは透きとおった高い声で歌いはじめたが、その美しい調べは、勤勉な槌《つち》がひびかせるリズムのようだった。

やすらかに憩え、よきひとびとよ
なにごとも怖るるなかれ
救い主、イエス・キリストの
生まれたまいし日なれば

ドリーは敬虔《けいけん》な面持ちで耳をかたむけながら、マーナーのほうをちらりとうかがった、この歌の調べが、きっとかれの教会に行くきっかけになるだろうと期待をこめて。

「これはクリスマスの歌ですよ」とドリーはいい、歌いおわったエアロンはケーキをしっかりと取り返した。「クリスマスの歌ほどいい歌はないねえ、『聴けよ、天使の歌を!』とかねえ。教会でどんなふうに歌われるか、想像できるでしょう、親方、ファゴットの音や美しい歌声を聞いたら、もう天国にきちまったんじゃないかとおもうの――なにしろあのお方は、いちばんいいとおもいなさるところに、わたしらをおいてくだすったんだから、ここを悪しざまにいうつもりはないの。けどね、酒や喧嘩や疫病や、難儀な死にざまを何度も見てきたもんでねえ、だから美しいお国のことを聞かせてもらうと、ありがた涙がでますでねえ。坊やの歌は上手だったかな、マーナー親方?」

「はい」とマーナーはぼんやり答えた。「たいそう上手だった」

槌で叩くような旋律のクリスマスの祝い歌は、かれの耳には奇妙に聞こえ、とても聖歌とはおもわれなかったので、ドリーが期待したような効果はまったくなかった。だが感謝の気持ちは伝えたいとおもった。そのときかれの頭にうかんだ感謝の方法は、エアロンにもうひと切れケーキをさしだすことだった。

「ああ、もういいの、親方さん」とドリーはいって、さしだしたエアロンの手をひっこめさせた。「さあ、もう帰らんと。さよならね、親方さん。具合が悪いようなときがあったら、ひとりで我慢しちゃだめ。わたしが掃除にくるし、食べるものも作ってあげるから。でもお願いだから、日曜日に機を織るのはやめておくれな、だって魂にも体にもよくないから――それにな、そんなにして入ってきたお金は、寝ざめの悪いもんだしな、白い霜みたいにどこかに消えちまうもんじゃないけどな。まあ、ずけずけといっちまって、ごめんなさいよ、親方さん、ただあんたのためをおもうとねえ。さあ、おじぎをして、エアロン」

サイラスは、「さよなら、ご親切に、ありがとう」といって、戸を開けてやったが、ドリーの姿が見えなくなると、ほっとせずにはいられなかった――なにしろまた織りつづけることもできるし、ほうっと吐息をもらすこともできるから。

ドリーは、自分の単純な人生観や、人生の慰安となるものや、そうしたものでマーナーの心をひきたててやろうとしたのだが、それはかれの想像も及ばぬ未知のものを、かれの前に並べてみせたにすぎなかった。人間の愛情の泉とか、神への信頼というようなものは、まだその扉を開いてはおらず、かれの魂はいぜんとして、水のかれた細い流れのままだった。ただ砂にえぐられた溝がせきとめられ、あふれだしたものが途方にくれながら、黒い障害物に向かって流れている、そんな感じだった。

そんな次第で、メイシーさんとドリー・ウィンスロップの親身な助言にもかかわらず、マーナーはひとりさびしく炙った肉を食べたのだった。もっともその肉は近所のひとが届けてくれたものだったが。朝になって外を見ると、黒々とした霜が、草の葉を一枚のこらず容赦なく押しつぶしているように見え、凍りかけた水たまりは、厳しい寒風にさらされて震えているように見えた。夕方にかけて雪が降りはじめ、このわびしい景色すらおおいかくし、出口の見えぬ悲しみのなかにかれを閉じこめてしまった。そしてその長い夕べのあいだ、かれは宝を持ち去られた小屋にすわりこんで、雨戸も閉めず錠もかけず、両手で頭を抱えこんで呻《うめ》き声をもらしていたのだが、そのうちに寒気が身にしみて、炉の火が消えかかっていることにようよう気づいたのだった。

かつてはやさしい愛情をもってひとを愛し、目に見えぬ存在を信じていた人間と、いまのサイラス・マーナーが同じ人間だと知っているものはだれひとりいなかった。かれ自身にとってさえ、過去の生活はもはやぼんやりとしたものになってしまった。

だがラヴィロー村では、鐘が朗らかに鳴りひびき、教会は一年のどのときよりも大勢のひとであふれ、たくさんの深緑の枝にかこまれたあたりには、赤い顔もぽつぽつと見えている――ふだんより長くつづく礼拝に備えて、香ばしいパンとビールという朝食をたらふく詰めこんできた顔が。こうした緑の枝のあいだを、聖歌や、クリスマスでなければ聞けないアタナシウス派の聖歌まで流れてくる。この聖歌はなによりも長く、特別な徳があるとされているもので、めったに歌われることはない――こうしたものが、曖昧模糊《あいまいもこ》とした歓喜の情を生みだし、それに対して大人たちは、子どもと同じように、言葉にいいあらわすことはできぬが、なにか偉大で神秘的なことが、自分らのために天上でなされ、地上では、そこにいることによってそれをわがものとしていることを知るのである。そうして赤ら顔の主たちは、黒々とした刺すように冷たい霜を踏んでわが家へと向かい、あとはわが家で自由に飲み食いをし、浮かれさわぎ、キリスト教徒の自由を遠慮なく満喫するのだった。

この日の郷士キャス家一族の宴会では、だれもダンスタンのことを口にするものはいなかった――かれの不在を嘆く者はだれひとりおらず、不在が長すぎることを案ずる者もいなかった。医者とその奥方、つまりキンブルの叔父と叔母が、その座におり、クリスマスの例年の話題がなにひとつ省かれることなくつづいた。キンブル叔父が、三十年前にロンドンの病院をいくつか渡り歩いたころの経験談とか、その折りに集めた病院関係の驚くべき逸話などが披露されるに及んで、それは最高潮に達した。それからカードがはじまり、キンブル叔母が例によって札の並べ方がわからず、キンブル叔父は、なにかわけのわからぬいんちきが仕組まれているにちがいないと癇癪《かんしゃく》をおこした。そのあいだにもあたりには蒸留酒の強い香りがたちこめていた。

だがクリスマスの晩餐会は、一族だけの宴会なので、赤屋敷では特に盛大な集まりというわけではなかった。キャス家のもっとも盛大な饗宴は、大晦日《おおみそか》の舞踏会で、先祖代々つづく大饗宴だった。これにはラヴィロー村とターリー村のあらゆる階層のひとびとが集まってくる。車の轍だらけの道で遠く隔てられている古馴染みたち、逃げた子牛のことで行き違いがあって疎遠になっていたひとたち、あるいはたまにしかつきあいのないようなひとたちが、旧交をあたためたいがために、ここに集まってくる。

これはまた金髪のご婦人方にとっても心待ちの集まりだった。添え鞍に乗ってやってくるご婦人方は、前もって衣裳やらなにやら詰めこんだ紙箱を送りつける。なにしろこの屋敷の宴会は、小さな町の宴会のように一夜かぎりのものではない。料理も一度にテーブルに並べられるのではなく、寝具も粗末なものではなかった。赤屋敷では、まるで籠城さながら、食材がたっぷり用意される。前もって床に並べられている客用の羽ぶとんは、何代も前から、自家で飼っている鵞鳥《がちょう》の羽毛がたっぷりと詰めこまれていた。

ゴッドフリー・キャスは、この新年前夜を、愚かしくも無体な願望を胸に、待ちこがれていた。おかげで、その厄介な相棒である〈不安〉がもらす声も聞こえなかった。

「もうすぐダンスタンが帰ってくる、どえらい騒ぎになるぞ、やつの口止め料にはいったいなにをやるつもりだ」と、〈不安〉が問いかける。

「ああ、あいつは大晦日の夜には帰ってこないさ」とゴッドフリーは答える。「ぼくは、ナンシーの隣にすわって、それからあのひとと踊る、そしてあのひとが見せるやさしい表情を見ているのさ」

「だが、ほかにも、どうしても金が入り用なところがあるぞ」と、〈不安〉が声高にいう。「その金を手に入れるには、母親のダイヤの髪飾りを売らなければなるまい。あの金が手に入らないとなるとな」

「なあに、なにかうまい手だてが見つかるさ。ともかくだ、ぼくにとっての楽しみが、もう目の前にあるんだよ、ナンシーがやってくるのさ」とゴッドフリーはいう。

「そうだ、そしておまえの父親が騒ぎだして、おまえがナンシーとの結婚を断らねばならぬ羽目になったらどうする——断らねばならぬ理由をいえとおまえに迫ったらどうするんだ」と〈不安〉がいう。

「黙れ、ぼくのことはもうほうっておいてくれ。ぼくにはナンシーの目が見える。

いつもぼくを見ているんだ、そしてその手を感じる、いつもぼくの手のなかにあるように」

だが〈不安〉は黙らない。クリスマスの饗宴の喧騒のなかで、いくら飲んでみても、〈不安〉はいっこうに口を閉じようとはしなかった。

第十一章

くすんだ鳶《とび》色のケープをはおり、てっぺんが小さなシチュー鍋の形をした鳶色のビーバー帽をかぶったご婦人が添え鞍にすわっても、必ずしも見栄えがするとはかぎらない。そのケープというのが、御者の厚手の外套をおもわせるような、わずかな布地でこしらえた短いものだから、着ているご婦人の体形の欠陥を隠すわけでもなし、くすんだ鳶色の生地は、頰《ほお》の血色の悪さをおぎなってもくれない。ところがこんな衣裳を着ていても、ナンシー・ラミターは、見るひとをうっとりさせるのだから、その美しさがひときわきわだっているのはまちがいなかった。すらりとした長身の父親の背後におかれた添え鞍に腰をのせ、片手を父親の腰にまわし、目を大きく見開いて、雪におおわれた道のくぼみを馬が一歩進むごとに泥水をはねあげるさまを、不安そうに見下ろしている様子さえも、彼女の美しさをひきたてていた。画家であるなら、こんなふうに無心でいる彼女を描きたいとおもうだろう。たしかに彼女が赤屋敷の玄関前に到着し、待ちかまえていたゴッドフリー・キャスを見たとき、その薔薇色の頰は、ケープのくすんだ鳶色にくらべると、きわだって美しく見えた。

姉のプリシラがいっしょに来ればよかったのに、とナンシーはおもった。そうしたら、ゴッドフリーさんは姉のほうをまずおろすだろうから、そのあいだにわたしは父さまを説得して、玄関の石段ではなく乗馬台でおりるようにできたはずだ。わたしとぜひとも結婚したいとおもっている、そして相も変わらず熱い思いをよせている青年に、わたしはもうあなたと結婚する意志はありませんと告げるのは、心痛むことだ。それほど思い詰めているというのなら、なぜいつも同じような関心をわたしに示そうとしないのか。何週間も見向きもしないかとおもうと、また求愛するようなそぶりを見せるのはなぜなのか？　かれが自分を心から愛しているのではないことは明らかだ。さもなければ、かれ自身にかかわるあのような忌まわしい噂をほうっておくはずはない。このナンシー・ラミターが、郷士であろうとなかろうと、噂どおりふしだらな暮らしをしている男のものになるとでも、かれはおもっているのだろうか。わたしの父親はそんな人間ではない、この土地ではしごく穏健で真面目な人物で通っている、物事がきちんと進まぬと、ときおり腹を立てることはあるけれど。

ゴッドフリーが玄関前に立っているのを見ると、そこに到着するまでのあいだ、こうした思いがナンシーの脳裏をかけめぐった。さいわいなことに郷士さまも玄関に出ておられ、父親に大声で挨拶をした。その騒々しい声にまぎれるように、ナンシーは無言で、なんと小さく軽いのかとおもっているようなゴッドフリーの力強い腕で抱きおろされるままになっていた。そして自分の戸惑いや、自分が礼儀正しい振舞《ふるま》いを怠ったことは隠しおおせたような気がした。それに屋敷のなかにすぐさま入る格好の理由もあった。なにしろ雪がまた降りはじめたからで、こちらに向かっている客たちの道中が難儀するのではないかと懸念されていた。だがそうしたひとたちはそう多くはなかった。日が暮れはじめ、舞踏会の前に軽い夕食をすまさねばならぬため、遠方からくるご婦人方にはさほど時間が残ってはいないくらいだったから。

ナンシーが屋敷内《うち》に入っていくと、客のざわめきにまじって、厨房のほうからヴァイオリンの調子をあわせる音が聞こえてくる。ラミター家のひとびとは、この屋敷の賓客《ひんかく》だったので、その到着は窓から見張られていた。赤屋敷のこのような宴会では常に主人役をつとめるキンブル夫人が、玄関でナンシー嬢を迎え、すぐに階上に案内した。キンブル夫人は、郷士さまの妹で、キンブル医師の奥方だった――このような二重の威信ある地位のひとだから、胴まわりもそれに見合った太さだった。それゆえ二階まで上がるのはたいそう難儀であったので、青の間までひとりでまいれます、というナンシーの言葉に逆らいはしなかった。青の間には、ナンシーとプリシラ姉妹の衣裳箱がすでに朝のうちに運びこまれていた。

屋敷のあらゆる寝室では、ところせましと並べられた予備の寝台のあいだで、ご婦人たちが挨拶を交わしたり、化粧をしたりしていた。青の間に入っていったナンシーは、先客のご婦人方に型通りの挨拶をした。一方には、これまた賓客であるリザリーの葡萄《ぶどう》酒商、ガン家の姉妹がいた。ふたりとも最新流行の衣裳、ぴっちりとしたスカートと思い切り丈の短い胴着という装いだった。由緒ある牧場の令嬢ラドブルックが、内心では苦々しくおもいながら、面《おもて》にははにかんだ笑みをうかべてそれを見つめている。心のなかでは、自分のスカートは、ガン家の姉妹から見れば、流行おくれで、ひどくだらしないと見られているだろうと案じていたのだが。その一方で、自分ならあれほど極端に流行を追うようなまねはしないだろうに、ガン家の姉妹にその分別がないのは気の毒だともおもっていた。

また一方ではラドブルック夫人が、ターバン風の帽子を手にもち、縁なし帽からつけ毛の前髪をのぞかせ、膝を屈めて会釈をし、穏やかな笑みをうかべながら、「どうぞ、お先に、奥さま」と、鏡をゆずろうと申し出た婦人に丁重にいっている。

だがナンシーがみなに挨拶をすませるなり、すぐに年輩の婦人が近づいてきた。純白のモスリンの大きな襟巻きや、柔らかそうな灰色の髪を包んでいる室内帽は、まわりにいるひとたちの大きくふくらんだ黄色の繻子《しゅす》の衣裳とは、きわだった違いを見せている。とりすました様子でナンシーに近づいてくると、甲高い慇懃《いんぎん》な口調でこういった。「あなた、お元気そうね」

ナンシーは、オズグッドの伯母の頬に礼儀正しく接吻《せっぷん》し、同じように慎ましく答えた。「とても元気ですわ、おかげさまで。伯母さまもお元気そうですわね」

「ありがとう。いまのところは達者ですよ。ところで、お父さまはお元気？」

こうした儀礼的なやりとりがいつまでもつづいた。ラミターのみなさんは、お変わりないの、オズグッドの家も相変わらずよ、プリシラももうすぐ来るのね、雪の日に添え鞍に乗ってくるのは、難儀なことよ、ケープつきのコートがおおいに役に立つわ。

それからナンシーは、伯母の知り合いというひとたちに紹介された。伯母の話では、ガン家の姉妹は、あなたたちの母さまの知り合いのお嬢さまで、このたびはじめて来ていただくようにお願いしたということだった。このご令嬢たちは、こんな辺鄙《へんぴ》な田舎に、こんなに綺麗なひとたちがいるのに驚いて、ナンシーがケープを脱いでから、どんなお衣裳を着るのだろうかと好奇心にかられていた。

ナンシーの立ち居振舞いには節度や礼儀正しさがはっきりうかがえるが、その彼女が見るところでも、ガン家の姉妹はきつい顔だちをしていた。衿ぐりの大きい衣裳も、肩が美しければ、それを目立たせる役には立つが、そうではなかったから、これみよがしに肩を露出するのが礼儀だと考えてのことだろう、とナンシーはおもった。自分の衣裳箱を開けながら、オズグッドの伯母もそうおもっているだろうとナンシーは考えた。自分の感じ方は、他人が驚くほど伯母と似ている。血がつながっているのは伯父のほうなのを考えると、これは伯母と姪のあいだに通っている深い愛情のせいだろう。ナンシーが従兄のギルバート・オズグッドの結婚の申し込みを(かれが従兄だからというだけの理由で)にべもなくはねつけたことは伯母をたいそう悲しませたとはいうものの、だれが息子ギルバートの嫁になろうと、ナンシーには親譲りの自分の装身具のいくつかを遺そうという気持ちに変わりはなかった。

三人のご婦人がそそくさと部屋を出ていったが、ガン家の姉妹は、オズグッド夫人が姪とともに残ろうとしているのを見ると、自分たちもここに残って、この鄙《ひな》にまれな美女の化粧するさまを見ていようという気になった。それは見ているだけでとても楽しかった——なにもかもがラベンダーと薔薇の香りをはなつ衣裳の箱を開けるところから、彼女の首にぴったりと添う珊瑚《さんご》の首飾りの留め金をとめるところまでじっくりと拝見した。ナンシーの持ちものはどれも清楚で洒落《しゃれ》ていた。しかるべきところに折り目があり、亜麻布はあくまでも白い。針山の針は一本のこらずきちんと形を整えて刺してある。そしてナンシー自身の肢体は、さながら小鳥のようにすっきりとしている。薄茶色の髪の毛は、うしろを少年のようにこころもち刈り上げ、前のほうは、いくつものカールが顔にかからぬように並んでいる。ナンシーの頰や首筋をこれほど美しくみせる髪形はないだろう。そして最後に銀色の綾絹《あやぎぬ》の衣裳、レースの胸飾り、珊瑚の首飾りと耳飾りをつけたその姿は、ガン家の姉妹といえども、文句のつけようがなかった。ただその手だけはバターを作ったり、チーズを押しつぶしたり、もろもろの荒仕事をしている痕跡があるものの、ナンシーはそれを恥じている様子はない。着替えをしているあいだも、荷造りは姉のプリシラといっしょにきのうのうちにすませたの、と伯母に話している。だってけさはパンを焼くことになっていたし、家を空けるので調理場にたっぷりミート・パイを用意しておきたかったの。こんな話を要領よく話しおえると、ガン家の姉妹のほうをふりかえって、ふたりを除けものにしないように心を配った。

ガン家の姉妹は、こわばった笑みをうかべ、こんな素晴らしい衣裳が買える（じっさいそのレースと絹はたいそう高価なものだった）田舎の金持ちのご令嬢が、無知で野卑な社会で育てられたなんて、なんと哀れなことよとおもっていた。じっさいミス・ナンシーは「肉」をニクといわず、ネクというし、「多分」を「アブン」というし、「馬」をウマといわずに、ンマというので、内輪の話ならロンドン訛《なま》りも使うお上品なリザリーの社交界でお育ちのお嬢さま方は、当然のこと、びっくりしていた。たしかにナンシー嬢は、テッドマン女史の私塾で学んだだけだった。ナンシーのいわゆる通俗文学の知識といえば、刺繍《ししゅう》の図案から学んだもの、羊と女羊飼いの図案に添えられた詩ぐらいのものだった。お金の勘定にしても、銅貨や銀貨を目の前にならべて、引くべきものをそこから除けていき、残りを数えるような始末。近ごろは女中でもナンシーぐらいの知識はある。それにもかかわらずナンシーは、淑女に欠かせない特性を備《そな》えていた。なにごとにも真摯《しんし》であること、他人に対して謙虚であること、目上のひとを敬うこと、それに洗練された立ち居振舞いなどの美点が備わっていた。文法上のまちがいはしないという淑女たちのために、これだけではナンシーのひととなりを納得させるには足りないというひとたちのために、こうつけくわえておこう。彼女は少々気位《きぐらい》が高く、ひとに対しても厳しいので、じっさい過ちを犯している恋人にも、また根拠のない噂にも断固とした態度をとりつづけているということを。

ナンシーは、珊瑚の首飾りをつけおえるころには、姉のプリシラのことが次第に案じられてきた。だがそこに当のご本人が、寒さと湿気のために、顔を赤くして入ってきたので、ほっとしたのだった。さまざまな質問やら挨拶やらがすむと、姉はナンシーに向きなおり、足の先から頭までひとわたり眺めまわし、それからくるりとうしろを向かせて、後ろ姿も完璧かどうかたしかめた。

「この衣裳はどうかしらね、オズグッド伯母さま？」とプリシラは、ナンシーの手を借りて外套を脱ぎながらそういった。

「ようくお似合いですよ、あなた」とオズグッドの伯母は、少々あらたまった口調でいった。姪のプリシラがいささか不作法なことを知っていたからである。

「わたしったら、いつもナンシーと同じものを着るはめになるのよ、こっちが五つも年上なのにさ。これだと顔が黄っぽく見えちゃうのにねえ。このひとったら、わたしと同じものを着たがるの、姉妹らしくしてほしいのね。だからわたし、いってやるんだけど、あんたと同じものを着れば、きっときれいに見えると、わたしがおもってるんじゃないかって、世間さまはいうだろうって。どうせわたしは不器量よ――それはどうしようもないわよ。父方に似ちゃったんだもの。でもまあ、わたしは気にしてないから」プリシラはここでガン家の姉妹のほうをふりかえったが、喋ることに夢中で、自分のあけすけな話が歓迎されていないことなど気づくはずもなかった。

「美人さんは、蠅《はえ》とり器だわ、わたしらに男を寄せつけないようにがんばってるんだから。わたしは、男なんてどうでもいいけどね、ガン家のお嬢さま――あんた方はどうおもってるか知らないけど。男連中が朝から晩まで、あんたたちのことをどうおもってるかってやきもきしているなんてねえ、男たちが、こっちの知らないところでなにやってるかって、やきもき気をもんで生きてるなんてねえ──わたし、ナンシーにいってやるんだけど、よい父親とよい家庭があれば、そんなことにやきもきするのはばかばかしいって。そんなことは、女独りでどうにもやっていけない連中にまかせておけってね。わたしにいわせりゃ、〈勝手にせい〉氏が最良の夫だな、そういうやつになら、おとなしく従ってやるわね、楽じゃないけどねえ。鷹揚《おうよう》な暮らしをして、大世帯をきりまわしていたような人間が、他人の炉ばたに鼻をつっこんで、独りさびしく羊の肉を齧《かじ》ってるなんてねえ。でもありがたいことに、うちの父親はそりゃ真面目で、長生きしそうだから。わが家の炉ばたにいてくれるなら、子どももみたいな男だってかまわないわよ──家業も安泰というわけだし」

細身の服を、きれいに整えた巻き毛がくずれぬよう頭から着るという微妙な作業にとりかかったので、さすがのプリシラもこのあわただしい人生談義をやめざるをえなかった。オズグッド伯母は、この機を逃さず立ち上がった。

「さあ、あなた、あとからいらっしゃい。ガン家のお嬢さま方もそろそろ階下《した》においでになりたかろう」

「姉さん」とふたりきりになるとナンシーはいった。「ガンさんたちを怒らせたわよ」

「わたしがなにをしたって？」プリシラは驚いたようにいった。

「だって姉さんたら、不器量でもかまわないでしょ、なんていうんだもの――ほんとに失礼よ」

「おや、そんなこといった？　まあ、つい口がすべったんだ。それぐらいですんだのは、お情けというものよ。ほんとのことをいわれるのがいやなひととは、わたしゃ、とてもつきあえないね。だけど、不器量といえば、この銀色の絹を着てるわたしを見てよ、あんた――こんなものを着たらどうなるか、わたし、いったよね――顔の色が水仙みたいに黄色に見えるって。みんながいうわよ、あんたがわたしを案山子《かかし》に仕立てたいんだって」

「そんなことといわないでよ、プリシラ。ほかに気に入ったものがあるなら、この絹はやめようって、わたし、なんども頼んだわよ。姉さんが選ぶものなら、わたしはなんでもいいって、そういったでしょ」ナンシーはしきりに自己弁護に努めた。

「なにいってるの、あんたがこれにきめたんじゃないか。そりゃそうだ、あんたのお肌はクリーム色だもの。わたしの肌の色にあわせた衣裳を、あんたが着るというならご立派ですよ。あんたのまちがいはね、わたしがあんたと同じものを着なきゃいけないとおもっているところだね。まあ、あんたのいいようにすればいい――これまでずうっとそうやってきたもの、あんたがよちよち歩きをはじめたころからね、畠《はたけ》のはじっこまで行きたいとおもったらぜったいそこまで行く、だれも止めるものはいなかったしさ。だってあんたは、ひな菊みたいに愛らしかったもの」

「プリシー」とナンシーはいいながら、自分のものとまったく同じ珊瑚の首飾りを自分の首とはまるでちがうプリシラの首につけてやった。「わたしは正しいことなら、なんでも従うわ。姉妹でなければ、お揃《そろ》いにする必要はないでしょ。姉さんは、あたしたちに血のつながりがないように見えるのがいいっていうの？　わたしたちにはもう母さまもいないし、ふたりきりの姉妹じゃないの。わたしは正しいとおもうことをやりたいの。わたしなら、チーズ色の衣裳だって着るわよ、それが正しいというなら。姉さんが選んでくれたらよかったのよ、姉さんがいいとおもうものを、わたしに着せてくれればいいのよ」

「ほうら、またまた同じことを！　あんたというひとは、土曜日の夜から次の土曜日の朝まで、まるまる一週間、話していたって、また同じところにもどってくるんだからね。きっと見ものよ、あんたが旦那さまの頭を押さえこんで、きいきいわめかずにいられたら。わたしはね、男が頭を押さえこまれているのを見物するのが大好き！」

「そんなことといわないで、プリシー」ナンシーは顔をあからめた。「わたしが、結婚なんかするつもりがないのは、知ってるくせに」

「ふん、ばかばかしいったら！」とプリシラはいうと、脱いだ服をたたんで、衣裳箱の蓋を閉めた。「父さんが逝ってしまって、あんたが身持ちの悪いひととは結婚しないでずっと独りでいるなんていいだしたら、このわたしは、いったいだれのために働くことになるのかね？　あんたって、ほんとに我慢ならない――この世に新鮮な卵はないといって、腐った卵を一生抱いてるなんてさ。二人姉妹なら、独身女はひとりでたくさん。わたしは、独身でおおいにけっこう、だってそれが神さまの思し召しだもの。さあ、もう階下に行こうよ。案山子役ならまかせておいて――耳飾りもつけたし、カラスどもを脅かすには不足はないね」

ラミター姉妹が広い客間にあらわれたとき、ふたりの性格を知らぬひとびとは、きっとこんな疑念を抱いたにちがいない。いかり肩の不器量で傲慢《ごうまん》そうなプリシラが、美人の妹とそっくり同じ衣裳を着ているのは、彼女の見当違いのうぬぼれなのか、あるいは己のたぐいまれな美しさをひきたてようという妹の意地悪な企みなのかと。だがプリシラのお人好しで朗《ほが》らかで常識を備えた人柄は、そうした疑念をすぐ晴らしただろうし、ナンシーのもの静かな話し方や立ち居振舞いは、そんな意地の悪い企みをするような女性ではないことをはっきりと示したにちがいない。

ラミター姉妹のために設けられた席は、羽目板張りの客間の中央を占めるテーブルの上席だった。その客間には、古い庭園に茂っているヒイラギ、イチイ、月桂樹などの美しい枝が飾られ、新鮮な心地よい香りをはなっていた。

当家の若主人、ゴッドフリー・キャスが、自分とクラッケンソープ師のあいだの席に案内しようと近づいてくるのを見たとき、ナンシーは動揺した。プリシラは、向かい側の父親と郷士どののあいだの席にすわることになった。ナンシーはいささか奇妙な気持ちだった。自分がかつてあきらめた恋人は、この教区では最高位の身分の青年――自分はいまそのかれの立派な客間にいる。これまでに見たこともない豪華な客間に。自分はここの女主人になっていたかもしれない。そしてゆくゆくは――キャス令夫人、郷士さまの奥方などと呼ばれていたかもしれなかった、そうおもうと、このような周囲の情景は、自分では気づかぬ内面の葛藤を烈しく刺激し、いかに身分が高かろうと、その行状によって軽率な性格をさらけだすような青年とは結婚すまいという決心をますます固めただけだった。だが「いちど愛すれば、永遠に」というのが、誠実で純真な乙女の座右の銘だった。胸に秘めていたあの萎《しお》れた花、ゴッドフリー・キャスのためにいつまでもとっておこうとおもっていたあの花を、捨ててしまえと自分に命じる権利をもつものはだれもいない。ナンシーはいかに辛かろうと、自分の信念はきちんと守る。クラッケンソープ師の隣の席についたとき、彼女の動揺をあらわしているものは、顔にさした赤みだけだった。その立ち居振舞いは、あくまでも上品で如才なかった。美しい唇はそっと閉じられていたので、揺れ動いている心の動きを見すかすのはむずかしかった。

ほんのりと染まった面《おもて》を見ると、おもわずお世辞をいってしまうのが牧師のならい。高慢でも尊大でもなく、いきいきとした目をもつ小顔の、髪に白いもののまじる人物。その顔は、幾重にも折り目のついた白い衿飾り《クラヴァット》で支えられているが、それはその容姿のなによりも目立っており、その言葉に特別な重みをもたせる効果があった。そんなわけで、かれのご愛想を、その衿飾りから引き離して考えるのは酷というもので、場合によっては危険なことかもしれなかった。

「やあ、ナンシーさん」とかれは、衿飾りに埋まった首をまわし、にこやかに笑いかけた。「この冬は厳しいというものがおったら、わたしはこういってやりますよ。わたしは大晦日に咲いている薔薇の花を見たと。ゴッドフリー、あんたはどうおもうかね」

ゴッドフリーは返答はせず、ナンシーを見ようともしなかった。こういうお世辞たっぷりの言辞は、旧式なラヴィローの社会では上品な趣味と見なされていたが、慎み深い愛というものもそれなりの礼儀であり、ほかのことなどなにも知らぬ若者たちにも教えるところがあったのである。

だが郷士どのは、息子ゴッドフリーのこのような無愛想な態度を見て、いささかおかんむりだった。郷士どのは、夕刻ともなれば、朝食の席で見るよりはずっと上機嫌で、陽気で騒々しい主人役を演じるという父祖伝来の義務を果たすのがうれしくてたまらないのだった。そして銀製の大きな嗅ぎ煙草入れの出番がやってくると、近くにいるひとびとにきまってそれをさしだすのだった。とはいうものの、このせっかくのご好意もおおむね辞退された。目下のところは、訪れた家族の長たちに歓迎の挨拶を述べたにすぎない。だがいつものことながら夜が更けるにつれ、そのもてなしはいよいよその範囲をひろげ、若い客たちの背中をばんばん叩いては、かくべつの歓迎の意をあらわした。このように大歓迎してくれる心の広い人物がいる教区に住むしあわせを、連中はしみじみと感じておろうなと、キャス郷士どのは信じていた。このように上機嫌になるころにも、当然のことながら息子のかわりに周囲に目をくばり、言葉をかけ、息子の足らぬところを補ってやっていた。

「さあ、さあ」と郷士どのはいいながら、ラミターさんに嗅ぎ煙草の箱をさしだすが、相手はまたも頭を下げ手を振って、せっかくの申し出をかたく辞退した。「わしら年寄りも、若がえっていたいものですなあ、白の間にヤドリギの枝が飾ってある晩くらいは。なにしろこの三十年というものは、万事が後戻りしておって――老陛下が病まれてからは、この国も衰えてきましたからなあ。だがここにいるナンシーさんを見ていると、嬢さん方は少しも変わっておらんな。このひとにひけをとらぬような女《お》子《ご》がおったなどと、わしがいうたら、がつんとやってくださいよ。わしがまだ若いころ、髪形をどうしようかと悩んでおったころだって、こんなご婦人にはお目にはかかれなかったなあ。いや、これは失礼、奥方よ」とかれは、かたわらにすわっているクラッケンソープ師の奥方に頭を下げる。「このナンシーさんほどお若かったころのあなたを知らぬものでなあ」

クラッケンソープ師の奥方は、絶えず目をしょぼしょぼさせている小柄な婦人、レースやリボンや金鎖などを絶えずいじりまわし、こっちを向いたりあっちを向いたり、天竺《てんじく》ねずみみたいな鼻をぴくぴくさせながら、まわりのひとたちにひとりごとを聞かせている。そのひとがいま目をぱちぱちさせ、せかせかと郷士どののほうを向いてこういった。「まあ、そんな――とんでもないことで」

ナンシーに対する郷士どののこの如才ない世辞は、ゴッドフリーをのぞく一座のひとびとには、ある特別な意図があると受け取られた。ナンシーの父御は、わずかに反り身になって満足そうにテーブルの向かいにすわる娘を見やった。この生真面目で物静かな長老は、わが娘と郷士どのの家との縁組の話に得意げな様子をみせたりして己の威厳をわずかでも損なうようなまねはしなかった。わが娘に賜った栄誉に満足はしているが、同意をあたえるには、まだまだいくつか正してもらわねばならぬ問題があると考えていた。痩せぎすながら健康な身体、飲みすぎて赤くなったことなどないとでもいうような、頬骨の高い、ひきしまった面立ちは、郷士どのはおろか、ラヴィロー村の農民たちの顔ともおおいに違っていた――ご本人が日ごろ唱えているお題目、すなわち血統は育ちよりつよしを具現するような面立ちだった。

「でもナンシーは、お母さんの若いころにそっくりだわねえ、キンブル」とでっぷり太ったキンブル先生の奥方が夫をふりかえっていった。

だがキンブル先生は（当時の田舎の薬剤師は、医師の免状がなくとも、医者と呼ばれるのをよしとしていた）痩せぎすの機敏な人物、両手を服のポケットにつっこんだまま、あたりをひょいひょい歩きまわり、医者として公平に婦人の患者たちにお愛想をふりまき、親代々からかかりつけの医者としてだれからも歓迎されていた。ほかの土地に出かけていって患者を探し、収入のすべてを注ぎこんで買った一頭の馬さえ飢え死にさせてしまいかねない惨めな薬剤師とはちがい、キンブル先生はたいそうな資産家で、患者のなかの大金持ちのように贅沢な暮らしのできるご仁だった。大昔からラヴィロー村の医者といえばキンブルだった。いまのキンブルには息子がいないので、いずれはだれかに譲らねばならないが、そのときは、テイラーとかジョンソンとかいうような、医者らしからぬ名前になるかもしれない。だがそうなったときには、ラヴィロー村の賢明なるひとたちは、フリットンのブリック先生にかかるだろう――そのほうがいかにも医者らしい感じがするから。

「わたしになにかいったかね？」とこの本物のキンブル先生はいいながら、すぐに奥方のそばにやってきた。だが奥方が息切れしてすぐには返答できないだろうと見越したかのように、こうつけくわえた。「おや、プリシラ、あんたを見ると、極上のポーク・パイの味がよみがえるよ。あれがまだなくなっていなければいいがな」

「いいえ、もうなくなりましたよ、先生」とプリシラはいった。「でもつぎに焼く分はもっとおいしいですよ。わたしのポーク・パイがおいしいのは、まぐれじゃないから」

「あんたの治療とはちがうというわけだな、ええ、キンブル？　あんたの薬は、だれもが飲み忘れるからなあ」と郷士どのがいった。かれは、薬と医者の関係は、忠実な信者と牧師の関係と同じだと考えていた――健康なときは、冗談のひとつも叩いてけなすが、具合が悪くなると、必死に助けを求めるのだと。かれは嗅ぎ煙草が入っている箱を叩き、大声で笑いながら、得意そうに周囲を見まわした。

「ああ、このひとは聡《さと》いねえ、わが友プリシラは」医者は義兄より、ご婦人に花をもたせた。「このひとは、ちょっぴり倹約しといた胡椒は自分の話にふりかける――だからパイには胡椒を入れすぎないわけだ。ところでうちの奥方を怒らせようものなら、黒胡椒でわたしの喉をひりつかせるんだよ。さもなきゃ水気たっぷりの野菜を食わせて、腹痛を起こさせる。えらいしっぺ返しですなあ」陽気な医者どのは、ここで哀れっぽく顔をしかめてみせる。

「あんなひどいことを」とキンブル先生の奥方は二重顎をふるわせながら、おかしそうにクラッケンソープの奥方にささやく。奥方は、ぴくぴくとまばたきしながらうなずいて、なんとか笑みをうかべようとしている様子だが、どちらもうまくいかず、まぶたがぴくりとして、口からかぼそい音が出ただけだった。

「それは、あんたが診療のときに行うしっぺ返しのようなものだろうが、キンブル、患者に恨みがあるようなときにね」と牧師がいった。

「患者に恨みなどあるはずがない」とキンブル先生。「うちを見限るようなら別ですがね。だがそうなれば、薬を調合する機会もないわけで。やあ、ナンシー」かれはとつぜんナンシーのそばに駆けよった。「あの約束を忘れてはいないな？　わたしと踊る約束を？」

「おいおい、キンブル、先ばしっちゃあいかんぞ」と郷士どの。「ここは若いものに譲るんだな。うちのゴッドフリーもおるしな。もしあんたがナンシー君と駆け落ちするというなら、やつめが、あんたに決闘を申し込むぞ。伜はもう最初の踊りを申しこんでいるはずだ。おい、そうだな！　なんとかいったらどうだ？」郷士どのはうしろにそっくりかえり、ゴッドフリーを見ながらいった。「最初の踊りを、ナンシーさんに申し込んだのではないかね？」

ゴッドフリーは、ナンシーについてこのような意味ありげなことをいわれて、はなはだ不愉快になり、父親が夕食のあと、酒を振舞うころには、いったいどんなことになっているだろうかと不安になったので、ナンシーのほうを向いてこういうよりしかたなかった。

「いや、まだお願いしていませんが、承知してもらえるとおもいますよ――ぼくの前にだれか申し込んでいなければ」

「いいえ、どなたともお約束はしておりません」とナンシーは顔をあからめながら、静かに答えた。自分が、かれと踊ることに同意したために、ゴッドフリーが希望のようなものを抱いたとしても、すぐに目が醒めるだろう。だがここで失礼なことをいう必要はなかった。

「じゃあ、ぼくと踊ることに異存はないんですね」ゴッドフリーはこの取り計らいに不愉快なことがあったのも忘れかけてそういった。

「はい、ございませんとも」とナンシーは冷ややかな口調でいった。

「いやあ、おまえさんは幸運な男だねえ、ゴッドフリー」とキンブル叔父がいった。「まあわしの名づけ子だからねえ、おまえの邪魔はせんよ。さもなきゃ、このわしもそう老いてはおらんからな、なあ、おまえ？」とかれはいいながら、奥方のもとにはねるようにして近づく。「おまえさんが逝ったあと、わたしが後添えをもらったって異存はないわな——まず、おまえさんのためにさんざん泣いたあとでなら」

「まあまあ、お茶でも飲みなすって、舌をお休めなさいな」と気さくなキンブル先生の奥方はいったが、世間から、賢くて面白いひとだとおもわれている夫が誇らしいのだった。ただカードをやるときに、あんなにがみがみいわなきゃ、もっといいひとなんだけど。

こうしたあたりさわりのないやりとりがお茶の席をにぎわしているうちに、ヴァイオリンの音がはっきり聞こえるところまで近づいてくると、若いものたちは、早く食事がおわらないかとじりじりしながら、顔を見合わせていた。

「やあ、ソロモンのやつが広間にいるぞ」と郷士どのがいう。「わしのお気に入りの曲を弾いておるわい、あれはたしかに『亜麻色の髪の若い農夫』だぞ——やつの演奏を早く聞いてやらんもんだから、催促しておるんだ。ボブ」と郷士どのは、向こうはしにいる足の長い三男を大声で呼んだ。「扉を開けて、ソロモンに入るようにいえ。ここで弾いてもらうんだ」

ボブは、いわれたままをソロモンに伝え、ソロモンはヴァイオリンを弾きながら入ってきた。曲の途中で決して弾くのをやめない主義だったから。

「よう、ソロモン」と郷士どのは大声でいった。「ここをひとまわりせい。おお、知っとるぞ、その曲は、『亜麻色の髪の若い農夫』だな。これほど美しい曲はほかにありゃせんよ」

ソロモン・メイシー、ふさふさとした長い白髪がほとんど肩までとどいている小柄で元気な老人は、指し示された場所に進みでると、曲を弾きつづけながら、恭《うやうや》しく一礼する。一座の方々を尊敬し奉っておりますが、それでも自分にとっては曲のほうがよっぽど大事ですといわんばかりだった。同じ曲をもう一度繰り返して弾きおわると、ヴァイオリンをおろし、ふたたび郷士どのと牧師さまに一礼してこういった。

「閣下ならびに尊師さまのご健勝とご長寿、ならびに佳き新年を祈り奉ります。そしてラミターさまをはじめ紳士方にも同じくご長寿をお祈り申しあげます。そしてそのほかの旦那さま方、奥さま方、若いお嬢さま方にもご同様にお祈り申しあげます」

ソロモン・メイシーは、最後の言葉をいいおわると、いずれにも失礼のないように四方八方に恭しく頭を下げた。だがすぐにまた前奏曲を弾きはじめ、ラミターさんへの特別の賛辞とわかる曲を弾いた。

「ありがとさん、ソロモン、ありがとさん」とラミターさんがいうと、ヴァイオリンはまたもやしばし止んだ。「それは『遠く丘を越えて』だね。この曲を聞くと、おやじどのがよくいっとったのを思い出すな。——ああ、伜よ、わたしは遠くの丘を越えてここにやってきたのだよ——とねえ。わたしにはわからん曲がまだいくらもあるが。だがあの曲だけは黒つぐみのさえずりさながら、わたしに話しかけてくるのだよ。たぶん曲の名のせいだろう。曲の名にはいろいろな意味があるからなあ」

だがソロモンは、さっさと前奏曲を弾きはじめ、それから景気よく「サー・ロジャー・ド・カヴァリー」にとりかかる。それが合図のように、椅子を引く音や笑い声が聞こえてくる。

「おい、おい、ソロモン、わかったよ」と郷士どのはいうと、立ち上がった。「いよいよ踊りのはじまりだな、ええ？　じゃあ、おまえが先頭に立て、みんな、あとからついていくぞ」

そこでソロモンは白髪頭をかしげ、いっそう景気よくヴァイオリンを弾きながら行列の先頭に立って白の間へと進んでいく。白の間には、ヤドリギの枝が吊るされ、おびただしい牛脂の蠟燭が華やかに照りかがやいて実のついたヒイラギのあいだに光をふりまき、白い腰羽目の鏡板にはめこまれた古風な楕円形の鏡がその光を華やかに照りかえしている。

珍妙な行列だった！　みすぼらしい装いの長髪のソロモン老の弾くヴァイオリンの魔法の呼び声に誘《いざな》われ、立派な身なりのひとびとがかどわかされていくようだ。ターバン型の帽子をかぶった慎み深い婦人、その垂直な羽飾りが郷士どのの肩のあたりにやっと届こうかというクラッケンソープの奥方までも。そしてたいそう短い胴着にぴっちりとしたスカートをはいた乙女たちを、色とりどりのチョッキを着た筋骨逞しいおやじどのたちを、おどおどした血色のよい若者たち、短いズボンに後ろ裾のたいそう長い上着を着た若者たちまでも誘っていく。

すでにメイシーさんをはじめ、特別扱いの少数の村びとたちが、扉近くにおかれた腰掛けにすわっている。かれらはこうした華やかな行事に参加することを許されていた。若者たちの組み合わせもととのうと、地主どのとクラッケンソープ師の奥方が先頭に立ち、牧師さまがオズグッドの奥方の手をとると、いよいよ舞踏の準備がととのい、腰掛けにすわっているひとたちのあいだに賛嘆の声がもれる。

これこそ村のあるべき姿、ラヴィロー村の憲章は、この舞踏会によってふたたび面目を新たにするのである。老人にしろ中年の男たちにしろ、カードの卓に腰をおろす前にちょっくら踊ったってかまうまい。むしろこれが自分たちの義務だとかれらは心得ている。楽しくやれるときには楽しくやる、日ごろから楽しむときには楽しみ、しじゅう鶏などを手土産に、訪ねあい、昔ながらのきまり文句で挨拶を交わし、練り上げた冗談をとばし、客を招けば、飲めや、食べろやの大盤振舞いである。

そして牧師さまは当然のことながら、こうした世間の慣習についてはみずからよき手本を示される。ラヴィロー村のひとたちにとって、牧師とは青い顔をして、信者に死をおもい起こさせるものではない。教会の厳粛なる祭儀の記念物ではなかった。じつをいえば、村の牧師さまは、ほどほどに欠点もあり、その特別なお務めといえば、祈禱書を読み、説教をし、洗礼をほどこし、結婚の契りを結ばせ、埋葬し、一方では埋葬するための墓地を売りつけ、そして十分の一税を物品で徴収することだった。最後の点についてはむろん多少の不満をもらすものもいたが、そのために信心を捨てるほどではなく、降る雨に文句をいう程度のことだった。そのために信仰を捨てるというほどの気概があるわけもなく、好天を願う祈りをすぐにもしてほしいというぐらいの願望はあった。

それゆえ、牧師さまが踊るということは、地主どのが踊るのと同様に、道理にかなっているといってはならぬ理由はなかった。また教会執事のメイシーさんにしても、その職務ゆえに尊敬されてはいるものの、だからといってきわめて頭の鋭いひとたちが、過ちを犯しがちなひとに対して加える批判を、牧師さまの踊りについてはしてはならぬということもなかった。

「郷士どのは、太っておるわりには軽々と踊りなさるなあ」とメイシーさんはいった。「足を踏みならすのも、どうしてうまいもんよ。だが体つきはなんたってもラミターさんだな。頭を兵隊みてえに、ぴんと立てとるがな。それに年とった旦那衆のようにぶくぶく太ってもおらんしなあ。それに脚の格好もいいしな。牧師さまはすばしっこいが、脚の格好がよくないな。下にいくにつれて、だいぶ太くなっとるがな。膝ッこがもうちょっとくっついておってもよかろうに。だがそれだってかまわんのよ。ただ郷士どのみてえな立派な手の振りはでけんがな」

「身の軽さといやあ、オズグッドの奥方を見なせえよ」と車大工のベン・ウィンスロップがいった。息子のエアロンを膝のあいだに抱えこんでいる。「小股でちょろちょろと踊ってなさるわ、あのお方がどうやって歩いてなさるか、見当がつかんわな——まるで脚に小さな車輪でもついとるようだで。あのおひとは、ちいとも老けんなあ。おなごのなかじゃ、なんたっていちばん姿がいいでな。この先どうなるか、そいつはわからんがなあ」

「女がどうできとろうが、わしはちいとも気にならん」とメイシーさんが吐き出すようにいった。「女は、外套も着とらん、半ズボンもはいちゃおらんで、体がどんな格好しとるのやら、見当もつかんわな」

「とおたん」と車大工の倅のエアロンが、足をばたつかせながらいった。「あのでっけえ羽根、どうやってクラッケンソープさんのどたまにくっついとるんか。おいらの羽根みてえに、ちっこいあながあいてんのかい？」

「しぃーっ、ぼうず、しぃーっ、奥さん方はな、ああやって着飾るのよ」と父親はいい、声をひそめてメイシーさんにささやいた。「けんど、おかしな格好だねえ——なんかこう首の短い瓶に長いトリの羽根をつっこんだみてえだな。おい、おい、郷士さまんとこの若旦那が、ナンシーさんと踊りだしたよ。こんどは若い娘っこか——白と桃色の花みてえだ——あんな、べっぴんさんはどこにもおらんがな。キャスの奥方さんになる日がきても不思議はねえわなあ——ありゃ、ぴったりだで、きっと似合いの夫婦になるわな。ゴッドフリーさまの姿格好ときちゃあ、あんたさんも文句のつけようがねえだろうが、メイシーさん、一ペニー賭けてもええがね」

メイシーさんは口もとを歪め、頭をかしげて、親指をせわしなくひねりまわしながら、目はゴッドフリーの踊りを追っている。そうしてようやく結論が出た。「下のほうはまずまずだがねえ、肩のあたりが丸まっとるなあ。それにあの服だが、あれはフリットンの仕立屋のところで仕立てたもんだがな。あんなまずい仕上がりじゃあ、倍の仕立て賃をはらうほどの値打ちはないな」

「やあ、メイシーさんや、あんたさんとおれじゃあ意見があわんねえ」とベン・ウィンスロップはちょっぴり腹を立てた。「おれなら、上もののビールを一本、手にいれりゃあ、一気に飲んで、腹んなかをよろこばしてやるがな。匂いを嗅いだり、醸造の仕方が悪かねえかと、じっくり眺めたりはせんでよ。ゴッドフリーさまより姿のええやつがおったら、連れてきてもらいてえもんだ——おめえさまなんかひょいと撲りたおしちまうようなやつとかな、ご機嫌さんのときにゃ、もっと陽気にさわぐやつとかな」

「ちぃっ」とメイシーさんは憤慨し、ますますいきりたった。「若さんの顔はまだいい色になっとらんぞ。まあ生焼けのパイってところだな。それに頭もとろいんじゃないかねえ。さもなきゃ、あのくず野郎のダンスタンなんぞに思いのままにされるもんかね、そういやあ、あの男、近ごろとんと見かけんがな。若さんもしっかりしてりゃあ、ここらじゃ評判のあの馬っこを、やつに殺させるようなまねはしなかっただろうよ。それにいっときナンシー嬢さんを追いかけまわしておったがな、これまたはやばやと醒めちまってなあ。まるで煮えたった粥みてえだわ。わしが女を口説くときは、そんなもんじゃないがねえ」

「ああ、ありゃ、ナンシー嬢さんのほうが尻ごみしたんだな。あんたさんのおなごは尻ごみはせなんだろうが」

「するもんかね」とメイシーさんは意味ありげにいった。「わしが『うん』という前に、おなごに『はい』といわせるように躾《しつ》けとったからな。わしは口を開けもしなかったぞ。蠅をねらう犬みたいにな、食いつくものがなんもないのに、懲りずに口を開けるような阿呆なまねはせんがな」

「なあ、ナンシー嬢さんは、よりをもどそうって気じゃねえのかねえ」とベンがいう。「だって今夜のゴッドフリーの若さんは、しょげてるようには見えんがな。ほれ、踊りがおわって、ナンシー嬢さんをひっぱってくぞ、いっしょにすわるんだな。こりゃ、いいよるつもりだな」

ゴッドフリーとナンシーが舞踏の列をはなれたのは、ベンが想像するような、そんな甘い理由ではなかった。踊り手がひしめきあっているなかで、ナンシーの衣裳にちょっとした不慮の事故が起こったのである。衣裳の前身《まえみ》のほうは、ナンシーのほっそりしたくるぶしが見えるほど短かったが、後ろ身は長く、地主どのの力強い足にその裾をふまれて、腰のあたりの縫い目がほころびてしまったのだ。プリシラは妹を気づかい、ナンシー自身もそれがひどく気になっていた。ひとの心は恋の煩悶でいっぱいになっても、瑣末なことに無関心ではいられないものである。

ナンシーは舞踏に一区切りがつくと、顔を赤らめてゴッドフリーにこういった。プリシラがくるまで椅子にすわって待っていたいと。姉妹のあいだではすでに意味深長な目配せと短いささやきが交わされていた。このようにさしせまった理由がなければ、みなから離れてふたりきりになる機会をゴッドフリーに与えたりはしなかっただろう。ゴッドフリーのほうは、ナンシーを相手にカントリー・ダンスの魅力に長いこと浸っていたので幸せいっぱい、ナンシーの困ったような様子を見ると、すっかり大胆になり、すぐさま隣の小さな客間に導いた。そこにはカード用のテーブルがいくつも並んでいた。

「あら、すみませんが」とナンシーは、かれが自分をどこへ連れていこうとしているか気づくとすぐに冷ややかにこういった。「そちらにはまいれません。プリシラがくるまでこちらで待っています。踊りのとちゅうでご迷惑をおかけしてごめんなさいね」

「いや、ここで待つほうがゆっくりできますよ」とゴッドフリーは、言葉巧みにいった。「ぼくは失礼して、あなたをこちらにおいていきますよ、お姉さんが見えるまで」とかれはさりげない口調でいった。

これはありがたい申し出で、ナンシーも望むところだった。それならゴッドフリーがそういったとき、なぜちょっと傷ついたような気がしたのだろう？　ふたりは小さな客間に入っていき、ナンシーはカード用のテーブルの前においてある椅子にすわった。これはナンシーが選んだ、ゴッドフリーがもっとも近づきにくい位置だった。

「ありがとうございました」とナンシーはすかさずそういった。「これ以上ご迷惑はおかけしませんわ。あいにくのお相手でごめんなさいね」

「そんな意地の悪いことを」とゴッドフリーはその場に立ったまま、立ち去る気配がない。「ぼくと踊ってくださったのに、ごめんなさいだなんて」

「まあ、そんな、意地の悪いことなど申してはおりません」そういったナンシーは、うっとりするほど美しく愛らしかった。「殿方には、いくらもお楽しみがおありですもの、踊りぐらい、なんでもないでしょうに」

「そんなことはない。あなたと一度でも踊れるのは、ぼくにとっては、この世のなによりも貴重なことなんです」

ゴッドフリーがこんな率直なものいいをしたのは、ほんとうに久しぶりのことだったので、ナンシーはびっくりした。だが生まれついての自尊心と、感情を面にあらわすことの嫌悪感のために、じっと身じろぎもせず、さらなる決意をその声にわずかにこめただけだった。

「いいえ、ゴッドフリーさま、そんなこと、わたしは存じません。そんなことはないはず、とわたしが考える理由はいくつもありますわね。でも本心をおっしゃっているとしても、わたし、うかがいたくはありません」

「じゃあ、あなたは、ぼくを許してはくれないんですね。これからどうなろうと、ぼくに好意はもってくれないんですね。ぼくのいまの気持ちが、ぼくの過去を償うとは、おもっていただけないんですね。ぼくが行いをあらためて、あなたが好まぬことはいっさいやらないといっても」

ゴッドフリーは、せっかくナンシーとふたりきりで話す機会が訪れたというのに、おもわずわれを忘れてしまったことにはうっすら気づいてはいた。だが一途な感情が、舌を支配してしまった。一方ナンシーは、ゴッドフリーの言葉が暗示するものに心が騒いだものの、このあまりにも危険な感情の重圧が、かえって自制心をふるいたたせることになった。

「どなたでも、よいほうに変わられるのは、うれしいことですね、ゴッドフリーさん」とナンシーは、ほんのわずかながら、声の調子を変えた。「でも変わる必要がないほうがよろしかったんじゃないかしら」

「ずいぶん薄情なんだなあ、ナンシー」とゴッドフリーはすねたようにいった。「ぼくがよい人間になるように勇気づけてくれてもよさそうなものなのに。ぼくがこんなに惨めでも、同情もしてくれないんですね」

「そもそもまちがったことをなさる方に、同情する余地などありませんわ」とナンシーは答えたが、その頰にわれしらず笑みがうかんだ。ゴッドフリーはその笑みを見てうれしくなり、このまま言い合いをつづけたいような気持ちになった。だがナンシーは苛立たしいほど冷静で毅然としていた。それでもかれに対しては、いまなお無関心ではいられないのだった。

そこにプリシラがばたばたと駈けこんできた。「おやおや、お嬢さん、そのお衣裳を見せてごらん」といい、ゴッドフリーの、言い合いをつづけたいという望みを断ち切ってしまった。

「ぼくははずしたほうがよさそうですね」とかれはプリシラにいった。

「どうなさろうと、わたしはかまいませんけど」とプリシラはずけずけといい、ぎゅっと眉をよせながらポケットのなかを探っている。

「ぼくはここにいないほうがいいでしょう?」ゴッドフリーは立ち上がると、ナンシーを見つめた。

「よろしいように」とナンシーは、いままでのような冷たい態度をとろうと努め、自分の衣裳の裾をじっと見つめた。

「じゃあ、ここにいましょう」とゴッドフリーはいい、今宵はなしうるかぎり、この束の間のよろこびにひたろう、明日のことは考えまいと、捨て鉢な決心をしたのである。

第十二章

ゴッドフリー・キャスが、ナンシーというういとしい存在から忘却という美酒をもらい、ふだんならかれを苛立たせ悩ませ、日の光さえうとましくおもわれるあの秘密の結婚のことすら忘れ果てていたあいだに、ゴッドフリーの妻モリーは、雪の降り積もるラヴィロー村の小道を、腕にわが子をかき抱き、のろのろとおぼつかぬ足どりで歩いていた。

大晦日の夜のこの遠出は、激情の発作に駆られたゴッドフリーが、おまえを妻として認めるくらいなら死んだほうがましだと告げたときから、モリーがひそかに考えていた復讐の企みだった。大晦日には赤屋敷で大きな宴会が開かれることは知っていた。夫は、その席で、あたしの存在を自分の心の闇の奥に隠し、にこにこ笑いかけたり、笑いかけられたりしているだろう。そんなお楽しみなんぞ、ぶっこわしてやるんだ。かつては美しかった容色もいまは衰えて、薄汚いぼろをまとったこのモリーが、父親そっくりの髪の毛と目をもつ幼子《おさなご》を抱いて赤屋敷にのりこみ、郷士どのに、あんたのご長男の嫁でございますと名乗りを上げてやろう。

自分の惨めさは、自分ほど惨めでないものがもたらしたものだと、ひとは考えがちだが、モリーはちゃんと知っていた。自分がみすぼらしいぼろをまとっているのは、夫が自分を棄てたせいではなく、ひとえにあの阿片《アヘン》のせい、身も心もとりこになっているあの悪魔、阿片のせいだということはよくわかっていた。その悪魔に、飢えたわが子まであたえることを拒んでいるのは、わずかに残っている母親としての愛情だろう。そのことはよくわかっている。だが麻痺しきれない惨めな意識のなかでは、自分の困窮と堕落はすべてゴッドフリーがもたらしたものだと、かれに対する憎しみに変じていた。あのひとは豊かな暮らしをしている。自分も権利を主張すれば、豊かな暮らしができるはず。あのひとが自分との結婚を後悔し、日夜苦しんでいるとおもうと、復讐したいという気持ちがめらめらと燃えあがってくる。正しい自責の念というものは、もっとも清浄な空気のなかにいて天地のもっとも善い教えをうけているものにさえ、そうしげしげと訪れるものではない。あの白い翼をもつ優美な天使たちが、どうすればモリーのあの毒をはらんだ部屋に入りこめようか、桃色のリボンがひらひらと舞い、旦那衆の軽口がとびかう酒場女の天国、そんな記憶がしみついたモリーのまがまがしい部屋などに？

朝早く出かけたのに、とちゅうで温かな小屋に入りこんで、もう少し待っていれば雪もやむだろうとぐずぐずしていた。だがおもったより長く待ちすぎて、行く手の長い道はすっぽりと雪におおわれていた。それを見ると、執念深い意趣返しのために奮い立つどころか、モリーはすっかり弱気になってしまった。

もう七時になっていた。このころには、ラヴィロー村からさほど遠くないところまできていたのだが、たんたんと続く道の様子に不慣れだったモリーは、自分が目的の地のすぐそばにいることに気づかなかった。いまは自分を慰めてくれるものが必要だった。モリーが知る慰めはただひとつ――胸もとに入っているあのお馴染みの悪魔。だが残ったその黒い薬をひきだし、口もとに運ぼうとして、モリーは一瞬ためらった。その瞬間、母親の愛情が哀訴した、いま忘我の境を求めてはいけない、たとえ苦しくとも意識だけは失ってはならぬと。いとしいお荷物にまわされた腕が感覚を失ってはならぬと。だが次の瞬間モリーが投げ出したものは、黒い薬ではなかった――からになった小壜《こびん》だった。そしてモリーはまた歩きだす。雲の切れまに、ときおり星がきらめき、雪が降りやんだころから凍りつくような風が吹き荒れていた。モリーは歩くうちにだんだんと眠気に襲われ、眠るわが子を無意識のうちに胸に押しつけていた。

悪魔はゆうゆうとその目的を果たそうとしていた。寒気と疲労がそれを助けた。モリーはすぐになにも感じなくなり、この先のことは幕ですっかり覆《おお》いかくしてしまいたいという烈しい願い、横になって眠りたいという熱望のほかはなにも感じなくなった。ようやく足の運びを生け垣にはばまれぬところまでやってきていた。周囲は果てしない白と、いよいよ輝きをます星の光だけ、あとはなにひとつ見分けもつかず、ただふらふらと歩くだけだった。そしてとうとうハリエニシダの茂みのなかに倒れこんだ。それは心地よい枕で、雪の寝床も柔らかだった。寝床の冷たさは感じなかったし、たとえ子どもが目を覚まして泣きさけぼうと気にしなかった。だがその両腕は本能的に子どもをしっかりと抱きしめていた。幼子はレースの縁飾りのついた揺り籠に心地よく揺すられているかのように、すやすやと眠っている。

だがついに完全な麻痺が訪れた。指は力を失い、腕はだらりとたれる。やがて小さな頭が母親の胸から滑りおち、青い目が冷たい星の光に向かって見開かれた。はじめはおかあちゃん、とむずかる小さな声、枕のように体を支えてくれている腕と胸にすがろうともがく。だがおかあちゃんの耳にはもうなにも聞こえず、枕もうしろのほうに滑りおちていくよう。ふいに子どもは母親の膝の上に転がりおちる、なにもかもが雪でびしょぬれ、子どもの目は、真っ白な地面にちらちらとまたたいている光をとらえる。そして幼子に特有な移り気のゆえに、こちらに向かって走ってくる、でも決してこちらには近づかぬ光る生き物のようなものをじっと見つめる。あの生きているような光るものは、きっと捕まえることができるんだ。子どもはたちまち四つんばいになり、その光をとらえようと片手を伸ばす。だがそれでは光はつかまらない。頭を上げてそのすばしっこい光がどこからくるのか、見きわめようとする。それはとても明るい場所からやってくる。子どもは両足で立ち上がり、雪の上をよちよちと歩きだす。体をくるんでいたみすぼらしい肩かけをずるずるとひきずり、背中には奇妙な形の小さな縁なし帽をぶらさげて。

子どもはサイラス・マーナーの小屋の開いている戸口に向かってよちよちと歩いていき、そして小屋のなかの暖かな炉ばたにたどりつく。そこには薪や小枝があかあかと燃えていた。煉瓦の上にひろげてあるマーナーの麻袋（外套がわりに使っている）はすっかり乾いて温まっている。子どもはいつも、母親に置きっぱなしにされ、長いことほうっておかれるのに慣れていたので、麻袋の上にしゃがみこむと、小さな手を燃えさかる炎に向かってひろげる。そして満足そうにごろごろと喉を鳴らし、わけのわからぬ片言を喋っている。まるで孵《かえ》ったばかりの鵞鳥のひなが居心地のよい場所を探しあてたようだった。そのうちに体が温まり心地よくなってくると、小さな金色の頭は、古びた麻袋の上に沈みこみ、青い目は、半透明のうすいまぶたにおおわれた。

だがこの奇妙な訪問者が自分の炉ばたを訪れたとき、サイラス・マーナーはいったいどこにいたのであろう？　実は自分の小屋にいたのである。しかしかれに子どもの姿は見えなかった。金貨を失ってからの数週間というもの、かれは毎日、戸口を開けては外を眺めるのが習慣になっていた。あの金貨が、ひょっとして自分の手もとに戻ってくるやもしれぬ、あるいはなにかの痕跡とか消息などが路上に示されて、そばだてている耳や凝視する目にとらえられるかもしれない。たいてい夜更けとか、機織りをしていないときに、漫然とそんなことを繰り返すのが習慣になっていた。こんな気持ちは、なによりも愛していたものからいわれなく引き離された者にしかわからないだろう。夕べの薄明かりのなか、闇夜でなければ遅くまで、サイラスは、採石場の周囲の狭い風景を見まわし、耳をすまし、むなしい願いと不安を胸に、ひたすら目を凝らしていた。

この日は、近所のひとたちから、今日は大晦日だから、夜更けまで起きていて、古い年が去り、新しい年を迎える教会の鐘の音を聞かねばいけないよといわれていた。その鐘は幸運をもたらしてくれるから、あの金貨も戻ってくるかもしれないぞと。これは頭のおかしなサイラスをからかうラヴィローの村びとの悪意のないおふざけだったろうが、そのおかげでサイラスもふだんより興奮気味になっていたかもしれない。黄昏の訪れとともに、かれは何度も表戸を開けにいったが、見わたすかぎり降り積もる雪におおわれているので、すぐさま戸を閉めるだけだった。だが最後に戸を開けたときには、雪もやんで雲の切れ目がところどころに見えていた。かれは立ったまま耳をすまし、長いこと目を凝らしていた——たしかになにか、こちらに向かって進んでくるものがあったのだが、かれはその気配にまったく気づかなかった。静寂と足跡ひとつない広い雪の野が、かれの孤独をひしひしと包みこむかにおもわれ、絶望の冷気が切ないかれの思いに触れた。かれはふたたび小屋の内にもどり、表戸を閉めようと、右手を掛け金にのせた——だがかれは掛け金をかけることができなかった。金貨を失ってからこちら、何度もかれを襲ったあの不可思議な発作に、このとき襲われたのである。見えぬ目をかっと見開いたまま、かれは彫像のようにその場に突っ立っていた。開け放たれた表戸から、善が入ってこようと悪が入ってこようと、抵抗することもならぬ無力の状態にかれはおちいっていた。

しばらくして五感が甦ると、サイラスは妨げられていた動作をふたたび繰り返し、表戸を閉めた。自分が意識を失っていたことにはまったく気づかず、そのあいだに起こった変化にも気づくことなく、ただあたりが薄暗くなり、凍えた体がふらふらすることには気づいた。ずいぶん長いこと戸口に立って外を眺めていたのだなあとかれはおもった。炉のほうを見ると、二本の丸太は両側にくずれおち、たよりない赤い炎をちろちろとあげているばかり、かれは炉ばたの椅子に腰をおろし、くずれてしまった丸太を寄せあつめようと腰をかがめた、そのとき、ぼうっとした視野のなかに、炉ばたの床に黄金色に光るものが見えたような気がした。金貨だ！　わたしの金貨だ、なくなったときと同じように不可思議な方法で自分の手もとに戻ってきた！　心臓が早鐘のように打ちはじめる。しばしのあいだ、かれは、戻ってきたお宝に手を伸ばすこともできなかった。黄金のかたまりは、かれの凝視のもとで輝きをまし、どんどん大きくなっていくように見えた。かれは身をのりだし、手を伸ばした。だがその指が触れたのは、馴染みのある形の硬い金貨ではなく、柔らかい巻き毛だった。仰天したサイラスはがくりと膝をつき、頭をその不思議なものに近づけた。それはすやすやと眠っている幼子だった――ふっくらとした美しいもの、黄金色の巻き毛が頭をおおっている。幼い妹が夢のなかにあらわれたというのか――死ぬ前の一年ほど、かれが腕に抱いていた幼い妹、靴も靴下もはかぬ小さな童《わらべ》だった自分の腕に抱かれていたかわいい妹。これがサイラスのぼうっとした頭をよぎった最初の思いだった。これは夢なのか？　かれはふたたび立ち上がると、薪を積みなおし、枯れ葉や小枝を投げこんで火をかきたてた。だが燃え上がった炎も、その幻影を追いはらうことはなかった。炎は、子どもの形をした丸っこい小さなものを、そのみすぼらしい服をいよいよ鮮やかに照らしだした。わしの小さな妹にそっくりだ。サイラスはぐったりと椅子に沈みこむ。およそ不可思議きわまりないものと、まざまざと甦る記憶と、二つのものが目の前に渦巻いていた。

いったいこの子は、自分の知らぬまに、いつ、どうやってここに入ってきたのだろう？　自分は戸の外には一歩も出ていない。だがその疑問といっしょに、そしてほとんどその疑問を押しのけるように、昔のわが家とランタン・ヤードにつづく古い道筋が、幻のように浮かびあがってきた――その幻影のなかに、そうしたはるかかなたの暮らしのなかにひそんでいたさまざまな思いが浮かんできた。二度と甦ることのない、かつての友情のように、それらの思いは、いまのかれにとってはまったく馴染みのない奇妙なものにおもわれた。それでも、いま目の前にいるこの子どもは、はるかかなたのかつての暮らしから、自分に届けられた伝言だという夢のような感覚があった。それはラヴィローでは決してゆらぐことのなかったサイラスの心の琴線をかきみだした――あの思いやる心のゆらぎ――かれの生活を支配していたある力の存在への畏怖。なぜならば、このような子どものふいの出現の神秘さに、かれの想像力はとうてい及ばず、このようなことが起こりうるごくふつうの情況にさえ思いがいたらなかったからである。

だがそのとき炉ばたで泣き声がした。子どもは目を覚ましていた。サイラスは屈みこんでその子を膝に抱えあげた。子どもはかれの首にしがみつくと、声をはりあげて泣きわめいた。それは子どもが目を覚ましたときにわけもなく発する泣き声だが、おかあちゃんと呼びかける声がそれにまじっていた。サイラスはその子を胸に押しつけ、思わず知らず、子をあやすような声を出した。夕食の粥がまだ残っていることを思い出し、消えかかっている炉の火でそれをすこし温め、この子に食べさせてやろうとおもった。

それから一時間というものは、やることがたくさんあった。大事にとってあった黒砂糖で甘くした粥のおかげで、子どもは泣きやみ、匙で粥を口に入れてくれるサイラスをその青い目でじっと見つめた。そのうちにかれの膝から滑りおりると、よちよちと歩きはじめたが、ちょっとよろめいたので、サイラスはとびあがって、そのあとを追った。なにかにぶつかって怪我でもしたらたいへんだ。だがその子は床にぺたんと尻をついただけ、すわったまま長靴をひっぱりはじめ、足が痛いようとでもいいたげな泣き顔でかれを見あげた。子どもを膝に抱えあげたものの、濡れた長靴に締めつけられて足が痛いのだと、悟りの鈍い独り者のサイラスが気づくまで、だいぶ時間がかかった。

苦労して長靴を脱がしてやると、子どもは自分の足の指を不思議そうに眺めてたちまちご機嫌になり、くっくと笑いながら、ほら、これを見て、不思議だねえ、とでもいうようにマーナーをひっぱった。だがその濡れた長靴を見て、サイラスは、ようやく気づいたのだ。この子が雪の上を歩いてきたのだということに。そしてこの子がここまで運ばれてくるには、ここに入りこむには、ある手立てが必要だったはずだということに。それにようやく気づいたマーナーは、あれこれ推測するより早く、子どもを両腕に抱えて戸口に向かった。戸を開けると、またもや子どもが、おかあちゃん、と泣きさけんだ。その言葉は、さっき、腹を空かせた子どもが目を覚ましたときに聞いたきりだが。外の地面に屈みこんでみると、小さな足跡が、真っ白な雪の上に点々とついていた。その足跡をたどっていくと、ハリエニシダの茂みにたどりついた。おかあちゃん、おかあちゃん、と子どもが何度もさけぶ。そしてマーナーの腕から必死に身をのりだそうとするので、マーナーも、ようやく目の前の茂みのなかにあるものに気づいたのだ――それは人間の体で、その頭はハリエニシダの茂みに沈みこんで、降りつもる雪にほとんどおおわれていた。

第十三章

赤屋敷では、早めの夕食がすんだところで余興もたけなわ、客たちはすっかりくつろいで陽気に騒ぎ、その道の通を任ずる紳士方が、ホーンパイプ踊りに興じている。郷士どのも、大声で喋ったり、嗅ぎ煙草を振舞ったり、客たちの背中をばんばんと叩いたりと、たいそうご機嫌で、カードの卓にもいつもより長くすわりこんでいた——そこでは、キンブル叔父が苦々しい顔をしている。白面で仕事をしているときはいつも上機嫌なのだが、カードとブランディを手にすると、がぜん緊張してしかめ面になり、カードを切る相手を疑い深そうに睨みつけ、わざわざ自分でカードを切るのだが、めくった札がつまらぬ手だと、さらに苦々しい顔になり、こんなふうだから、世の中も乱れるのだといいたげな顔をした。

夕べの宴席が、こんなふうに乱れてくると、晩餐という重い務めをおえた召使いたちが、いつものように踊りを見物して目の保養をするのが慣例だった。そんなわけで赤屋敷の裏口に人気《ひとけ》はまったくなかった。玄関から白の間に入るには二つの扉があるが、扉は両方とも、外気を入れるために開いていた。だが下手《しもて》の扉の前には召使いや村びとたちが群がっていて、出入りができるのは上手《かみて》の扉だけだった。

地主どのの三男、ボブ・キャスが、得意のホーンパイプ踊りを踊っていた。父親はこの体のしなやかな息子がたいそうご自慢だった。自分の若いころにそっくりだと吹聴し、若者の鑑だとでもいいたげな口ぶりだった。郷士どのは踊りの列の反対側に群がるひとびとのあいだに身をおき、上手の扉にほど近いところにいた。ゴッドフリーはそこから少しはなれたところに立っていたが、それは弟の踊りを褒めるためではなく、ただ父親の近くに群がるひとたちにかこまれてすわっているナンシーの姿を見失わぬためだった。結婚の話だの、ナンシー・ラミター嬢の美しさだの、近ごろいよいよ露骨になってきた郷士どのの冗談の的に自分がなっているとおもわれるのはご免だった。だが、ホーンパイプの踊りが終わったら、もう一度ナンシーと踊れるのではないかと期待していたので、それまでのあいだはだれにも気づかれずに、ナンシーをじっと眺めていられるのが、たいそううれしかった。

ところが、こうして長いことナンシーを見つめていたゴッドフリーがふと目をあげたとき、その目は、死者から抜け出した亡霊かと肝をつぶすようなものに出会ったのである。それは、燦々《さんさん》と日光を浴び、人々から賛美され、美美しく飾りたてられた建物のうしろにひっそりと隠されている暮らしから立ちあらわれた亡霊であった。それはサイラス・マーナーの腕に抱えられた己の子だった。その子にはもう何カ月も会ってはいないが、疑いをさしはさむ余地はない、かれは瞬時にそう感じた。見まちがいであってくれればよいという希望がわきかけたとき、クラッケンソープ師とラミターさんが、この奇妙なものの出現に驚き、子どもを抱くサイラス・マーナーのもとに歩みよっていた。ゴッドフリーもいちはやく、そのあとにつづいた。ひとことも聞き漏らさずにはいられなかったのだ。なんとか自分を抑えようと努めていたものの、もしひとが見ていたら、自分が唇を蒼白にして、ぶるぶる震えているのに気づいただろうとおもった。

だがひとびとの目はすべて、サイラス・マーナーに注がれ、郷士どのまで立ち上がり、腹立たしそうに問い詰めた。「いったいどうした――どういうつもりなんだ――そんな格好で入りこんできおって、いったい何事だ？」

「医者さまを探しに――医者さまに会いたい」マーナーは、まずクラッケンソープ牧師に向かって、そういった。

「これは、いったいどうしたことだね、マーナー」と牧師はいった。「医者さまはここにいなさるが、いったいどうしてもらいたいのかね。落ち着いて話しなさい」

「女のひとが」とサイラスは小声でいった。ゴッドフリーが近づいていくと、相手は息を切らしていた。「死んどる、とおもいます。採石場の雪の上で死んでおると。わたしの小屋からさほど遠くはありません」

ゴッドフリーは愕然《がくぜん》とした。その瞬間、かれの胸に生じたのは恐怖だった。女は死んでいないかもしれないという恐怖。なんともおぞましい恐怖——ゴッドフリーのやさしい気性のなかに巣くう醜い居住者。あちらに不誠実であれば、こちらの幸福につながると考えている人間に、邪悪な希望をはねつける勇気はない。

「しいっ、静かに！」とクラッケンソープ師がいった。「広間のほうに行きなさい。医者を連れてくるから。雪の上に女を見つけたと——死んでおると」と牧師は郷士どのにささやいた。「ここではいろいろ言わぬほうがよいでしょう。ご婦人方を驚かしてはいかん。貧しい女が寒さと飢えのために倒れているといっておけばよいでしょう。わたしがキンブル先生を呼んできますよ」

だがこのときにはすでにご婦人たちが集まってきて、あの孤独な亜麻布の機屋がいったいなんで、こんなところまでやってきたのか知りたがった。それにかわいい子どもにも興味をひかれた。子どもは驚いたような顔をして、眩《まばゆ》く光るものや大勢のひとたちに気をとられたようだった。そのうちにべそをかいて、顔を隠したかとおもうと、また顔をあげておとなしくあたりを見まわしていたが、触られたり、声をかけられたりすると、またもやべそをかいて、その顔をサイラスの胸に埋めてしまった。
「いったいどこの子なの?」と婦人たちが口々に訊く。そのなかにはゴッドフリー
に向かって尋ねているナンシー・ラミターの声もまじっていた。
「知りません――雪の上に倒れていたという貧しい女の子どもでしょう」というの
が、やっとの思いで口からしぼりだしたゴッドフリーの返事だった(ほんとうにそう
だろうか、と良心の呵責をおぼえたかれは、胸のうちでそうつけくわえた)。
「ねえ、その子はここにおいていきなさいよ、マーナー親方」とひとのよいキンブ
ル先生の奥方はいったものの、その子が着ているぼろを、自分のサテンの胴着に触れ
させるのはためらった。「女中を呼んで、連れていってもらいましょう」
「いや――いや――この子を手放すわけにはいかない。わたしは手放しません」サ
イラスは唐突にいった。「わたしのところに来たのです――わたしには、この子を手
もとにおく権利がある」
子どもをおいていけという申し出は、サイラスにとっては思いもよらぬこと、強い
口調で飛び出してきた自分の言葉は、いまのいままでこの子をどうするかというはっ
きりした気持ちはなかったかれにとって、まるで神の啓示のようだった。
「まあ、あんなことをいって」とキンブルの奥方は、いささか驚いたような口調で

いった。

「さあさあ、ご婦人方よ、そこをのいてくださいよ」とカード室から出てきたキンブル先生がいった。カードの途中で邪魔が入って、いささかご機嫌ななめだったが、職業柄、こういうことには慣れていて、気に染まぬ呼び出しにもおとなしく応じた。たとえとうてい白面ではないにしても。

「こいつは不愉快な仕事だぞ、ええ、キンブル？」と郷士どのがいった。「やつは、あんたのとこの若いもののところへ行きゃあよかったんだ――見習いのところにだよ――名前はなんといったかな？」

「行きゃよかったと？　これはこれは――いまさらそんなことをいわれてもねえ」とキンブル先生は不平を鳴らし、マーナーを連れてあわてて出ていった。そのあとにクラッケンソープ師とゴッドフリーがつづいた。

「しっかりした長靴をもってきてはくれまいか、ゴッドフリー。いや待てよ、だれか、ウィンスロップのところへ行って、かみさんのドリーを呼んできてもらおう――あのひとがいちばん役に立つ。ウィンスロップは夕食前にはここにおったが、もう帰ったかね？」

「はい、あのひとには途中で会いました」とマーナーがいった。「けどいろいろ話をしていたひまはなくて、ただ医者さまのところに行くとだけいいました。すると医者さまは郷士さまのところにおると、あのひとがいったので、それで急いで走ってきて、裏口にはだれもおらなんだから、大勢ひとのいるここにきたんで」

子どもはもはや、眩い光にも、ご婦人たちの笑顔にも興味はなく、おかあちゃん、と泣き叫びながら、マーナーの胸にしがみついている。子どもはかれを信頼しきっていた。ゴッドフリーは長靴をもって戻ってきたが、子どもの泣き声を聞くと、胸をかきむしられるような気がした。

「ぼくが行きますよ」とゴッドフリーはすかさずいった。動いていなければ、なんともいたたまれぬ気持ちだった。「ぼくが連れてきますよ——ウィンスロップのかみさんを」

「ふん、ばかな——ほかのものをやればいい」とキンブル先生はいい残し、マーナーといっしょにあわただしく出ていった。

「わたしにできることがあったらいってくださいよ、キンブル先生」とクラッケンソープ師がいったが、医者の耳にはもう届かなかった。

ゴッドフリーの姿もいつのまにか消えていた。帽子と外套を取りにいったので、自分が狂人のように見えてはならぬと肝に銘じるだけの思考力は残っていた。だが薄い革の舞踏靴をはいていることには気づかず、そのまま雪のなかへ飛び出していった。

まもなくしてかれは、ウィンスロップのかみさんのドリーを連れて採石場に急いでいた。ドリーは、ひとを助けにいくのだから、寒気や雪に身をさらすのはいっこうに平気だったが、若さんが、薄革の靴で足を濡らしているのが気になった。

「ひきかえしなすったほうがよろしいのでは」とドリーはおそるおそるいった。「おまえさままで、風邪をひいてはおおごとですで。それからお願いしてえことがありますの。帰りがけに、うちの亭主にここへくるように伝えてはもらえませんかね——きっと虹屋におりますで——うちのひとが、とにかく使いもんになるくらい白面でおればですがね。さもなきゃ虹屋のおかみさんが、小僧をよこしてくれますで。医者さまのところからいろいろと入り用なものを運ばにゃなりませんから」

「いや、ぼくはここにいる、せっかくきたんだから——ここで、外で待っている」とゴッドフリーは、マーナーの小屋の裏手までやってくるとそういった。「ぼくにできることがあったら、なんでもいってくれ」

「まあ、なんてご親切な。おやさしいんですねえ」とドリーはいって、小屋の戸口に近づいた。

ゴッドフリーは、さまざまな思いに胸をふさがれ、こんな見当違いな褒め言葉に胸を痛める余裕もなかった。くるぶしまで雪に埋まっているのも気づかず、その場を行ったり来たりしていたが、小屋のなかで、いま現在なにが起こっているのかと考えると、ぞっとするような不安に駆られた。その結果がなんであれ、わが身に及ぶ運命を考えると、いてもたってもいられなかった。いや、これ以外なにも感じなかったというわけではない。心の奥底で熱い欲望と恐怖がうずまいている一方で、生きているか死んでいるかというような二つに一つの結果を待つべきではないという思いもあった。自分がしたことの結果を受け入れ、恥ずべき妻の存在を公にし、無力なわが子の要求を満たしてやらねばならない。だがナンシーへの思いをみずから断ち切るだけの勇気は、かれにはなかった。かれにあるのは、ただ良心と愛情、ナンシーへの思いを断ち切ることのできぬ弱さ、そのためにかれは常に不安だったのだが。しかしいまこの瞬間、かれの心は、長きにわたる束縛から解き放たれるかもしれぬというかすかな希望にすがりついていた。

「あの女は死んだのか?」と心のなかのあらゆるものを圧する声がいう。もし死んだなら、ぼくはナンシーと結婚できる。そうすればぼくはこの先いい人間になれる。秘密もない、子どもはいても——どうにかして面倒をみればいい。だがそうした期待の向こうに別の可能性が見える——女は生きているかもしれない、そうすれば万事休す。

ゴッドフリーはどれほどの時間、その場に立っていただろうか。ようやくキンブル叔父の姿があらわれた。かれは叔父に近づいたが、どのような知らせを聞くことになるのか、わき上がる不安を抑えつけるのが精一杯だった。

「待っていたんです、ここまで来たからには」とかれはまず口を切った。

「ふん、おまえさんがこんなところまでやってくるのはばかげておるな。なんで下男をよこさなかった。なにもすることはないよ。女は死んでおる――何時間も前に死んだにちがいない」

「どんな女ですか？」とゴッドフリーは、顔がかっと熱くなるのを感じながら、そう訊いた。

「若い女だがね、痩せほそっておったよ、長くて黒い髪だ。浮浪者のようだな――ぼろをまとっておった。だが結婚指輪はしておったぞ。あす救貧院に運びこむことになるだろう。さあ、行こうか」

「その女を見たいな」とゴッドフリーはいった。「そんな風体の女をきのう見かけたような気がするので。一、二分で追いつきますから」

キンブル叔父は歩きだし、ゴッドフリーは小屋に引き返した。そしてドリーがていねいに整えた枕の上にのせられた女の死顔をちらりと見た。だがこの不幸な憎むべき妻の最後の表情を、かれはいつまでも覚えており、これから十六年を経たのちに、この夜の出来事の一部始終を語ったときにも、その窶《やつ》れはてた顔の皺《しわ》のひとつひとつがまざまざと甦ってきたのである。

かれはすぐさま炉のほうを向いた。そこにはサイラス・マーナーがすわりこんで子どもをあやしていた。子どもはすっかりおとなしくなっているが、眠ってはいない。甘い粥と炉ばたの温もりのおかげですっかり機嫌もなおり、目をぱっちりと見開いておとなしくしている。そのまなざしは、心に穏やかならぬものを秘めている大人に畏怖を覚えさせた。天と地に存在する静謐なる威厳と美しさを――燦然と輝く星、あるいは咲き誇る薔薇の花、森閑とした小道におおいかぶさる大樹の前に立たされたような気持ちを感じさせた。ぱっちりと見開かれた目には、なんの不安もなく、ゴッドフリーを実の父親と認めるでもなく、ただ無心にかれの目を見上げている。そして父親は、入り乱れる異様な感情に、後悔とうれしさがせめぎあう感情に襲われていた。その小さな心臓は、かれの胸のうちにある嫉《ねた》ましさといとおしさに応えてはくれない。やがてその青い目がゆっくりとそらされて、近づけられたマーナーの奇妙な顔に注がれた。そして小さな手がマーナーの萎びた頰をひっぱると、その顔が妙にゆがんだ。

「この子は、あす救貧院に連れていくんだね?」とゴッドフリーはさりげなく訊いた。

「だれがそんなことをいいましたかね?」とマーナーが鋭くいった。「わたしが連れていくとでも?」

「しかし、手もとにはおけないだろうが――あんたのような独りものが」

「この子を引き取る権利があるというひとがあらわれるまでは、わたしが預かります」とマーナーはいった。「母親は死んじまったし、父親もおらんのでしょう。この子はひとりぼっちだ――わたしもひとりぼっち。わたしの金は消えちまったし――どこにいっちまったか見当もつかんし、そこにこの子がどこからともなくあらわれた。どういうことやらさっぱりわけがわからんで――途方に暮れとりますで」

「かわいそうな子だ!」とゴッドフリーはいった。「これで着るものでも買ってやってくれ」

かれは服の隠しに手を入れて半ギニー硬貨をつまみ出し、それをサイラスの手に押しこむなり、大急ぎで小屋を出ると、キンブル叔父のあとを追った。

「ああ、あれは、ぼくが見かけた女じゃありませんでしたよ」と追いついた叔父にゴッドフリーはいった。「かわいい子どもですね。あのじいさんは、自分の手もとにおいておきたいらしい。あんな欲張りおやじにしては、奇妙な話ですね。助けになるかと、ちょっとばかりおいてきましたがね。救貧院の連中も、子どもを引き取るについて、あのじいさんと争いたくはないでしょうが」

「ああ、そうだな、だがわしだってもう少し若けりゃ、やつと争いもするが。だがもう年でね。あの子が炉のなかに転げおちそうになったって、おまえの叔母さんは肥りすぎとるから、つかまえることもでけんな。すわりこんだまま、めす豚みたいなうなり声をあげるのがおちさ。それにしてもゴッドフリーよ、おまえさんはばかだな、舞踏靴のまんまでこんなところまでやってくるとは。今夜はご婦人たちの介添え役じゃないか、しかも己の屋敷だぞ！　こんなむら気を起こして、いったいどういうつもりだね。ナンシー嬢さんにつれなくされたのかね、それで腹いせに舞踏靴をだいなしにしたというわけか？」

「ああ、今夜ときたらさんざんです、女を相手に踊りまくって死ぬほど疲れましたよ。あのホーンパイプにまでつきあわされて、それにガン家の嬢さんとも踊らなくちゃならなかったし」ゴッドフリーは、叔父の言葉を、都合のいい逃げ口上にありがたくいただいた。

いい逃れとか、罪のない嘘をつくことは、常日ごろ純な心をもつひとにとっては、たいそう不安なものだ。偉大な画家が、ひとの目には気づかれぬようなごまかしの筆づかいを苦にするように心が休まらぬものだが、ひとたび不純な行為を犯してしまったひとは、口先の嘘など、胸の飾りものと同じように気軽につけてしまうものである。ゴッドフリーは足を乾かしてから白の間にあらわれた。だが安堵のおもいがあまりにも強く、悲痛な表情をうかべることはできなかった。こうなればいつだって、機会さえあれば、遠慮なくナンシー・ラミターに甘い言葉をささやくこともできるし、あなたが望むような人間になりますと約束することもできよう。死んだ妻のことがもうばれる危険はない。きちんとした捜査が行われたり、情報を広く集めたりという時代でもなかった。婚姻届は、遠くの登記所の決してめくられることのない書類のあいだに埋もれていて、だれひとり興味をもつものもいないはずだ。弟のダンスタンが戻ってくれれば、秘密をばらすと脅すかもしれないが、口をつぐんでいるよう説き伏せる手段はあるはずだった。

事態が恐れていたよりよい方向に転じるのは、それまでの行為が、それほど愚かでもなく、責められるべきものではなかったという、それは証拠ではあるまいか。そして自分はまったく取り柄のない人間というわけではない、自分をもっと大事にしなければ、訪れた幸運をもっと大事にしなければと考えるようになるものである。

ナンシー・ラミターに自分の過去を告白し、せっかくの幸運をなげうっていいわけがどこにあろうか？　いや、それならば、ナンシーの幸福をもなげうつことが？　あのひとは、ぼくを愛しているという自信が、ゴッドフリーの心のどこかにはあった。わが子どものことは、しっかり面倒をみよう。あの子を見捨てるつもりはない。わが子と認める気はないが、それ以外のことならなんでもしてやろう。実の父親からわが子と認められずとも、それなりに幸せになるのではあるまいか。先のことがどうなるかは、だれにもわからないのだから——ほかに理由が必要というなら、こうつけくわえておこう——父親も、あの子をわが子と認めぬほうが、幸せになれるのだから。

第十四章

その週に、ラヴィロー村では、ある貧者の埋葬が行われた。バザリーのケンチ・ヤードで知られていたのは、金髪の子どもを抱えた黒髪の女が、あの界隈の宿に泊まっていたが、いつしか姿を消したということだけだった。ちまたのひとびとにとっては、涙ひとつ流されぬ死は、夏場におちる木の葉のようにはかないものだが、わたしたちの知るあるひとたちにとっては、運命的な力を及ぼし、最後までかれらの悦びとも悲しみともなったのである。

貧者の子をひきとるというサイラス・マーナーの決意は、かれが金を盗まれたときの騒ぎに劣らぬ驚きであり、村人のあいだで飽かず繰り返される話題だった。かれが災難に見舞われた日からこちら、かれに対する猜疑《さいぎ》心や嫌悪感はうすらいで、むしろ孤独な変わりものという、同情をまじえた見方に変わっていた。ことに女たちのあいだでは。働きものの母親や、子どもを丈夫に愛らしく育てることを知っている母親たち、そしてよちよち歩きをはじめたばかりの子どもに自分の楽しみをしじゅう邪魔されているものぐさの母親たちも、独りものの男が、二歳の幼子の世話をどうやっていくか興味津々で、とにかく自分たちが教えてやらねばと手ぐすねひいて待っていた。勤勉な主婦はこうしたほうがいいという助言をしたし、ものぐさの主婦は、そんなことはやれるはずがないと力説した。勤勉な主婦たちのなかでも車大工の女房のドリー・ウィンスロップの親切な助力は、マーナーにとっては、たいそうありがたかった。ああしろ、こうしろと騒々しい指図をするわけではなかったから。サイラスは、ゴッドフリーからもらった半ギニーを彼女に見せ、子どもの服をそろえるにはどうすればよいか相談した。

「ああ、マーナー親方」とドリーはいった。「わざわざ買うことはないの。靴が一足あればたくさん。うちには、エアロンが五年前まで着ていた子ども服がたんとあるし。子どもの服に金を使うなんてばかげとるよ。子どもつうもんは、五月の草みてえにずんずん伸びるからね、ほんと」

そしてその日のうちにドリーは包みを抱えてやってくると、サイラスの前に小さな服をつぎつぎに並べた。ほとんど、つぎがあたっていたり、繕ったりしたものだが、どれも芽生えたばかりの香草のようにきれいだった。つづいてお湯と石鹼を使ったたいそうな儀式があり、湯から上がった子どもは、きれいさっぱりと美しく、ドリーの膝にちょこんとすわると、爪先をいじりまわし、まるでなにかを発見したとでもいうように、ぱちぱちと手をたたき、きゃっ、きゃっとさわぎ、「おかあちゃん」といって、それを伝えようとする。その「おかあちゃん」はなにかを求めているのでもなく、不安を訴えているのでもない。それは赤児の口ぐせのようなもので、やさしい声や手を期待しているわけではなかった。

「だれが見たって、天使さんたちもこれほど美しいとはおもわんよねえ」とドリーは金色の巻き毛を撫でつけて、それにキスをした。「この子があんな汚いぼろにくるまれていたとはねえ――おまけに貧しい母親が凍え死にしちまって。だけどこの子を守ってくださるお方さまがおいでなすって、おまえさまの戸口にこの子を運んできてくだすった。戸が開いていたから、この子は雪をかきわけてこの戸口に入りこんだ、まるで飢えたコマドリのひなみたいにねえ。表の戸は開いていたって、親方さん、そういいなすったねえ」

「そうだ」とサイラスは考えこむようにいった。「そうだよ――表戸は開いておった。金貨がなくなって、そのありかもわからんが。そうしたらこの子が、わしの知らんところからやってきた」

この子が入ってきたとき、自分が意識を失っていたことは、だれにも話してはいなかった。それについてあれこれと詮索されるのが怖かったからである。

「まあまあ」とドリーは、真顔で慰めるようにいった。「そりゃあ、夜があれば朝がある、眠りがあれば目覚めがある、雨の季節があれば、取り入れの季節がくるというようなもんでねえ。去るものがありゃあ、来るものもあるというわけだわねえ。けどわたしらには、どうやって、どこへ行くのかなんてことはわかりゃせんの。わたしら、いっしょうけんめい働いても、たいしたことはなあにもでけんの――そこに偉大なお方さまがあらわれて、わたしらを導いてくださる。それでわたしはこうおもうの、親方さんには、この子を手もとにおいとく権利がある、わたしはそうおもうな。この子はあんたさんのところに送られてきたんだよ。そうじゃないというひともおるだろうがな。この子は、こんなに小さいから、いろいろと手がかかるだろうけど、わたしが手伝うから、あんたさんのかわりに面倒をみるから、だって朝早く起きちまったら、十時ごろにはもう時計が止まっちまったような按配で、昼の支度をするには早すぎるしなあ。だからわたしが、親方のかわりにこの子の面倒はみるよ、よろこんで」

「ありがとう――ご親切に」とサイラスはためらいがちにいった。「いろいろと教えてもらえるのはありがたい。だがなあ」かれは、子どもがドリーの腕に頭をのせ、満足そうにこちらを見ているのを、羨ましそうに眺めながらこういった。「この子の面倒は、わたしが自分でみてやりたい。さもないと、この子はよそのひとになっちまうかもしれんし、わたしになつかんようになるかもしれんし。これまでも独りでやってきたから――教えてもらえば、なんでもできる。教えてもらえば」

「ええ、そりゃそうですとも」とドリーはやさしくいった。「子どもの面倒を手ぎわよくやる男衆はいくらも見てきたもの。男なんて意地っぱりで、ぶきっちょで、どうしようもないけどな――なに、酔いが醒めりゃ、分別がないわけじゃない。もっとも蛭《ひる》に吸わせたり、包帯まいたりするのは下手だし――せっかちで、辛抱がないしな。さあ、まずこれを着せるの、肌にじかに」ドリーは小さなシャツを取り上げて、子どもに着せはじめた。

「うん」とマーナーはおとなしくいって目をぐっと近づける、この不可解な技をとくと見ておこうと。すると子どもは小さな両手でサイラスの頭をつかみ、満足そうな声をあげながら、かれの顔に唇を押しつけた。

「ほうらね」とドリーはやさしい思いやりをみせる。「この子は、親方がいちばん好きなんだね。あんたさんの膝にのっかりたいんだね。じゃあ、おいき、受け取ってくださいよ、親方、ぜんぶ着せておやんなさいな、そうすりゃ、この子がここに来てから、ずうっと親方が世話してやったことになりますもん」

マーナーは、なにかこれまでにないことが自分の人生に起こったと、なんだか不思議な気持ちになり、震えながら子どもを膝の上にのせた。さまざまな感情が胸のうちで渦巻いていた。もしそれを口に出せば、こうとしかいえなかっただろう――この子は金貨のかわりに、わしのところにやってきたと――金貨が子どもに姿を変えたのだと。かれは小さな服をドリーから受けとると、教えられるままに、それを子どもに着せた。むろん子どもはばたばたと手足を動かすので、なかなかうまくはいかなかった。

「ほうら、やっぱりね！　なんと上手なこと、マーナー親方」とドリーはいった。「でも機《はた》の前にすわらねばならんときは、どうなさるつもりかな？　せっせと動きまわるようになって、わるさもするしねえ――ほんと。親方のとこは、炉が高いところにあってよかった。この子の手がとどかないもの。けどな、床にこぼれおちそうなものや、割れたり指を切ったりするようなものがあると、子どもはすぐに手を出すの、そこんところは、ようく気をつけんとな」

マーナーは困ったようにちょっと考えこんだ。「この子を機の脚にくくりつけておこうかね」とかれはようやくいった――「長い紐ででも縛りつけておこうかね」

「うん、それがええかもしれんねえ、女の子だから、ここにすわっておいでといいきかせれば、いうことはきくだろうね。ぼうずは、とてもだめだけどな。ぼうずのことならようくわかっとるの、うちにゃ、四人もいるでね――まったく四人もねえ――

あの子たちをくりつけようとすると、泣いて暴れて、まるで豚の鼻面に鈴をつけるような按配でねえ。うちにある小さな椅子とか、赤いぼろきれとか、この子も遊べるようなもんを持ってきますよ。きっとすわりこんで、相手がいきものだとおもって、ぺちゃぺちゃ喋りかけるわね。ああ、こんなことをいっても罪にならんならいうけどな、男の子もおなごのようだったらいいのにねえ。うちにも女の子がおったらなあ、洗濯やら繕い物やら編み物やら、なんでも教えてやれるのに。けんどなあ、マーナー親方、この子が大きくなれば、そんなこともみんなわたしが教えてやれるでねえ」

「だがこの子はわたしの子ですよ」とサイラスはいそいでいった。「ほかのだれの子でもない」

「そりゃ、そうともね。あんたさんに権利があるわね、あんたさんがこの子の父親なら、父親らしくこの子を育てねば、けんどなあ」とドリーはつけくわえたが、前もって触れておかねばならぬと思いさだめていたことを、いよいよここで持ち出すことにした。「あんたさんは、この子を、キリスト教徒の家の子のように育てねばな。教会に連れていったり、教会問答を教えんとな。うちのエアロンはすらすらといいますもん、──『われは信ず』とか、『言葉にても行いにても他人を傷つけることなかれ』──とかね、ほんと、教会の書記さまみたいに上手にいうの。あんたさんもそうなさらんとね、マーナー親方、みなしごをきちんと育てようというならねえ」

サイラスの青白い顔が、新たな心配に襲われて、みるみる赤くなった。ドリーの言葉をどう解釈すればよいかと、あれこれ考えると、すぐには返事ができなかった。

「おもうに」とドリーは言葉をつづける。「この子はきっとまだ命名式をやってはいないはず、だから牧師さまにお願いすればいいんですよ。もし話しづらいなら、わたしがきょうにでもメイシーさんに話してあげますで。あんたさんが親の務めを怠っていて、この子の身になんぞ悪いことが起こったらたいへんだもの——疱瘡《ほうそう》にかからぬよう種痘なんかもねえ。この子の身に災いが及ばんように、なにもかもちゃんとしておかんと——さもないと、墓に入っても安穏と眠れないわねえ。自分で望んだわけでもないのに生まれてきた哀れな子に、やるべきことをやってやらなんだら、あの世にいっても安らかに眠れないでねえ」

ドリーは、このまましばらく黙っていたほうがよいと考えた。自分の単純な信仰心からこんな話をしたわけで、自分の言葉が果たしてサイラスの心を動かしたかどうか、たしかめたかったのである。

サイラスは戸惑いと不安に襲われていた。ドリーがいった命名式というものの意味がよくわからなかった。洗礼という言葉は知っていたが、かれが見たものは、成人した男女の洗礼の式だった。

「命名式とはなんですかね」とサイラスはおそるおそる訊いた。「それをやらんと、みんなにこの子をかわいがってはもらえんのかね?」

「おや、おや、親方さんや」ドリーはいささか面食らい、哀れみをもよおした。「あんたさんに、お祈りの仕方を教えてくださる父さんや母さんがおらなんだのかねえ。災いというものを遠ざけてくれるお言葉とか、よい行いとかいうもんがあることを教えてはもらわなんだのかな」

「親はいました」とサイラスは小声でいった。「そんなことはようく知っとる——知っておったとも。けどここのやり方とはちがうようだ。わたしの故郷《くに》はここからだいぶ遠いからなあ」かれはちょっと口をつぐみ、それから意を決したように言葉をついだ。「この子のためなら、できることはなんでもしてやりたい。この土地でよいとされていることならなんでもな。あんたさんが、そうしたほうがよいというなら、なんでもしますよ。あんたさんが教えてくれるなら、そのとおりにやりますよ」

「それじゃあな、親方」とドリーは、内心うれしくてたまらず、弾んだ声でいった。「教会執事のメイシーさんにたのんで、このことを牧師さまにお伝えしてもらいますよ。それからこの子の名前をきめんとな、命名式のときに、名前がついとらんと困るでね」

「わたしの母親の名前は、ヘッジバーだった」とサイラスはいった。「わたしの妹には、母親の名前がつけられました」

「へえ、そりゃ、おかたい名前だねえ」とドリーがいった。「キリスト教徒にふさわしい名前じゃないような気がしますがね」

「聖書にのっている名前ですよ」昔の記憶が甦り、サイラスはそう答えた。

「それじゃ、なにもいうことはないわねえ」とドリーはいいながら、サイラスに聖書の知識があるのに驚いた。「でもわたしゃ、学者じゃないし、言葉というもんもなかなかおぼえられんで。亭主にはいつもばかにされとるの、おまえは把手といわずに、柄というなんて——亭主はお利口さんだもんでね。でも妹さんを、ふだん、そんなおかたい名前で呼ぶのはたいへんだったんじゃないかねえ、親方さん?」

「ふだんは、エピーと呼んでおった」とサイラスは答えた。

「へえ、名前を短くしてもよいなら、エピーのほうがずっと呼びやすいわなあ。さあて、わたしはこれで帰るけどね、親方さん、命名式のことは、暗くならんうちに執事さんに伝えておきますよ。では、あんたさんの幸運を祈ります。この親なし子の面倒をしっかりみてやりなさるなら、あんたさんはまちがいなく幸運に恵まれますで。

それから種痘もしてやらんとな。それから洗濯ものはみんな、このわたしにまかしといてくださいな。ついでに洗っちまうから。まあ、なんてかわいい子なんだろう。近々《ちかぢか》うちのエアロンを連れてきますよ。きっとあの子、とうちゃんに作ってもらった小さな手押し車や、かわいがっとる黒と白のぶちの小犬を、この子にみせてやるって、持ってくるわねえ」

幼子《おさなご》は、洗礼を受け、命名してもらうことになった。牧師は、洗礼を二度受けたとしてもさしつかえなかろうと考えた。マーナーは身を清めて式に参列した。この土地にやってきてはじめて教会のなかに入り、村の衆が聖なるものと考えている儀式にのぞんだ。だがかれは、これまで見聞きしたことから判断しても、ここラヴィロー村の宗教と、自分が昔信じていた宗教が同じものであるとはおもえなかった。以前なら、おそらく文言や考え方によって比べるのではなく、おののくような強い感情が湧くかどうかで判断していただろう。あれから長い年月が経ち、そんな感情はすっかり眠っていた。洗礼や命名式についても、教会に行くことについても、はっきりとした考えがあるわけではなかった。ただドリーが子どものためになるといったから、それで応じたにすぎなかった。

こんなふうにして数週間がすぎ、数カ月が経ち、子どもは、かれの暮らしと、疎遠だった隣人たちとの暮らしのあいだを結ぶ新しい絆をどんどん増やしてくれた。なにひとつ求めず、閉ざされた孤独のなかで崇め奉られていた金貨――日光も浴びず、鳥の歌も聴かず、人の声に動じることもない金貨とちがって、エピーは際限もなくさまざまなことを要求する生きものだった。日光を求め、日光を愛し、生きものが発する声や動きを好んだ。なんでもやりたがり、つねに新しいよろこびを見つけ、自分に注がれるあらゆる目にほのぼのとした情をかきたてる。金貨はかれの思いを永遠に堂々めぐりさせるばかりで、そこからかれを一歩も出させようとしなかったのだが。エピーは、変化と希望をその小さな体にびっしりと詰めこんで、かれの思いをたえず駆り立ててくれるもの、これまでのように永遠に変わらぬ空虚な思いに駆り立てるものではなかった――エピーは新しい年がくるたびに、新しいことへとサイラスの思いを駆り立ててくれ、そして年ごとにエピーは、父親が自分をいかに大事にしてくれているかということに気づいた。そして近隣の家族とも情愛で結びあえる日がくることをサイラスに予感させた。金貨は、毎日せっせと機を織ることを求め、単調な機の音と日ごと織りだす布のほかは、あらゆるものに盲目《めしい》になれ、耳をふさげと強いた。だがエピーは、かれを機の前から引きはなし、機を動かさぬときはお休みの日だとかれに納得させ、いきいきとした生命力でサイラスのもろもろの感覚を甦らせてくれた。早春の陽光のもとに這いだしてくる老いた冬の蠅にさえ興味をひかれるような感覚を。そうやってエピーがよろこんでいるから、かれもまたうれしく、心も温まるのだった。

やがて日射しが強くなり、日あしも長くなって、野原には一面にきんぽうげが咲きみだれるころになると、サイラスは日射しの強い真昼や、生け垣の影が長くなる午後おそく、帽子もかぶらずエピーを抱いて、野の花があふれるように咲いている採石場の向こうまでぶらぶらと歩いていく。お気に入りの土手にやってくるとサイラスは腰をおろす。エピーはそのまわりをよちよち歩きまわって花を摘み、明るい色の花びらの上をぶんぶん飛びまわっている虫たちに話しかけ、「おとうちゃん、おとうちゃん」と呼びかけながら、摘んだ花を手に駆けよってくる。ふいに鳥の鳴く声が聞こえると、そちらに耳をかたむける。しいーっと声をかけるとエピーがよろこぶのもサイラスは知っている。鳥の鳴く声がまた聞こえてくるかもしれない。そして鳴き声が聞こえてくるとエピーは小さな背中をぴんと伸ばしてきゃっきゃっと笑う。こうやって土手にすわっているあいだに、サイラスは、昔なじみの薬草をふたたび探すようになった。昔と変わらぬ輪郭や斑点をもつ葉を手のひらにのせる。するとかつての記憶がどっと甦ってきた。これまではその記憶からおどおどと顔を背けていたのだが、エピーの小さな世界に入りこむと、弱り果てていた心にもそんな記憶がやすやすと甦った。エピーの成長とともにかれの記憶も徐々に甦ってきた。エピーの世界が広がっていくと、かれの魂、長いあいだ冷たく狭い牢獄に押しこめられていたかれの魂も軛《くびき》をはなたれ、震えながらいきいきと甦った。

年ごとに力を増していくものは、エピーの影響力だった。サイラスの心を震わしていたものが、次第にはっきりした声になり、しっかりと答えを求めるようになった。ものの形や音を、エピーの目も耳もはっきりと捕らえるようになり、そして「おとうちゃん、おとうちゃん」と注意をうながすことも増え、よく説明してやらねばならぬことも増えてきた。エピーが三歳になるころは、いたずらざかり、いろいろと厄介なことを引き起こして、サイラスの忍耐心がためされるばかりか、怠りない用心が必要になった。エピーが可愛くてたまらないサイラスは、むやみに叱ることもできず困り果てていた。エピーにはお仕置きが必要ねとドリー・ウィンスロップがいった。ときには手をつねってやるのも、よいお仕置きになる。

「ほかにもいいお仕置きがあるけどねえ」とドリーが真顔でいった。「一度ぐらい、石炭置き場に閉じこめてやるのも効き目があるの、わたしもエアロンを閉じこめたことがあった。末っ子にはわたしも甘かったの、ぶつなんてとんでもなかった。石炭置き場に一分も入れておくと、もうたまらなくなってねえ。けどな、からだじゅう石炭の粉まみれになるだけでも、エアロンにはじゅうぶんなお仕置きになったがね。体じゅうを洗ってやって着替えもさせなくちゃならなかったけど、まあいいお仕置きになったねえ。でもまあ親方にまかせるわ、どっちを選ぶか、親方がきめんとな——ひっぱたくか、石炭置き場にほうりこむか——さもないと、この子はどんどん増長して、手に負えなくなるわな」

この石炭置き場というひとことがサイラスの胸に刺さった。そんなお仕置きは、考えるだけで心が萎えた。エピーに苦痛をあたえるのが辛いばかりではなく、自分が一瞬でもエピーと争ったら、エピーに嫌われてしまうのではないかと不安になったからだった。もし心やさしい巨人《ゴリアテ》がかわいい幼子を己れにしばりつけ、紐をひっぱれば子を傷つけはしまいか、いやそれより紐が切れたらどうしようと心配するなら、これはどちらが支配者といえるだろうか？　いたずらにはもってこいのよく晴れた日に、よちよち歩きのエピーが、サイラス父さんをあわてさせるのはまちがいなかった。

たとえばこんなことが。サイラスは忙しいときには、エピーを機に縛りつけておくのだが、そのときに使うのは幅の広い帯のような布、それをエピーの胴なかにまきつける。その布は、エピーがそのまま寝台までたどりつけるほどの長さがあったが、危険なところに近づけるほどの長さはないというものだった。ある晴れた夏の朝のこと、サイラスは新しい仕事の準備に常になく忙しかったが、この仕事には鋏《はさみ》がどうしても必要だった。鋏というものは、ドリーからも強く警告されていたので、サイラスはいつも用心して、エピーの手がぜったい届かぬところにおくようにしていた。だがちょきちょきという鋏の音は、エピーの耳にはとても快かった、そしてそのちょきちょきという音のあとに布地がどうなるか、エピーはしっかりと見届けていた。この朝、サイラスは機の前にすわっていて、機もやかましい音をたてていた。ところがかれは、鋏をうっかりエピーの手が届くところにおいてしまったのだ。小さなねずみのように隙を狙っていたエピーはこっそり手を伸ばして鋏をしっかりつかむと、ふたたびベッドまで戻り、自分のしていることが見つからぬよう、サイラスに背を向けてすわった。この鋏の使い道ははっきりしていた。エピーは、自分を縛っている麻布の紐をじょきじょきと切って自由になると、すぐさま開いている戸口から、さしまねく日の光のもとに飛び出していったのだ。

そのあいだサイラスは、エピーがいつになくおとなしいなとおもっていた。鋏が必要になって、かれははじめて恐るべき事実に気づいたのである。エピーがひとりで外に出ていった——もしかしたら採石場の立て坑の縁から転げおちたかもしれない。襲いかかる恐怖に震えながら、かれは、エピー、エピーと叫びながら外に飛び出した。

あたりを走りまわり、エピーが落ちたかもしれない採石場の立て坑を探しまわり、赤い水たまりの表面をこわごわのぞきこんだ。冷たい汗が眉毛のあいだににじみだしてくる。いったいどれほど前に、エピーは飛び出していったのか？　ひとつだけ望みがあった――あの子はきっと、踏み越し段をくぐりぬけて牧草地に入りこんでいるだろう。あのあたりは、エピーを連れてよく散歩に行ったからだ。だが牧草地の草は高く伸びており、もしエピーが入りこんでいたら、近づいて探さぬかぎりその姿は見えない。そうするとオズグッド家の土地に無断で侵入することになる。だがそれも致しかたない。哀れなサイラスは生け垣の周囲をくまなくのぞいたあげく、牧草地に入りこんだ。エピーがローゼル草の茂みに隠れているような、そして近づけば近づくほど、エピーは先へ先へと逃げていくような錯覚に襲われた。牧草地の捜索は徒労におわった。かれは踏み越し段をのりこえて、つぎの牧草地に入りこみ、小さな池のあたりをすがるような思いで眺めた。夏場のせいで、池の水は浅く、まわりには泥地が広がっていた。なんとそこにエピーがすわっていた、そして自分の小さな長靴に話しかけていたのだ。エピーは長靴をバケツがわりに水を汲んで、牛のつけた深い足跡にその水を注ぎこんでいた。はだしの小さな足は、黄緑色の柔らかな泥に気持ちよさそうに埋まっている。赤毛の牛が、向こうの生け垣のあいだから、不思議そうにエピーを眺めていた。

命名式をすませた幼子が、こんな悪さをしては、当然厳しいお仕置きがされなければならない。だがサイラスは、自分の宝をとりもどしたという烈しいよろこびに駆られたまま、エピーをさっと抱き上げると、泣きそうになりながらエピーにキスを浴びせたのだった。家に連れ帰って体を洗ってやらねばと思いはじめたころ、サイラスはようやくエピーに厳しいお仕置きをして思い知らせてやらねばならぬことを思い出した。この子がまた外に飛び出して、どんな目にあうやもしれぬとおもうと、常にない決心がわき、石炭置き場に——炉の近くにある小さな戸棚にほうりこむ決心をした。

「いけない、いけないエピー」エピーを膝に抱えあげると、サイラスはいきなりそういって、泥だらけの手足や服を指さしてみせた。「紐を鋏で切って外に出るなんてな。おいたをしたエピーは石炭置き場に入らなくてはいかんよ。お父ちゃんは、エピーを石炭置き場に入れんとな」

エピーにはこれで十分こたえるだろうと、きっと大声で泣きわめくだろうと、なかば期待していた。ところがエピーは、父親が楽しい遊びに誘ってくれたとでもいうように、かれの膝の上でこおどりした。これはもう厳しくやらねばならぬと、エピーを石炭置き場に押しこんで戸をぴしゃりと閉めたが、自分がこんなむごい仕打ちをしているとおもうと胸が震えるようだった。ほんのしばし沈黙があったが、すぐに小さな叫び声があがった。「あけてえ、あけてえ」と。それを聞いたサイラスはこういいながら、すぐにエピーを出してやった。「なあ、エピー、もう二度とあんなおいたをしてはいかんぞ。さもないとエピーはまた石炭置き場にほうりこまれるぞ。真っ暗でおっかない穴ぐらに」

この日の朝は機の音もしばらく静かだった。なにしろエピーの体を洗って、清潔な服に着せかえる仕事があった。だがこれだけ懲らしめておけば、エピーも懲りただろうから、この先は仕事の邪魔をされることもあるまいとサイラスはたかをくくっていた——ほんとうはエピーがわんわん泣いてくれれば安心だったのだが。

マーナーはさっきエピーを縛っておいた麻布の紐はどうしようか迷ったが、これだけお仕置きをすれば、もう縛りつけておかなくとも大丈夫だろうとおもった。エピーを機のそばにある椅子にすわらせておこうとおもい、ふりかえると、そこにいたのは顔と手を真っ黒にしたエピーだった。「エピー、また、ちぇきたんのあなにはいったよ！」

石炭置き場のお仕置きのこの大失態は、お仕置きの効能というものに対するマーナーの信頼を失わせてしまった。

「この子は、なんでもおもしろがるんですよ」とかれはドリーにいった。「ほんとうに痛い思いをさせないと、とてもだめだな、ウィンスロップのおかみさん。もうわしはあきらめた、少しぐらい面倒をかけられても、もういい。そのうちにこんないたずらもやらんようになるだろう。だんだん大きくなるうちには」

「そんなものかもしれんなあ、親方さん」とドリーは同情するようにいった。「いろいろなものに触っちゃいけんとあの子をどやしつけることができないなら、なんでもあの子の手の届かんとこにおいておくようにせんと。うちの伜たちが飼ってる小犬どもにも、そうやっとるの。あいつらときたら、なんでも口にくわえて、振りまわしたり、かじったりするんでね。よそゆきの帽子だって、口が届くところにおいてあれば、口にくわえてかじるもんでね。あいつらときたら見さかいなし、歯が生えてくると、そんないたずらをやりだすの」

そんなわけでエピーは、以後お仕置きというものを知らずに育った。この子のいたずらの報いは、お父ちゃんのサイラスが、しょうことなしに背負うことになった。その石造りの小屋は、エピーにとっては、忍耐という綿毛にくるまれた柔らかな巣だったし、石造りの小屋の向こうに横たわる世界でも、エピーは拒まれることも、いやな顔を見せられることも一度としてなかった。

紡ぎ糸や亜麻布の荷とエピーをいっしょに背負っていくのは苦労だったが、農家を訪れるときには、たいていエピーも連れていった。ドリー・ウィンスロップがいつでも面倒はみてあげるといってくれたが、エピーを預けていくのは気が進まなかった。機屋の娘エピーは、遠くはなれた農家のひとたちにも温かく迎えられた。これまでのサイラスは、便利な小鬼か妖精か、すこし頭のおかしい、不可思議な生きものという扱いを受けていて、とうぜん怖いものみたさの好奇心とか嫌悪の情をもって迎えられていた。この男とは、挨拶もそこそこに、取引もできるだけ短くすませられればいいと考えられていた。それでもときどき豚肉だの野菜だのを土産にもたせてくれることもあった。なにしろこの男をおいては、亜麻布を織ってもらえる人間はいなかったからだ。だが近ごろのサイラスは、おまえさんの満足や苦労はよくわかるというわけで、いままではだれからも打ち解けた笑顔で迎えられ、熱心な質問を浴びせられた。どこへいっても、ちょっと腰をおろして、子どものことを話していけやという按配で、いつも興味津々の村人たちの言葉が待ちかまえていた。

「ああ、親方、その子がはやいとこ麻疹《はしか》にかかって、そいつが軽くすめば、あんたは幸運というもんだよ」とか、あるいは「こんなちっこい子を育てようなんて独りものは、まあおらんわな。けどなあ、機屋は、野良仕事をしている連中よりは器用だもんな——女ぐれえ器用なとこもあるんじゃねえかい、なにしろ機織りは糸紡ぎの次にたいへんな仕事だからねえ」とか。

年輩のご亭主やかみさんたちは、台所の大きな肱掛け椅子にどっかりとすわりこんで、子育てはたいへんだろうねえと首をふりふり、エピーのぽっちゃりとした腕や足をさわってみたりする。ずいぶんしっかりしているねえといい、このまま丈夫に育ったら、まあそれは間違いないけどな、自分の体が不自由になったときには、たいそう頼りになるだろうよ、などというのだった。お屋敷の女中たちは、エピーを抱っこして、めんどりのひなを見せにいったり、果樹園のさくらんぼが、もうとりごろではないかと見せに連れていったりした。小さな男の子や女の子は、小犬と小犬が顔をよせあうときのように、エピーにそろそろと近づいてきて、じっと見つめてエピーの注意をひこうとしたり、ふっくらした唇でたがいにキスをしあったりする。エピーがいっしょなら、マーナーに近づくことを恐れる子どもはいなかった。若者も年老いたものも、かれを忌み嫌うものはいなくなった。エピーという幼子が、サイラスと世間との絆を結び直してくれたのである。かれとこの幼子のあいだには愛があり、それがふたりをひとつにしてくれた。そしてこの幼子と世間のあいだにも愛があった——親のような表情や口ぶりで接してくれる男女から、赤いてんとう虫にいたるまで。

こうしてサイラスは、エピーを中心にしてラヴィロー村の暮らしを考えるようになった。ラヴィロー村でよいとされるものはすべてエピーにあたえねばならぬ。村の衆のいうことにおとなしく耳をかたむければ、村の暮らしがどういうものかおのずからわかるようになる。十五年ものあいだ、そうした見馴れぬものはずっと避けてきた。そこには親しい交わりも生まれようもなかった。

たとえば、とても大切にしている苗床をもっているひとが、新しい土で苗床をつくろうとすると、雨のことや日当たりのこと、苗木の発育にかかわるあらゆる知識を求め、伸びていく根っこに必要なものや、葉っぱや花の蕾を害虫から守る方法など、せっせとひとに訊ねる、それと同じようなことだった。ものを貯めるという欲望は、長いあいだかかって貯めこんだ金貨をすべて失ったいまは、もはや失せていた。あののち稼いだ金貨は、かれにはまったく無意味なものにおもわれた。喪失感というものはあまりにも重く、これまで味わっていた強烈な高揚感も、あらたに入ってくる金貨に触れても、まったく甦ることはなかった。ところがいまここに、あの金貨にかわるものがあらわれ、金を稼ぐことに新たな目標があたえられ、かれの希望とよろこびは、金貨の先にあるものに導かれていった。

大昔には、天使さまが人間のもとにおいでになり手をとって廃墟となった町から連れ出してくださった。だがいまの世は、白い翼をもった天使さまはどこにもあらわれない。それでも迫りくる破滅から人間を遠ざけてくれるものがいる。一本の手をさしのべて、明るい平穏な土地へとやさしく導いてくれる。それゆえ人間たちはもうしろを振りかえらない。その手とは、もしかしたら幼子の手なのかもしれぬ。

第十五章

機屋の手のもとで幸せに育っていくエピーに、だれよりも強い関心をひそかに抱いている人物がいることはすでに述べた。だがこの人物は、貧しい男が養っているこの子に特別な関心を抱いていることを、ひとには決して明かさなかった。いまではだれもが好意をよせている朴訥《ぼくとつ》な老人にたまたま行き合うようなことがあれば、ささやかな贈り物を申し出ることはあっても、それは単に郷士どのの若旦那が親切心でやっていることで、この子に深い興味を抱いていると気《け》どられそうなことはしなかった。だがかれはいつも自分にいいきかせていた。世間の疑惑を招かぬようにわが子をもっと幸せにしてやれる日がきっとくるだろうと。それまでわが子に相続権をあたえることができぬことをかれは気に病んでいただろうか。否である。子どもは手厚く世話をしてもらっているし、とても幸せそうに見える。おそらく贅沢に育てられている子たちより幸せなのだろう。

世に名高いあの指輪の話を知っているだろうか。その指輪の持ち主が義務を忘れて欲望に屈すると、持ち主の指をちくちくと刺すというあの指輪――かれが恋人を追いかけまわしていたとき、指輪がその指をぶすりと突き刺したことがあっただろうか、それともちくりと軽く刺しただけだったろうか。そして狩りがおわり、希望が翼をたたんだあのとき、かれがようやくうしろをふりむいてはじめて後悔したあのとき、指輪はかれの急所をぐさりと突き刺したであろうか?

かれ、ゴッドフリー・キャスの頬と目は、以前よりずっと明るく輝いていた。目指すところに脇目もふらず突き進む堅実そのものの人物のように見えた。弟のダンスタンはついに戻ってはこなかった。村のひとたちは、かれはきっと軍隊に志願したか、国外に去ったものときめこむことにした。名家の一族にとって、はなはだ微妙な問題を詮索しようというものはだれひとりいなかった。ゴッドフリーの行く手にダンスタンの顔があらわれることはもはやなくなった。行く手の道は、長いあいだ育んできた熱い想いの成就へとまっすぐに通じていた。

ゴッドフリーさんはおひとが変わったとだれもがいった。かれが目指しているものが、いったいなんであるかは、だれの目にも明らかだった。かれがウオレンズに向かって馬を走らせるのを見かけない日はほとんどなかった。ゴッドフリー自身、婚礼の日取りはきまったのかと冗談まじりに訊かれると、気が向けば、いつでも「うん」と答えられる恋人のように、うれしそうに微笑した。かれは自分でも、誘惑から解き放たれ、心を改めた真人間になったような気がしていた。目の前に浮かぶ未来の生活は、なにひとつ闘うもののない約束の地のようにおもわれた。己の幸せはすべて、己の炉ばたに集まっているような気がした。そして子どもたちと遊ぶ自分をナンシーが笑顔で眺めている光景が目の前にうかんだ。

そしてあの子は、炉ばたにはいないが——その存在をかれは忘れることはない、なに不自由なく暮らせるように面倒はみよう。それが父親の役目なのだから。

第二部

第十六章

サイラス・マーナーが、その炉ばたに新しい宝ものを発見してから十六年という歳月が経った、ある晴れた秋の日曜日のこと。ラヴィロー村の教会の鐘が、朝の礼拝がおわったことを告げる快い音《ね》を響かせている。教会のアーチ形の出入り口からぞろぞろと出てきた富裕な信徒たちは、親しいひとびとから浴びせられる挨拶やら質問やらに、その歩みも鈍りがちだった。よく晴れたこの日曜日の朝は、だれしも教会に行くにはもってこいだと出かけてきたのだった。当時は、教会の重要な地位にいるひとびとがまず先に出てくるのが習わしで、貧しいひとびとはかれらを見送りながら、自分たちに気づいてこちらをふりむいてくださる金持ち衆に、頭をかきながら挨拶をするのである。

先頭に立つ身なりのよいひとたちのなかには、「時」があまねくその手を触れたにもかかわらず、それとすぐわかるひとが数人はいた。

四十代の長身の金髪の男性は、かつて二十六歳であったゴッドフリー・キャスだが、あの当時と容貌はさほど変わってはいない。ただ全体に肉付きがよくなり、瑞々しい若さは多少失われていた――眼光も鈍ったわけではなく、皺が目立つわけでもないのに、それだけはたしかだった。

その腕に寄りそう美しい婦人は、夫よりずっと年がはなれているわけではないが、夫とはちがい、たいそう変わってしまった。頬をいつも彩っていたあの薔薇色のかがやきも、いまでは朝の爽やかな空気に触れたときとか、強い驚きに打たれたようなときに、たまに見られるぐらいだった。それでも人生経験をもっともよく物語る顔を愛《め》でるひとたちにとっては、ナンシーの美しさについては一段と興味がますことだろう。魂はますます美しく熟しているのに、齢というものがその顔に醜い薄皮をはってしまうので、一目見ただけでは、熟した果実の貴さを見抜くことはできないことがある。だが歳月は、ナンシーに対してさほど苛酷ではなかった。穏やかに引き締まった口もと、茶色の目が見せる誠実そうなまなざし、そうしたものは、長い年月の試練を経たいまでも、美しい資質をはっきりと保ちつづけている。衣裳はあくまでも清楚で、若い娘の媚態など、とうていかないようもない風情があった。

ゴッドフリー・キャス夫妻は（先代の郷士どのが他界し、その遺産も分割されてし

まったので、ラヴィロー村では郷士《スクワイア》という称号は村びとの口にのぼらなくなった）
長身の老いた殿方と地味な服を着た婦人のほうをふりかえった。ナンシーが父さまとプリシラを待ったほうがよいといったのである。かれらはうちそろって教会の墓地を通り抜け、赤屋敷の向かいにある小さな門に通じる細道へとぞろぞろ入っていく。いまこのひとたちのあとを追うのはやめておこう。あとから来る会衆たちのなかに、だれもがもう一度会いたいとおもうひとたちがいるのではあるまいか。そのひとたちは、立派な身なりもしていないし、赤屋敷のご当主たちのように、それがだれであるか、たやすく見分けることはできないかもしれない。
しかしサイラス・マーナーだけは見まちがえようがない。あの茶色の大きな目は、若いころ近眼だったひとにありがちだが、いまは遠くがよく見えるようになったようだ。昔のようにぼうっとした目つきではなく、なんでもよく見えるようだった。だがそのほかは、十六年という歳月のおかげで、だいぶ衰えが見える。丸くなった背中や白髪は、まだ五十五になったばかりだというのに、かれを年よりも老けてみせている。だがそのかたわらに寄り添うのは瑞々しい花。金髪の、かわいいえくぼのある十八の乙女。波うつ金髪は、茶色の帽子のなかに押しこんである。その髪は、三月の微風に波立つ小川のように波立って、かわいい巻き毛が、押しこもうとしている帽子のふちからはみだしてくる。エピーはいつも自分の髪の毛にいらいらする。こんな髪の毛の女の子は、ラヴィロー村にはひとりもいないからだ。髪の毛はまっすぐでなければいけないと、エピーはおもっている。どんなに些細なことであろうと、ひとさまからとやかくいわれるのはいやだった。エピーがもっている祈禱書が、水玉のハンカチできちんと包まれているのを見れば、それもわかるだろう。

真新しいコールテンの背広を着た、顔だちのよい若者がエピーのうしろを歩いているが、かれは、エピーの髪の毛のよしあしを問われても、よくわからない。ふつうはまっすぐな髪の毛がよいとされているかもしれないが、エピーの髪の毛はこのままのほうがよいとおもっていた。

エピーはうしろにいるその若者が、自分のことを特別におもっていて、小道に出たらすぐにでも自分の横に立とうと、勇気をふるいたたせていることはちゃんとわかっていた。さもなければなんでエピーはあんなに恥ずかしそうな顔をしているのか、父親のサイラスから視線をそらさぬよう努めているのか。エピーはさっきからしきりに父親に話しかけていた。だれが教会にいたか、だれがいなかったか、牧師館のそばにそびえているナナカマドの紅葉がどんなに美しいかと、さっきから父親にささやきつづけていた。

「うちにも小さなお庭があるといいね、父さん、ウィンスロップの小母《おば》さんのところみたいに、八重咲きのすみれが植わっているお庭が」エピーは小道に入るとそういった。「ただみんないうとるけど、ほうぼう掘ったり、新しい土を運んでこないとだめだって——そんなこと、父さんにはできないね、そうでしょ、父さん。とにかく父さんにはやらせない、しんどい仕事だもの」

「いいや、わしにだってできるさ。おまえが庭つうもんを欲しいというならな。日が長くなったら、荒れ地を少しばかり耕してな、花の苗を二株ほど植えるくらいのことはできるよ。それから朝になったら、機の前にすわる前に、荒れ地を鍬《くわ》で掘りおこしゃあいいだろ。ちっこい庭が欲しいなら、なんでわしにいわなんだ？」

「おれだって、荒れ地を掘りかえすことぐらいできますよ、親方」とコールテンの服を着た若者がいった。いつのまにやらエピーの横にいて、気安くふたりの話にわりこんできた。「一日の仕事がおわれば、あとは遊んでるようなもんだしね。キャスさまの庭から土をもらってきてあげますよ——あの方なら、よろこんでわけてくださるから」

「よう、エアロン、そこにおったか」とサイラスがいった。「とんと気づかなんだ。エピーと話をしておると、ほかのことが目に入らんでなあ。うん、まあ、おまえさんが手を貸してくれればな、小さな庭ぐらい、すぐにでも作ってやれるなあ」

「そんじゃ、よければ、きょうの午《ひる》すぎに採石場に行こうかな、それでどのあたりを掘りかえせばいいかきめればいい。あしたの朝、一時間ばかり早起きしてとっかかりますよ」

「でも、土を掘るような無理はしないと約束してくれないとね、父さん」とエピーがいった。「こんなこと、いいださなきゃよかったんだけど」とエピーははにかんだようにいう。「ただウィンスロップの小母さんが、エアロンはとっても庭作りがうまいというし、それに――」

「そんなこと、うちの母さんにいわれなくたって、わかってたはずだろ」とエアロンがいった。「マーナー親方だってわかっとるとおもうけどな。親方のかわりに、おれがこの仕事をよろこんで手伝うぐらい、親方はわかっていなさるし、おれの手からこの仕事を取り上げるような意地悪はしないとおもうけどな」

「ほうらね、父さん、楽な作業になるまでは、手出しをしてはだめ」とエピーがいった。「父さんとわたしにできるのは、苗床の位置をきめたり、花の苗を植えたりするくらいかな。あそこに花が植わったら、採石場もうんと明るくなるね。わたし、いつもおもうんだけど、お花って、わたしたちを見ててね、わたしたちの喋ってることもみんなわかってるんだろうなって。ローズマリーやヤグルマハッカや、タチジャコウソウもすこし植えたいな、だって、どれもみんな、とっても甘い香りがするの。でもラベンダーだけは、お屋敷の庭にしかないよねえ」

「だからって、おまえが植えて悪いわけはないんだよ」とエアロンがいった。「挿し木にするなら、なんでももってきてやるよ。庭木の手入れをやるときはさ、枝なんてやたら切ってな、ほとんど捨てちまうんだから。赤屋敷にはラベンダーの広い花壇があるんだよ。奥さまがお好きなんだ」

「いやいや」とサイラスは重々しくいった。「赤屋敷から、わしらのために、いろいろ持ち出したり、大切なものをいただいたりしちゃあいかんな。なにしろキャスさまは、わしらにそりゃよくしてくださるでな。小屋の建て増しもしてくださったし、寝台やらなにやらくださってなあ、だから庭木にしろなんにしろ、これ以上ちょうだいするわけにはいかんがな」

「いやいや、なにもちょうだいするわけじゃないんですよ」とエアロンはいった。「この教区に庭はどっさりあるけど、どこの庭も、雑草を生やし放題、ほうりっぱなしなんですよ。なにもかも利用するほど人間がいないんでね。おれ、ときどきおもうんだけどね、土地の手入れが行き届いていれば、ひとの口に入るものはいくらもできるようになって、だれも食い物に困らなくなるのにね。庭仕事なんかやってると、そんなことを考えるんだ。おれ、そろそろもどらないと、おれがいないと母さんが困るから」

「午すぎには、お母さんを連れてきてね、エアロン」とエピーがいった。「庭のこと、自分で勝手にきめるのはいや。なんでも、はなから小母さんに相談しないとね――そうでしょ、父さん？」

「ああ、できたら母さんを連れてきておくれ、エアロン」とサイラスはいった。「なんでもうまくいくように、わしらを助けてくれるおひとだからな」

エアロンは村のほうにもどっていき、サイラスとエピーはひっそりとした木陰の小道を上がっていった。

「ああ、お父ちゃん！」とエピーはふたりきりになると、サイラスの腕をぎゅっとつかみ、跳びはねながら、父親に勢いよくキスをした。「わたしの大好きなお父ちゃん――わたし、とってもうれしい。小さなお庭があったら、ほかにはなにもいらんよ。エアロンがやってくれるってわかっていたんだもの」エピーはとくとくと話しつづける。「わたし、ちゃんとわかってたんだ」

「このこすっからいやつめ」とサイラスは、愛情に満たされた老年の穏やかな幸せの色を、その面にうかべて、そういった。「だがな、おまえは、これでエアロンにだいぶ借りができたぞ」

「わあ、そんなことないよ」とエピーはいって、ぴょんぴょん跳ねまわる。「あのひとね、ああいうことが好きなんだ」

「おいおい、その祈禱書をおよこし、そんなに跳ねまわっていると、落としてしまうぞ」

エピーは自分の振舞いをだれかにじっと見られているような気がしたが、見ていたのは、足に丸太をゆわえつけられたまま、草を食べているひとなつっこい驢馬《ろば》だった――おとなしい驢馬、人間のつまらぬ振舞いを咎めるでもなく、できれば鼻面でも撫でてもらってお仲間入りができればありがたいとおもっている驢馬。エピーはいつものように、鼻面を撫でてやり、驢馬を満足させてやった。だがその驢馬が、エピーの家の戸口までついてくるというおまけがついてしまった。

だがエピーが扉に鍵をさしこむと、なかから烈しく吠える声がしたので、驢馬は思いなおしてすごすごと引き返していった。この鋭い吠え声の主は、茶色のテリア、ふたりの帰りを待ちかねていた利口な茶色の犬の、興奮した歓迎の声。犬は勢いよく跳ねまわり、機の下にもぐりこんでいる鼈甲《べっこう》色の子猫のところに駆けよると、「この弱虫を守る約束は果たしましたよ」とでもいうように吠えながら、またこちらに戻ってくる。雌の親猫は、窓辺で白い胸を陽にあてている。ねむそうにあたりを見まわして、撫でてくれる手を待っているが、自分から近よっていこうというそぶりはまったくなかった。

この幸せそうな動物たちの存在は、この小屋の内部に生じたただひとつの変化ではない。居間にあった寝台が消え、そのあとの空間に、けっこうな家具がぎっしりと詰めこまれ、どれもぴかぴかに磨きあげられており、ドリー・ウィンスロップの目を満足させるには十分だった。樫材のテーブルと三角椅子は、このような貧相な小屋にはおよそ不似合いである。寝台からなにから、すべては赤屋敷から届けられたものだった。

村の衆が口をそろえていうように、ゴッドフリーさまは、たいそう親切に機屋の面倒をみなさっている。あの男は、親なし子をひきとり、父親と母親の役目を引き受け、その子を育てあげ――そのうえ蓄えた金貨はすべて失ったから、来る日も来る日も働かねばならない。それに機屋の仕事は日ごとにさびれてきたし、亜麻糸を紡ぐ仕事も減っている。マーナー親方はもう若くはなかったから、だれもかれを羨むものはいなかった。かれは特別なひとと見なされているので、近隣の助けを借りようとも、だれも文句をいうものはいないし、かれにまとわりついていた迷信も、これまでとはちがう色合いをおびるようになった。御年八十六歳のメイシーさんは、もうよぼよぼのお年寄り、ひねもす炉ばたにすわっているか、戸口でひなたぼっこをしているかだが、そのひとがこんなことをいった。マーナーが孤児《みなしご》を世話するというのは、これは盗まれた金があらわれるしるし、あるいは盗人が罰を受けるしるしだと――なにしろメイシーさんは、自分の能力はまだ健在だと信じていたのである。

サイラスはすわりこんで、エピーのすることを眺めていた。エピーは清潔なテーブルに白布をひろげ、その上にポテト・パイをのせた。パイはとろ火にかけた壺に入れて日曜日のためにゆっくりと温めたものだ。この方法はオーブンにかわるもっともよい方法だったので、マーナーはいろいろと便利なものが増えてもオーブンだけは入れさせなかった。こわしてしまったあの茶色の壺と同じように、昔からある煉瓦作りの炉もかれは大好きだった――自分がエピーを発見したのは、あの炉ばたではなかったか？　きっと炉の神さまはまだおられるのだろう。どんな新しい信仰も、こうした物神崇拝に寛大にならないと、それ自身の根を枯らしてしまうかもしれない。

サイラスはふだんより言葉少なに昼食をとった。やがてナイフとフォークをおくと、エピーがスナップや子猫とじゃれあっているさまをぼんやりと眺めていた。それは、ともすればさまよいがちな想いを引き止めてくれる光景だった。光り輝いて波うつ髪の毛、ふっくらした白い顎と喉くびを、濃いブルーの木綿の服がひきたてている。エピーは子猫とたのしそうにじゃれあっていた。子猫がエピーの片方の肩に四本の足をそろえてつかまるさまが、水差しの把手のように見える。右側にいるスナップと、その向かいにいる子猫のパスは、エピーがそのあいだにさしだしているご馳走をとろうと爪先を伸ばしている。スナップがときどき低い唸り声をあげて食いしん坊のパスを牽制する。とうとうエピーはあきらめて、二匹の体を撫でてやりながら、餌をわけあたえてやった。やがてエピーは、時計にちらりと目をやると、父親にこういった。

「ああ、お父ちゃん、煙草を吸いに表に出たいのね。でもわたし、先にお掃除をしないとね。小母さんがおいでになる前に、家のなかをきちんとしておかないと」

サイラスはこの二年ほど、毎日パイプをふかすようになった。ラヴィロー村の賢者方から、発作に効くからと強くすすめられたからだった。この助言はキンブル先生にも認められたが、その根拠というものは、害のないものはためしてみるがよかろうということで、これはキンブル先生の医術にもおおいに応用されていた。サイラスは喫煙をそれほど楽しんでいるふうもないし、村の衆は、どうしてあんなに吸いたがるのかと不思議におもうこともあった。だが村の衆がよいということには素直に従ったほうがよいというのが、エピーを炉ばたで見つけてからこちら、マーナーの身にしみついた習性になっていた。暗闇にほうりこまれたかれのもとに送られた幼い命を守ることによって、かれの迷える心がつかむことのできた、それがただ一筋の糸だった。エピーに必要なものを求め、そうしたものがエピーに及ぼすあらゆる効果を、自分もわかちあうことによって、かれはラヴィロー村の生活を形づくる習慣とか信仰などを、自分も取り入れるようになっていた。そうして繊細な感情がよびさまされると、もろもろの記憶も甦り、自分の昔の信仰についてもじっくり考えるようになり、それらを、新たに感じたものと混ぜ合わせ、己の過去と現在をつなぐものをしっかりと意識するようになった。純粋な平安と悦びとともにもたらされる人間的な信頼と世を統《す》べる善というものが、うっすらとわかってきた。つまり己の若かりしころに暗い影を投げたものは、自分が犯したまちがい、なにかの誤りではなかったかということがおぼろげにわかってきたのである。

　そしてドリー・ウィンスロップに心を開くことがたやすくなるにつれ、己の若いころの生活についても語れるようになった。だがふたりのやりとりは当然、遅々としたものだった。サイラスには語る力がとぼしく、ドリーには話を理解する力がとぼしかった。広い世間を知らぬドリーは、奇妙な習慣を理解する手がかりもなく、聞きなれぬことを聞かされるたびに、驚き呆れるばかりだった。サイラスの話はぽつりぽつりと進むので、おかげでドリーはその合間に、いま聞いた話を身近なことと引き比べて理解することができた。サイラスの話がようやく悲劇のクライマックス――あの御《お》神籤《みくじ》の話や、親友の偽りの証言にさしかかると、ドリーはいま聞かされた話を身近なことと引き比べながら理解しようとするので、サイラスの話もとぎれがちになり、いっこうに先に進まなかった。したがって会うたびにこの話が繰り返され、そのたびにドリーは、この話にひそむ罪をあばき、マーナーの身の潔白をたてようと、あれこれ質問を放つのだった。

「あんたさんがもっていたのは同じ聖書なんだろうに、それはたしかなことなんだね、マーナー親方――あんたさんがお故郷《くに》からもってきなすった聖書は、教会にあるものと同じなんだね、エピーがいま読んどるあの聖書は」

「そうとも」とサイラスはいった。「一字一句ちがわない。聖書のなかにも御神籤をひく話がどっさりでてくる」

「まあ、まあ」とドリーは悲しそうな声でいったが、病人のよくない症状を聞いたとでもいうようだった。数分のあいだ黙りこんでいたが、ようよう口を開いた。

「賢い方なら、それがどういうことなのか、ようく説明してくださるがな、牧師さまならな。けどあの方たちは、むずかしい言葉を使いなさるでね、頭の弱いもんにはようくわからんの。教会で聞くお説教がちゃんとわかったことはないの、ぽつりぽつりとしかわからんのね。けど、ありがたいお言葉だということはわかりますで――ほんにな。けんど、あんたさんの心にしみついているのは――こういうことじゃないかな、マーナー親方。もし天におわすあのお方さまが、正しいことをなすったのなら、潔白なあんたさんを、邪《よこしま》な盗人《ぬすっと》にはなさらんかっただろうということですよ」

「ああ！」サイラスは、ドリーのいうことがようやくわかってきた。「まるで真っ赤に焼けた焼き鏝《ごて》みたいに、わしの胸にくっきり焼きついたのはそのことなんだ。なにしろ、天にも地にもわしの身を心配してくれるものはだれひとりおらなかったし、わしの味方をしてくれるものもおらなんだ。そうしてあいつが、十年の余もつきあってきて、若いうちからなんでも分けあってきたあいつが――信じきっていた親友が、後ろ足で砂をかけるようにして、わしを破滅させようと謀ったんだよ」

「ふう、なんて悪いやつだ！　ほんとにひどいやつだねえ」とドリーはいった。「けどまいったなあ、マーナー親方。目が覚めてるのに、いまが夜だか朝だかわからんような気持ちなの。どこかにしまったのはたしかなのに、どこにおいたか思い出せないような気持ち。あんたさんの身に起こったことにも、なにかわけがあったんじゃないかねえ。だれかそれを見つけてくれるひとがおったらねえ。そうすりゃ、あんたさんも気落ちすることはなかっただろうに。でもまあ、こんどまた話し合おうかね。じっとすわっておるときは、考えつかんようなことも、蛭《ひる》をくっつけたり、湿布をしたりしているときに、ふいとおもいつくこともあるからな」

ドリーはよくできる女で、自分でほのめかしていたように物ごとがぱっとわかることもあった。この問題がふたたびドリーの頭にうかんだのは、それからまもないことだった。

「親方さん」とある日、エピーの洗濯ものをとりにきたドリーが話しはじめた。「あんたさんのあの災難や、御神籤ひいた話や、いろいろと頭を悩ましてみたけどな、なんだかいろいろごっちゃになってしもうてな。けんど、こないだ、あの気の毒なベッシー・フォークスを夜っぴて看病してたときに、なんかこうはっきりわかったの。あのひと、子どもをおいて死んじまってねえ、かわいそうにな。あのとき、お日さまがぱあっと照らしたみたいにはっきりわかったの。けど、いまそれをわたしの舌の先にうまくのせられるかどうかかねえ。あんたさんの話だと、お故郷のひとたちは、お祈りをそらでいえないし、聖書を声に出して読んだりもしないそうだけど。きっとみんなすごくお利口さんなんだね。わたしら、〈天にましますわれらが父よ〉という言葉や、教会でおそわる御言葉を知らなんだら、毎晩ひざまずいても、なんもいえないものなあ」

「でもあんたはいつもわしにもわかるように話してくれるがな、ウィンスロップさん」とサイラスはいった。

「ええ、まあね。それでね、親方さん、御神籤をひいて、まちがった答えが出たって話は、わたしにはどうしてもよくわからんの。こんなことは牧師さまなら教えてくださるかもしれんな、ただきっと、むずかしい言葉で教えてくださるわな。ところがついせんだって、まるでお日さまの光みたいに、このわたしにもはっきりとわかったんだわ、そう、ベッシー・フォークスの身を案じていたときのことだけどな。ひとさまのことを案じて真夜中にひょっこり起きたって、わたしにゃあ、そのひとを助ける力はないとおもうの。天においでになるお方さまたちは、わたしなんかよりずうっとやさしい御心をもっておいでなさるし――わたしをおつくりになったお方さまたちに、かなうわけはないわなあ。そいでな、わたしにはむずかしいと思われるようなことがあれば、それはわたしの知らないことは、いっぱいあるということなの。わたしにできないことや、わたしが知らんことはいっぱいあるの、わたしが知っとることなんかほんのちょっぴり。そんなこと考えてたら、あんたさんの話がひょいと頭にうかんでな、親方さん、あの悪い友だちは別にしても、あんたさんのために御神籤をひいたり、お祈りしたりしたひとたちも、できれば正しいことをしたかったんでは、なんて考えると、やっぱわたしらをお作りになったお方さまたちはおられるとおもうの、そこまではわかるけどな、あとのことはさっぱりわからんの、いくら考えてみてもな。だってねえ、熱病がりっぱなおとなたちの命をうばって、あとに途方に暮れた子どもが遺されるなんてことだってあるし、手足の骨を折っちまうひとだっておるしな。正しいことをして真面目に生きてる連中が、そうでないひとたちからひどい目にあわされることだってあるし——そう、この世に災いというものはあるし、それが正しいかどうかもわからんこともたくさんあるしな。まあ、わたしらがしなけりゃならないのは、信じるってことだね、マーナー親方——わたしらが知るかぎりの正しいことをしてな、あとは信じるだけなの。わたしらのようにものごとをよく知らんものには、なにが善くて、なにが正しいか、よくわからんけど、わたしらの知らん大きな善とか正義とかいうもんはあるんじゃないかな——あるにちがいないって、わたし、そんなようなことをいまこの胸のうちで感じてるの、きっとそうにちがいないの。もしあんたさんも、ずっと信じつづけておられたら、お仲間から逃げ出すこともなかったのではないかねえ、こんなふうにひとりぼっちになることもなかったんじゃなかろうか」

「うん、だが、それは、このわしにはきつかったろうなあ」とサイラスは低い声でいった。「あのときは、信じるなんて、きつかっただろうな」

「そりゃそうだねえ」とドリーは悔やむような口調でいった。「いうはやすしだものねえ。こんなこといっちまって、ごめんなさいよ」

「いんや、いんや」とサイラスはいった。「あんたは正しいんだよ、ウィンスロップのおかみさん——おまえさんのいうことは正しいよ。この世には善いこともある。いまじゃ、わしもそうおもうとる。災いや悪事はあるがな、この世には善いこともうんとあるとおもうな。あの籤のことはようわからんがな、そのかわりに、わたしは子どもを授かった、こいつは神さまの思し召しかな——思し召しというもんがあるんだな」

ふたりのこのやりとりはエピーがまだ幼いころに交わされたものだった。このころサイラスは毎日二時間も、読み書きを習わせるためにエピーを私塾に通わせていたのである。はじめのうちはマーナーがなんとか教えていたのだが、だんだんかれの手には負えなくなっていた。いまはエピーもすっかり成長し、ふたりは深い愛情で結ばれて暮らしていた。こんなふうに暮らしていると、ときには胸のうちのおもいを吐きだしたいと感じるときがあるもので、そんなときかれは、過去の暮らしをエピーにぽつりぽつりと話すようになった。おまえを授かるまで、なぜ自分は独り暮らしをしていたかというような過去の話を。エピーが自分のほんとうの子ではないことも隠すことはできなかった。たとえこの問題のもっとも微妙な点について、ラヴィロー村のひとびとがエピーの前では口をつぐんでいてくれたにしても、エピーが成長して母親のことを尋ねたとき、エピーの過去をすべて隠しとおせるなら別だが、さもなければその問いに答えないわけにはいかないだろう。おたがいの心に痛ましい障壁が生じないように。だからエピーは、母親が雪のなかでどのように死んでいたかということや、自分は父親サイラスの炉ばたで見つかった子で、父親はその子の金髪の巻き毛を、失った金貨と見まちがえたということも知っていた。父親のサイラスは、格別な愛情をもって、人里はなれた小屋でかたときもはなれず、村の品のない噂話や習慣に触れぬよう育てたので、エピーの心はいつまでもういういしさを保っていた。もっとも、ときとしてそれは、田舎ものの特性だと誤解されがちだが、純粋な愛というものには詩のいぶきも感じられ、無教育な人間の絆をいっそう強めてくれる。この詩のいぶきは、エピーがあの明るい輝きにいざなわれてサイラスの炉ばたに吸いよせられてからずっとエピーをとりまいていた。それゆえまったく平凡な村娘とは異なり、エピーには、愛情によってつちかわれた純粋な心から醸しだされる上品さと熱情とがそなわっていた。その想像力はまだ幼かったので、未知の父親について質問を浴びせることはなかった。自分にはほんとうの父親がいたはずだという疑問は、長いあいだエピーの頭には浮かびさえしなかった。自分の母親には夫となるひとがいたはずだという考えがはじめてエピーの頭にうかんだのは、サイラスが、痩せほそった死者の指から抜き取って、靴の形をした漆塗りの小箱に大切にしまっておいたあの結婚指輪をエピーに見せたときだった。サイラスはおとなになったエピーにこの箱をわたしたのだが、エピーはよくこれを開けては指輪を眺めていた。だがそれでも、この指輪が象徴する父親という存在について考えたことはなかった。この村のだれよりも身近で自分を愛してくれている父親がいるではないか。もっとも、自分の母親はどういうひとなのか、なぜあのような惨めな死に方をしなければならなかったのかという疑問は、エピーの胸をしじゅう苦しめていた。そしてサイラスについでもっとも身近なひとであるウィンスロップの小母さんを見ていると、母親というものは、かけがえのないものだということがよくわかった。そんなわけで、エピーは、自分の母親がどんなひとであったか、自分は母親に似ているかというようなことを、しじゅうサイラスに尋ねるのだった。ハリエニシダの茂みによりかかっていた母親を、小さな足跡と小さな手にみちびかれてマーナーが発見したという話も、なんどもマーナーにせがんで話してもらった。あのハリエニシダの茂みはいまもあそこにあった。そしてきょうの午さがり、エピーがサイラスといっしょに外に出たとき、その目をまっさきに捕えたのはその茂みだった。

「父さん」とエピーはやさしいけれども、真剣な口調でサイラスにいった。いつも陽気な口調のはしばしにときおり忍びこむ、もの悲しげなゆっくりとした調子だった。「あのハリエニシダの茂みをお庭に移したらどうかな、すみっこのほうに、そのそばにマツユキソウとクロッカスを植えるの。あれはぜったい枯れずにどんどん増えるんだって、エアロンがいっていた」

「ああ、いいともよ」とサイラスはいった。パイプを手にしているが、煙草をふかすより、話をするほうが楽しいようだった。「あのハリエニシダをほうっておくのはもったいないいな。あれが黄色の花を咲かせると、そりゃきれえだもの。いまひょいとおもいついたがな、柵を作らにゃいかんな——おおかたエアロンが考えてくれるだろうが。柵はどうしても作らんと、驢馬だの、なにやかや入ってきて踏みあらしちまうで。そうはいっても柵の材料を手に入れるのが厄介だな」

「ああ、いいことがあるよ、父さん」エピーは両手の指をぎゅっと組み合わせた。

「このあたりには、石ころがごろごろ転がってるもの。あまり大きくない石もあるから、それをひとつひとつ積んでってね、石垣をつくればいいよ。小さな石なら父さんとわたしで運べるし、エアロンもきっと手伝ってくれるしね」

「おい、おい」とサイラスはいった。「ぐるりをすっかり囲うほどの石はないぞ、それにおまえが石を運ぶといったって、そんな細っこい腕じゃ、カブみてえな石ころだって運べやせんな。おまえの体は華奢だから」サイラスはやさしい口調でつけくわえる。「ウィンスロップの小母さんもそういうとるがな」

「あら、父さんがおもってるより、わたし、力があるよ。それにぐるりをぜんぶ囲うだけの石がないなら、とちゅうまで石を積めばいい、あとは木切れなんか使えばいいし。ちょっとここを見て、大きな立て坑のまわりにこんなにどっさり石があるよ」エピーは、自分の力を見せるために、石をもちあげてみせようと、採石場の立て坑のほうにぴょんぴょん駈けだしていったが、びっくりしたように駈け戻ってきた。

「ああ、父さん、ちょっとあれを見て」とエピーはさけんだ。「きのうより水がずいぶん引いてる。きのうは水がいっぱいだったのに！」

「なるほど、そうだな」とサイラスはエピーのかたわらにやってくるとそういった。「オズグッドさまの畑で、取り入れのあと排水工事をはじめたんだな。このあいだあそこを通りかかったとき、頭《かしら》がこういっとった。マーナー親方、あんたんとこの荒れ地をからっからに干しあげちまうかもしれん、とね。ゴッドフリー・キャスさまがオズグッドさまの畑を買って、排水工事をはじめなすったそうだよ」

「この古い立て坑が干あがるなんて、変ねえ」とエピーはいって、立て坑に背を向けると、大きな石をもちあげようと屈みこんだ。

「ほら、父さん、わたしだって、ちゃんと運べるよ」エピーはそういうなり、石を持ったまま二、三歩あるいてみせたが、すぐに石をほうりだしてしまった。

「ああ、おまえは力もちだとも」とサイラスがいうと、エピーは痛そうに腕をふりまわした。「さあさあ、あの踏み越し段の向こうの土手に腰をおろそうかい、もうそんなまねはおよし。怪我をするぞ、このちびっこが。だれかに手伝ってもらわにゃだめさ。わしの腕ももう強くはないしな」

サイラスは最後の言葉をゆっくりと吐き出した。重い意味をこめるように。エピーは土手に腰をおろし、父親に体をすりよせると、もう強くはないその腕をそっとつかんで、自分の膝にのせた。サイラスは、もう一方の手にあったパイプをゆっくりと口にもっていった。日射しをさえぎる生け垣のトネリコの葉むらが、戯れるような楽しい影をふたりに投げかけている。ふたりはしばらく無言のまますわっていた。

「父さん」とエピーがたいそうやさしい声をサイラスにかけた。「もしわたしが結婚することになったらね、お母さんのあの指輪をはめるのかな?」

サイラスは、それとけどられぬほどの驚きを示したが、エピーの問いは、自身の心にもたえずあった思いでもあった。かれは低い声で答えた。「ほう、エピー、おまえ、そんなことを考えておったのかい?」

「つい先週のことよ」とエピーは無邪気にいった。「エアロンが、いいだしたの」

「それで、エアロンはなんといったのかい?」サイラスはまたも低い声でいった。エピーの言葉を軽くあしらってはならぬと、同じように抑えた口調だった。

「あのひとね、結婚したいといったの、もう二十四になるし、モットさんがやめて、庭師の仕事もどっさりはいるようになったって。いまはキャスさまのところに週二度、オズグッドさまのところには一度いってるって。牧師館でも雇いたいといっているって」

「それであいつが結婚したいといっとるのは、だれなのかねえ?」サイラスはちょっぴり悲しげな笑みをうかべた。

「やだ、わたしにきまってるじゃない、お父ちゃん」エピーは頬にえくぼをつくって笑い、父親のほっぺたにキスをした。「あのひとが、だれかほかのひとと結婚したがってるっていうの？」

「それじゃ、おまえはあいつといっしょになるつもりかい？」

「うん、いつかね。いつかはわからないけど。だれでもいつかは結婚するもんだって、エアロンがいうの。でもそれはちがうって、わたし、いってやった。だってうちの父さんを見てよ——一度も結婚したことないじゃないって」

「そうとも、おちびや。おまえの父さんは、おまえを授かるまで、ひとりぼっちだったんだよ」

「でももうひとりぼっちじゃないよ、父さん」とエピーはやさしくいった。「エアロンだってそういってた——おまえを、マーナー親方から取り上げるなんて、おれには考えられないって。だからわたしはこういってやったの、取り上げたってむだよ、エアロンって。そしたらあのひとこういったの、わたしたちみんなでいっしょに暮らせばいいって、そうすれば、父さんだってもう働く必要ないし。自分の好きなことだけ、やればいいんだって。あのひと、実の息子みたいに父さんにつくしてくれる。あのひとが、そういったの」

「おまえはそれでいいのかい、エピー？」サイラスはエピーを見つめながらいった。

「わたしは、それでかまわないよ、父さん」とエピーはあっさりといった。「わたしはね、父さんがたくさん働かなくてもいいようにしたい。でもそうならないんだったら、ずうっとこのままでいいの。わたし、それで幸せ。エアロンがわたしを好きでいてくれて、ときどきうちに会いにきてくれて、父さんによくしてくれればね——あのひと、いつだって父さんにはよくしてくれているものね？」

「ああ、おちび、あんなによくしてくれるものはほかにはおらんよ」とサイラスは力をこめていった。「あのおふくろさんの伜だもの」

「でもね、わたし、なにかが変わるのがいやなんだ。いまのままで、ずっとずっとやっていきたい。エアロンだけが、変えたがってるの。あのひとったら、わたしをちょっぴり泣かせたんだ——ほんのちょっぴりだけど——だってあのひとったら、こういったの。おまえはおれのことを考えておらんって、考えてくれてたら、おれたちふたりが結婚することを望むはずだって」

「ああ、かわいいおちびや」とサイラスはいい、煙草を吸うふりをするのはもう無用とでもいうようにパイプをおいた。「おまえは、結婚にはまだ早すぎるようにおもうがな、ウィンスロップさんに訊いてみよう——エアロンのおふくろさんがどうおもうか訊いてみよう。こうするのがよいということであれば、あのひとがうまくやってくれるだろうよ。ただこれだけは心得ておき、エピー。ものごとは変わるものだ、わしらが好もうと好むまいとな。ものごとは、ずっと変わらずにいるものではないよ。わしは年をとって、よぼよぼになっていく、そしておまえのお荷物になるだろうな、たぶん、おまえからはなれねばなあ。いや、おまえがわしをお荷物だとおもうとはいっておらんよ——そうとも——けんどなあ、いつかおまえにも荷が重くなるだろう。そんなことを考えると、おまえを支えてくれるものがおればとおもうねえ——若くて力があってな、おまえより長生きして、おまえの面倒を最後までみてくれるものがなあ」サイラスは口をつぐみ、両肱を膝にのせ、考え深げに地面をじっと見つめた。

「じゃあ、わたしに結婚してほしいのね、父さん」とエピーはかすかに震える声でいった。

「わしは、だめとはいえんな、エピー」とサイラスは力をこめていった。「だがな、ひとまずおまえの名づけ親に相談してみよう。あのひとは、おまえと自分の伜にとって、正しいとおもうことを望むだろうから」

「あっ、いいところにあのひとたちが来た、お迎えにいこう。あっ、パイプ。また火をつけようか、父さん?」エピーは地面に転がっていたパイプを拾いあげた。

「いや、おちびよ」とサイラスはいった。「きょうはもうたっぷり吸った。一度にどっさり吸うより、少しずつ吸うほうが体によいんじゃないかな」

第十七章

サイラスとエピーが土手にすわりこんで、トネリコの枝がちらちらと影をおとす下で話しあっていたころ、プリシラ・ラミターは、妹の意見に反対を述べていた。妹のナンシーは、昼食のあとすぐにウオレンズに帰らずに、赤屋敷でお茶を飲んで、お父さまにたっぷり昼寝をしていただくほうがよかろうというのである。集まった身内の四人は、黒ずんだ腰板を張りめぐらした客間の、日曜日のデザートがならぶテーブルをかこんでいた。デザートは、とりたてのハシバミの実、林檎や梨など、教会の鐘が鳴る前にナンシーの手で木の葉をあしらった鉢に盛られていた。

腰板張りの客間は、ゴッドフリーがまだ独身で、やもめ暮らしの郷士どのが存命だったころとはだいぶ様子が変わっている。いまはなにもかもが磨きあげられ、どこにも塵ひとつなかった。絨毯《じゅうたん》の周囲にめぐらされた一ヤード幅の樫板から、マントルピースの上方に飾られた雄鹿の枝角、その上に並べられた亡き郷士どのの銃や鞭やステッキにいたるまで美しく磨きあげられている。狩猟など、戸外の遊びに使うものはすべて、ナンシーが別の部屋に移した。だが先祖を崇敬する美風を赤屋敷にもちこんだので、夫の亡き父上の遺品は、それにふさわしい場所に丁重に収められた。あの大杯はいまも小卓の上におかれているが、銀の浮き彫り模様の光沢はいまだ曇りひとつなく、不快な連想をもたらす澱《おり》も残ってはいない。いまもなお漂う香りは、蛍石の花瓶のいくつかに盛られたラベンダーや薔薇の花の香りだけだった。かつてはいかにも侘《わび》しく見えた部屋が清潔で整然としたものに変わっていた。それは十五年前、新たにこの屋敷の守護神となるひとがやってきたからである。

「ねえ、父さま」とナンシーがいった。「お茶の時間までにどうしても帰らなければならない理由がおありなの？　ここにいらしてもよろしいでしょう？　とても美しい夜になりそうですもの」

老いた紳士は、ゴッドフリーを相手に救貧税の増税のことや、不景気なご時世について話しこんでいたので、娘たちの話は聞いていなかった。

「それはプリシラに訊いておくれ」かつてはしっかりしていた声も、いくぶんおぼつかなくなっている。「あれが、わたしのことも農場のことも、いっさいとりしきっておるからねえ」

「わたしが父さまをとりしきっているのは、ちゃんとした理由があるの」とプリシラがいった。「そうでもしなきゃ、父さまは、そのうちにリュウマチで命をおとすことになるもの。それから農場のことだけれど、なにかうまくいかないことがあると、自分ばかり責める人間は、早死にするんですよ、こんなご時世だから、うまくいかなくても仕方ないのにね。ご主人さまはね、下のものに仕事はまかせて、小言だけしっかりいってやればいいんです。それでどれだけ大勢の人間が卒中にやられずにすむことか、わたしはそうおもうわね」

「まあ、まあ」と父親は静かに笑った。「なにもおまえが、みなのためにしっかりと管理しておらんとは、いってはおらんぞ」

「それじゃ、お茶の時間までここにいるように、父さまにいってちょうだいな、プリシラ」ナンシーは姉の腕にやさしく手をおいた。「さあさあ、父さまがお昼寝なさるあいだに、わたしたち、お庭をひとまわりしてきましょうよ」

「あのねえ、父さまは、馬車のなかでよい夢を見なさるわ。馬車はわたしが走らせるから。それからお茶のことだけど、それはむり。うちの乳しぼり女が、ミカエル祭すぎに結婚することになってね、しぼりたての乳を鍋に入れずに、豚の飼い葉桶に入れかねないのよ。自分たちが結婚すれば、世界じゅうが新しく作り変えられるとでもおもってるらしいわ。だからまず帽子をかぶらせてよ。馬の用意をしてもらうあいだに、庭をひとまわりするぐらいの時間はあるわよ」

角錐形に刈りこまれた黒ずんだイチイの木立、石壁のように刈りこまれた生け垣、そうしたものと美しい対照を見せる明るい芝生、そこに伸びる掃除の行き届いた小道をふたりで歩きながら、プリシラがいった。

「あんたの旦那さまが、従兄のオズグッドと土地の交換をしたのは、ほんとうによかった、それに酪農場をはじめたこともね。もっと前にやっていればよかったのにねえ。あれはなにかと気がまぎれるものだから。暇つぶしをしたいというなら、酪農はうってつけなの。家具をいくら磨いたって、自分の顔を映してみるくらいが関の山。そこへいくと、酪農はいつも新しいことがもちあがるの。冬のさなかにバターを作ろうとおもいたって、なにがなんでも作っちゃったりしてさ」プリシラは妹と肩を寄せ合って歩きながら、妹の手をいとおしそうに握ってこうつけくわえた。「搾乳場でもできたら、ふさぎこんでるひまなんかないわね」

「ああ、プリシラ」とナンシーは握られた手をきつく握りかえし、澄んだ目で姉を見かえした。「でもそれだけでゴッドフリーの気持ちがまぎれるものではないの。酪農なんて、男のひとにとってはたいしたことじゃないのよ。わたしがおちこむのは、あのひとがいつも欲しがっているもののことなの。あのひとが満足さえしてくれれば、わたしはいまの幸せで満足しているんだけど」

「ほんとにいらいらさせられるわねえ」とプリシラはいった。「男たちのそういう態度って。いつだって欲しがってばかり、あるものだけでぜったい満足しないんだから。椅子にのんびりすわっていられないんだね、どっか痛いところでもないかぎりさ。そうしてもっといいことがないかと、パイプをくわえっぱなし、強い酒を浴びるように飲んだりさ、つぎの食事までに大急ぎでしなきゃならないことがあってもね。でもありがたいことに、うちの父さまはそういう男じゃなかった。もし神さまの思し召しで、あんたもわたしみたいな醜女《しこめ》に生まれていて、男どもに追いまわされなかったら、わたしたち、ずうっと家族でいられて、いつもそわそわと落ち着きのない血筋のひととも関わりをもたずにすんだのにねえ」

「ああ、そんなふうにいわないでよ、プリシラ」ナンシーはプリシラにこんなことをいわせてしまったことを後悔した。「だれが見ても、ゴッドフリーにはなんの非もないわ。子どもができないので気落ちしているのはあたりまえのことよ。男のひとなら、子どものために働いたり蓄えたりしたいとおもうでしょ。それにあのひとは、小さな子どもといっしょに遊びたいとおもっていたんですもの。世間には、あのひとよりもっと思いきりの悪いひとはいくらもいるわ。あのひとは、夫としては立派なひとよ」

「ええ、わかってますよ」とプリシラは皮肉な笑みをうかべる。「奥方というものが、どういうものか、わかってますとも。ひとにご亭主の悪口をいわせたかとおもうと、こんどはご亭主を褒めまくる、まるで売りつけようとしているみたいにね。さあて、父さまがお待ちかねだ、もう戻らないと」

しっかりした葦毛の馬をつけた大きな二輪馬車が、玄関の前に待っていた。ラミター老はすでに石段に立ち、この馬の主だった自分がこれに乗っていたころは、たいそう立派な馬だったとゴッドフリーに話しながら、娘たちを待っていた。

「わたしはいつもよい馬が欲しかったものでね」と老紳士は、自分が元気だった時代を若いひとたちに忘れてもらいたくないので、そんなことをいった。

「あのね、ナンシーを今週じゅうにはウオレンズに連れてきなさい、キャスさん」というのがプリシラの別れぎわのご命令だった。それから手綱をとると軽く振って、スペクル号をやさしくうながした。

「ぼくは採石場の近くの畑にちょっと行ってくるよ、ナンシー、排水工事の様子をみてこようとおもうんだ」とゴッドフリーがいった。

「お茶のころまでには、帰ってきてくださいね、あなた」

「ああ、いいとも、一時間もしたら帰ってくるよ」

日曜日の午後は、ぶらぶら歩きながら農場経営のあれこれについて考えるのが、ゴッドフリーの習慣だった。ナンシーはめったにお供はしない。彼女くらいの年ごろの婦人は――外の仕事に口出しをするプリシラのような婦人は別だが――屋敷うちから外へ出ることはめったになかった、内うちの用事をするだけで十分な運動になった。だからプリシラといっしょでないときは、もっぱらマント版の聖書を前において、しばらく字面を目で追っているが、そのうちにさまざまな思いがうかんできて、目はあらぬ方にさまよいだすのだった。

だがこうしたナンシーの日曜日のもの思いは、目の前に開かれた聖書が説く敬虔な話とどこか相通じるものがあった。もっともたまたま開いて読んでいる過去の神聖な書物と自分の素朴な生活との関係を、はっきり見きわめるほどの神学的な教育は受けてはいなかった。だが常に公正であり、自分の行為が他人におよぼす影響については責任を感じており、その責任感はナンシーの性格を形づくる重要な要素になっていて、過去に放った自分の言葉や、そのときどきの表情をおもいかえしたりするのだった。

彼女は日常のさまざまな問題に頭を悩ませることもなかったので、記憶にのこる過去の経験、ことに生活の意義が倍加した結婚後の十五年間の記憶を、いくたびも手繰《たぐ》りよせては反省していた。その時々の、こまごましたこと、言葉、口調、表情を思い起こした。こうした過去の出来事は、忍耐というささやかな努力を彼女に求めた。そして自分は、非難されて当然だったのではないかと、絶えず自問した。道徳的な感受性の鋭い女性、対外的な活動もなく、愛情を注ぐ対象もない、つまり子に恵まれず、交友も少ない女性にとって、それは避けがたいことだった。「わたしにできることはとても少ないのに――それをうまくやってきただろうか」というような思いが、ナンシーの心に絶えずわいてくる。そしてそんな心の声をまぎらわしてくれる声もなく、いたずらな後悔や良心の呵責に注ぐ力をほかに転じてくれるものも、なにひとつなかった。

ナンシーの結婚生活には、辛い体験という一本の糸が通っており、その糸には、ある深刻な情景がまとわりついていて、それがナンシーの記憶のなかにしじゅうあらわれる。庭を散策していたときのプリシラとの短いやりとりが、この日曜日の午後、ナンシーにその過去の記憶を甦らせた。お義理のように聖書を目で追っていた彼女の心は、ある記憶へとさまよいだした。そしてそれは、プリシラが仄《ほの》めかした夫への非難に対する弁明を、頭のなかでさらにふくらませることになった。愛するもののために弁明することは、愛情が傷を癒すために見出しうる最良の香油だった。

「男には考えねばならないことがたくさんあるにちがいない」と信じている妻は、夫からいいかげんな返事や乱暴な言葉を浴びせられても涼しい顔をしていられる。ナンシーが受けたもっとも深い傷というのは、ふたりのあいだに子がいないという事実だった。それが夫の心に深い喪失感をもたらし、夫自身がどうしてもその事実を受け入れられないでいると感じていることだった。

それでも心やさしいナンシーは、準備万端ととのえ待ちわびていたわが子を失ったとき、どれほど悲嘆にくれたことだろう。母親になるという期待に胸をふくらませ、心をこめて揃えた愛らしい小物の数々。十四年前、ナンシーが手ずから縫った産着の数々は、とうとう手を通されることはなかった。そうしたものはいまも引き出しに入っている――ただひとつのものだけを除いて、あの小さな服だけを、埋葬のおりに着せたあの小さな服だけを除いて。だがこうした痛ましい苦しみに直面したときも、ナンシーは決して弱音をはかなかった。数年もたつと、この引き出しを開けることはなくなった。かなわぬ望みにいつまでもしがみつくのはよそうと決心したからだった。

ナンシーが自分の思いを夫に押しつけることをためらうのは、自分がいまなお、うしろめたい悔いを抱きつづけ、それに浸りつづける苦しみをよく知っていたからではあるまいか。だが男にとっては、このような失望を味わうことは耐えられぬことなのだ。女というものは夫に身を捧げることで常に満足していられる。だが男は、さまざまな悦楽を求め、炉ばたに漫然とすわるだけの生活には満足しないものである。思い悩むナンシーは、そんな夫に深い同情をよせ、夫が見るようにものごとを見ようとしてみる。すると新たな疑問がむくむくと湧いてくる。自分は、夫の喪失感を少しでも癒すために努力してきただろうかと。

そうして六年前に、そしてふたたび四年前に、養子を迎えたいという夫の提案にあくまでも逆らった自分は果たして正しかったのだろうかという疑問に、ナンシーはいまも苦しめられていた。養子という考えは、この時代にはおよそ考えられぬことだった。それでもナンシーは、自分なりの意見はもっていた。彼女にとって、あらゆることに自分の意見をもつということが大事なのだった。自分の持ちものはすべて自分のきめた場所においておくのと同様だった。しかもその意見はすべて、ためらわず実行されるべき正道なのだった。その意見は、これまで決して曲げられることがなかった、それが正しいからというのではなく、彼女本来の頑なな性質のためだった。生活のあらゆる義務や礼節について、子としての振舞いから夕べの化粧の仕方にいたるまで、ナンシーは、二十三歳のときから、決して変えることがなかった。決して変えない自分の流儀、あらゆる生活習慣を決して変えない自分流の掟というものが彼女にはあった。そして常にその掟を踏みはずさぬよう努めていた。こうした確固とした判断力を、ナンシーは自分の内にそっとひそませていた。そうしたものは、心にしっかりと根づき、草木のようにひそやかに育っていった。

十数年前のことだが、彼女がプリシラと同じ衣裳を着ることにこだわっていたことがあったではないか。姉妹は同じような服を着るべきで、チーズ色に染めた服であろうと、それを着るのが正しいとおもいこんでいたからである。それはナンシーの人生を律している、ごく瑣末な、だが典型的な掟なのだった。

養子をという夫の希望をナンシーが頑なに拒んだのも、こうした厳しい信念のあらわれで、利己的な感情に動かされたわけではなかった。自分たちが子に恵まれないから養子を迎えるということは、ナンシーにとっては、神の御心にそむいて自分たちで運命を定めるということだった。もらい子は決して立派には育たないし、もらい子はせぬほうがよいということは明らかなのに、それに逆らえば、かならず禍《わざわい》がもたらされると、ナンシーはかたく信じていた。それがよくないことだとわかっていたら、いくら望もうとあきらめるのが筋ではないかとナンシーはいった。そしていかに賢い男性であろうと、彼女のこの信念に逆らう力はないだろう。

だが、ナンシーがそういうことをしてはならぬとおもうのは、さらに変わった考え方によるものだった。たとえば、ある特定の場所での買い物をあきらめることがある。それは、三度つづけて雨が降るとか、あるいはなにやら天の思し召しで、三度とも買い物を妨げられるようなときである。そのような兆しに逆らってまで、買い物に行き、思い通りにことを運ぼうとするひとたちには、必ずや手足の骨を折るような天罰がくだると、ナンシーは思いこんでいた。

「しかしだね、もらい子はみんな性悪になると、なぜおもうのかい？」とゴッドフリーはあのときナンシーに抗議した。「ぼくが養女にしたいとおもう娘は、機屋の手もとで丈夫に育っているじゃないか。しかも機屋は、あの子を養子にしたんだよ。この教区にあんなにかわいい女の子はいないだろう。ぼくたちがあたえてやれる環境にふさわしい子は、あの子をおいては、ほかにいないな。それなのにあの子が禍をもたらすと、あんたはいうのか？」

「ええ、そうよ、ゴッドフリー」とナンシーはいった。両手をしっかり握りしめ、その目には、切なそうな愛情がうかんでいた。「あの機屋のところにいれば、悪い子にはならないでしょうね。あのひとは、あの子を探し求めていたわけではないのよ、わたしたちのように。わたしたちがあの子を養女にしようなんてまちがっているわ、それはたしかだとおもうの。あなた、覚えていないこと？　ほら、ロイストンの湯治場で会ったご婦人が、妹さんの養い子のことを話していたでしょう？　あのときはじめて養い子のことを聞いたんだわ。その子は二十三のとき流罪になったそうね。ねえ、ゴッドフリー、禍がくるとわかっていることを、どうかわたしにさせないで。そんなことをしたら、もう二度と幸せにはなれません。あなたはほんとうに辛いでしょうけど——わたしはさほど辛いわけじゃありませんけど——でも、これは神さまの思し召しですもの」

ナンシーのこうした宗教的な持論というものは、狭い社会のしきたりや、教会での生かじりの教養や、未熟な少女の経験による推論などの寄せ集めなのに、彼女には窺《うかが》いしれぬような信心深いひとたちとほぼ同じ考え方にたどりついたのは、不思議なことかもしれない。もしわたしたちが、人間の信仰というものも、自然のあらゆるものの成長と同じく、体系というものをすりぬけてくるものだと知らなければ、ナンシーの場合も不思議におもわれることだろう。

ゴッドフリーは、十二歳ほどになっていたエピーを、最初から養女にしようときめていた。マーナーが、エピーを手ばなすくらいなら死んだほうがましだと考えるだろうとは、夢にもおもわなかった。きっと機屋は、手塩にかけた子の幸せを望むだろうし、こんな幸運に娘が恵まれたことをよろこぶはずだ。あの子は、育ててくれた機屋にいつまでも感謝するだろう。そして育ての親の機屋については、あの子をこれまで育ててくれた礼として、死ぬまで面倒をみてやろうとかれはおもっていた。富者が、貧者から負担をとりのぞいてやるのは当然のことではないか。それはゴッドフリーにとってきわめて妥当なことだとおもわれた。自分にはそうするだけの理由があるのだから、容易にことは運ぶものとかれは考えていた。だがかれはマーナーとエピーの絆を軽く見すぎていた。ここで忘れてはならないのは、ゴッドフリーが、まわりにいる労働者から得た印象から、ごつごつした手をして、少々の糧しか得られないものには、深い愛情などとうてい生まれるはずはないと信じていたことである。それに尋常ならぬこの機屋の体験を、理解するだけの力もかれにはなかった。ゴッドフリーがこのような無情な申し出をしようと考えることができたのは、その辺の事情をまったく理解していなかったからだろう。機屋にとっては残酷きわまりないゴッドフリーの望みは、ナンシーの反対にあって消えたものの、かれ生来のやさしさというものはいまなお残っていた。そしてそういう夫に対するナンシーの賞賛の思いも、決して頑なな幻想から生まれたものではなかったのである。

ふたりが言い争った場面を思い起こしながら、ナンシーは胸の内でこうおもった。

「わたしがあのとき、養い子を拒絶したのは正しかった。どれほど辛かろうと、あのとき拒絶したのは正しかったんだわ。あのときのゴッドフリーはとても立派だった！男というものは、自分の望むことにあくまでも反対されれば、そりゃ怒るものでしょう。わたしと結婚したのは不運だったと嘆いたかもしれない。でもゴッドフリーは、わたしに厭味をいうようなひとじゃない。ただ自分の気持ちは隠せないひと、きっとなにもかも空しくおもわれたでしょうね、それはよくわかる。それに土地のことだって――もしわが子がいて、その子が成長していく姿を見ることができれば、なにをするにもやり甲斐があるでしょうに！　でも愚痴をいうのは、もうやめよう。あのひとが子を生めるひとと結婚しても、きっとほかのことで悩まされることはあるでしょうから」

このような可能性を考えるとナンシーの心は慰められた。そんな思いをさらに強めようと、ナンシーは、自分以上のやさしさをもつ妻はいないはずだと考えた。たった一度逆らったために夫を苦しめることになってしまったが。その夫は自分のこうした努力を感じていてくれるし、自分が頑なに言いはった反対の理由についても、決して咎めようとはしなかった。十五年という歳月、ナンシーとともに暮らしていれば、彼女が正しいことに固執する性格であることや、花に宿る露のように澄みきった誠実さが、彼女のきわだった特性であることにも気づかぬはずはなかった。

たしかにゴッドフリーは、そうしたことは身にしみて感じていた。困難に直面することを嫌い、自分自身の迷いやすい性質を嫌うあまり、妻のそうした一途な誠実さはひしひしと感じていた。そしてただただ夫に従おうという熱い思いで、かれの表情を読みとろうと努めているやさしい妻に、かれがある種の恐れを抱いていたのも事実だった。エピーに関する真実を、妻に告白すべきであるのに、かれにはどうしてもそれができなかった。自分と結婚する前に、すでに結婚していたという事実に、ナンシーはひどい嫌悪の情をおぼえるだろう、そしてそこから彼女は決して立ち直れないだろう。長い年月、隠しとおされてきたそんな事実を知らされては。あの子まで、その嫌悪の対象になるのはまちがいない。あの子を見るたびに烈しい苦痛をおぼえるだろう。ナンシーの矜持と、世間の悪を知らぬ清らかな心にあたえる衝撃は、その繊細な心には耐えきれぬものだろう。あの醜い秘密を自分の胸におさめたまま、ナンシーと結婚したのだから、それは死ぬまで秘密にしておかねばならない。自分と、かくも長く愛してきた妻とのあいだに、取り返しのつかぬ亀裂をつくることは決してできない。

それにしても、このような妻のおかげで明るく輝く炉ばたがあるというのに、かれはなぜ、そこに子がいないことを受け入れようとしなかったのか。かれの心はなぜそんな空しい望みを求めてしまったのか。自分の人生がまったく空しいとおもわれる、それがただひとつの理由であるかのように。人生というものは、決して悦びにあふれるものとは限らないと悟らぬうちに中年になった男女は、そんなふうに考えがちなのである。味気ない退屈な日々のあいだに、不満は、確たる目的を求め、まだなにか善いことをやり残しているのではないかということに気づく。不満は、子のいぬ炉ばたに黙然とすわり、帰宅すればおかえりという幼い声がかかる父親を羨む。しかし小さな頭が苗床の苗のように並ぶ食卓にすわり、その子たちの背後に不吉な影がちらついているのが見えれば、ひとが自由を捨てて絆を求めようという衝動は、束の間の狂気にすぎないことを悟らされるかもしれなかった。

ゴッドフリーが、自分の運命のこの一点にいつまでも執着するのは、さらなる理由がいくつかあったのである。かれの良心は、エピーのことをおもうと、いつまでも疼《うず》き、子のいぬ家庭といういまの情況は、天罰が下ったとしかおもえぬようになっていた。だが時は過ぎゆき、エピーを養女にという思いがナンシーの拒絶にあううちに、自分の過去の過ちを償う機会もしだいに遠くなっていた。

この日曜日の午後は、ふたりのあいだにふたたび養女の問題がもちだされてから、すでに四年という歳月が経っていた。ナンシーはこの問題は永遠に決着がついたとおもっていた。

「あのひとは歳をとるにつれ、あのことをますます考えるようになるのか、それともさほど考えないようになるのか、どちらかしら」と彼女は考えた。「もっともっと考えるようになるかもしれない。歳をとると、子どものいないことがますます身にしみる。プリシラがそばにいなかったら、父さまはどうなさるかしら？　わたしが死んだら、あのひとはきっと淋しがるだろう。兄弟たちともあまり親しくしてはいないし。ああ、もう取り越し苦労はやめよう。先々のことをあれこれ考えるのは。いまは目の前のことに最善を尽くすべきだわ」

そこまで考えるとナンシーは、ほとんど見捨てられていた書物の頁に目を戻した。おもったより長い時間、書物から目をはなしていたのだろう。ほどなくお茶を運んできた召使いに、ナンシーは驚かされたほどだから。実のところ、ふだんのお茶の時間より少々早かったのだが、そうする理由が召使いのジェインにはあったのだ。

「ご主人さまは、もうお帰りかしら、ジェイン？」

「いんや、奥さま、まだですよ」とジェインはわずかに語気を強めたが、女主人は気づかない。

「奥さま、見なすったかね」とジェインはちょっと間をおいて言葉をついだ。「みんな、同じほうに走っていきますで、表の窓の前を。なにかあったんじゃないかねえ。中庭にはひとっこひとりおらんし、いればひとをやりますけど。屋根裏部屋にのぼってみたけど、見えるのは木ばっかで、ほかにはなんも見えません。だれか怪我でもしたんでなけりゃ、いいですけど」

「まさか、そんなことはありませんよ」とナンシーはいった。「きっとスネルさんところの牛がまた逃げだしたのよ」

「あの牛、みんなに突っかからねばええがなあ」とジェインは、災難が起こるといわんばかりの口ぶりだった。

「あの娘ときたら、いつもわたしを脅かすんだから」とナンシーはおもった。「ゴッドフリーが早く帰ってきてくれればいいのに」

ナンシーは、表に面した窓のところに行って、目の届くかぎり道の向こうを眺めたものの、こんな心配をするのは大人げないとおもっていた。ジェインがいったような騒ぎはどこにも見当たらないし、ゴッドフリーが戻ってくるのは村道ではなく、畑のほうだったから。それでもナンシーはその場に立ったまま、墓石の長い影が明るい緑の塚をよぎっている、ひっそりとした教会墓地や、その向こうの牧師館の木々の燃え立つ秋色をじっと見つめていた。こうした静かな美しい情景を眺めていると、なにやら漠然とした恐怖がはっきりと感じられてきた。陽光あふれる大気のなかを、大鴉《おおがらす》がその翼をゆっくりとはばたかせながらよぎっていくように。ゴッドフリーが早く帰ってくれればよいのに、とナンシーはひたすら祈った。

第十八章

だれかが部屋の奥の扉を開けた。きっと夫だとナンシーはおもった。うれしさをその目にうかべてナンシーはふりかえった。妻としてのいちばんの心配が消えたからだ。「あなた、お帰りになってほんとうによかった」とナンシーは夫に近づきながらいった。「わたし、もう……」

ナンシーはふいに口をつぐんだ。ゴッドフリーが、震える手で帽子をおき、蒼白な顔で、放心したように彼女のほうをふりむいたからである。彼女を見ていながら、彼女には見えない光景を見ているようだった。ナンシーは夫の腕に手をおいたが、口を開く気になれなかった。夫はその手の感触も知らぬげに、どさりと椅子に倒れこんだ。

ジェインが、湯気をたてている湯沸かしを手に戸口に立っている。「くるなといってくれ」とゴッドフリーがいった。扉が閉まると、かれはなんとかはっきりと話をしようと努力した。

「おすわり、ナンシー、そこに」かれは向かいの椅子を指さした。「これでもできるだけ早く帰ってきたんだよ。このことが、ぼく以外の人間の口から、あんたの耳に入らぬように。ぼく自身、たいへんな衝撃を受けた——だがあんたが受ける打撃がいちばん心配だった」

「父さまとプリシラのことじゃないわよね」とナンシーは唇を震わせながら、膝の上の両手をぎゅっと握りしめた。

「いや、生きているひとのことじゃない」とゴッドフリーがいった。この驚くべき事実を慎重に告げようと思っていたのだが、そうはいかなかった。「ダンスタンなんだ——弟のダンスタンだ。十六年前に姿を消した——かれが見つかったんだ——その死体が見つかった——その骨が」

ゴッドフリーの表情を見てナンシーの心に芽生えていた恐怖が、夫のこの言葉でうすらいだ。だからかなり平静に、夫が語らねばならない話を聞くことができた。ゴッドフリーは言葉をついだ。

「採石場の立て坑が急に干上がってしまったんだ——排水工事をしたためだとおもう。干上がったところにあいつが横たわっていた。十六年のあいだ、二つの大きな石のあいだに押しこまれるようにして。あいつの時計と印章があったし、ぼくの名前を彫った狩猟用の金の柄の鞭もあった。ぼくの知らぬまに、鞭を持ち出していたんだね。ワイルドファイアに乗って猟に出かけた日に。あいつを見たのは、その日が最後だった」

ゴッドフリーは口をつぐんだ。次の言葉を発するのは容易ではなかった。

「身投げでもなさったのかしら?」とナンシーはいったものの、悪い行状をさんざん聞かされていた不肖の弟の身に、それも十数年も前に起こったことに、夫がなぜこれほど動転しているのか、不思議だった。

「いや、落ちたんだ」とゴッドフリーは低いがはっきりした声でいった。その事実に深い意味があるとでもいうように。そしてすぐにこうつけくわえた。「ダンスタンが、サイラス・マーナーの金貨を盗んだ犯人だったんだよ」

驚きと恥ずかしさのために、ナンシーの顔にさっと血がのぼった。たとえ遠縁のものであろうと、罪を犯せば、縁者にとってはたいそうな恥辱だという育ち方をしていたからだった。「まあ、ゴッドフリー!」といったナンシーの声には同情がこもっていた。恥辱をひしひしと感じているのは夫のほうだと、すぐに思い直したからである。

「立て坑の底にあの金貨があった」と夫はつづける。「機屋の金貨がそっくりそのまま。なにもかも拾い集められて、骨は虹屋に運びこまれる途中だ。でもぼくはあんたに話すために帰ってきた。もう隠しておくわけにはいかない。知ってもらうべきなんだ」

ゴッドフリーは黙りこんで、二分ほどじっと床を見つめていた。このような屈辱に耐えている夫に慰めの言葉をかけたかったが、この出来事のかげにはなにか隠されていることがあるのではないかと、ナンシーは本能的に悟っていたので、そうすることは思い止まった。

やおら夫は目を上げると、ナンシーをじっと見つめながらこういった。

「なにもかもが明るみに出るんだよ、ナンシー、遅かれ早かれね。神さまがお望みになれば、人間の秘密は必ず明るみに出る。ぼくはね、ある秘密を抱えてずっと生きてきたんだよ、だがもうこれ以上隠してはおけない。あんたが他人の口から知ることになるのはいやだ。ぼくの口からではなく——ぼくの死んだあとに知られるのはいやだ。いま話すよ。これまでぼくは、そうしようか、そうすまいか、と迷いつづけてきた。いまこそ自分で決着をつける」

ナンシーに極限の恐怖が襲いかかっていた。怖れをたたえた夫と妻の目が合った、愛情が失われるかどうかという瀬戸際であるかのように。

「ナンシー」とゴッドフリーはのろのろといった。「結婚したとき、ぼくはあることを隠していた——あのとき話すべきだったんだ。マーナーが雪のなかで見つけたあの女——つまりエピーの母親だが——あの惨めな女は、じつはぼくの妻だったのだ。だからエピーはぼくの子なんだよ」

自分の告白がナンシーにあたえる烈しい衝撃を恐れ、かれはおもわず口をつぐんだ。だがナンシーは身じろぎひとつせず、すわったまま、夫と目を合わすまいと、その目をおとした。顔は蒼ざめ、瞑想する彫像のようにぴくりとも動かず、両手は膝の上でかたく握りしめられていた。

「あんたはもう、ぼくのことをこれまでと同じようにおもってはくれまい」しばらくしてゴッドフリーが、かすかに震える声でそういった。

ナンシーは黙っていた。

「あの子の父だと名乗り出なかったのはまちがいだった。あんたに隠していたのもまちがいだった。でもぼくは、どうしてもあんたをあきらめられなかったんだよ、ナンシー。あの女とは、どうしても結婚しなければならない羽目になってしまった。そのためにどれほど苦しんだことか」

だがナンシーはうつむいたまま、沈黙を貫いていた。かれはもう覚悟をきめた。ナンシーはすぐにも立ち上がり、父親のもとに帰るというだろう。彼女の単純な厳しい考え方からしたら、極悪非道とおもわれる、このような罪をナンシーが許すはずはないではないか。

だが遂にナンシーは顔を上げ、夫の目を見つめながら口を開いた。その声に怒りのひびきはなく——ただ深い悔恨の思いがにじんでいた。

「ゴッドフリー、あなたが六年前に、このことを話してくださっていたら、あの子に対するわたしたちの義務のいくばくかは果たせたのに。あの娘が、あなたの子だと知っていたら、あの子を引き取ることをわたしが拒んだとおもいますか？」

その瞬間、ゴッドフリーは、自分の過ちの苦さを味わった。自分のしたことは、徒労であったばかりか、結果そのものすら空しくしてしまった、その過ちの辛さが骨身にしみた。自分は長年ともに暮らしてきたこの妻の気性を見誤っていたのだ。だがナンシーはふたたび口を開いた。前よりいっそう興奮気味に。

「それに——ああ、ゴッドフリー——はじめからわたしたちがあの子を引き取っていたら、そして実の親として面倒をみていたら、あの子はわたしを実の母親として愛してくれたはずだわ——そしてあなたももっと幸せになれたはずだし。わたしが生んだ赤ちゃんが死んだときも、なんとか耐えられたでしょうに。わたしたちの暮らしも、こうであってほしいと望んでいたようなものになっていたかもしれない」涙がこぼれ、ナンシーは口を閉ざした。

「打ち明けていたら、ぼくと結婚はしなかっただろう」ゴッドフリーは、自責の念に駆られながら、それでも自分のしたことはまったく愚かしいことではなかったと自分にいいきかせようとした。「いまならそうおもうだろうが、あのときは、そうはおもわなかっただろう。あんたと父上の気位の高さを考えれば、そんな話を聞かされては、ぼくとかかわりをもつなど忌まわしいことだとおもっただろう」

「そのときわたしがどうしたか、そんなことはわかりません、ゴッドフリー。わたしはきっと、ほかのひとども結婚しなかったでしょうね。でもあなたがそんな過ちを犯すほど、わたしは値打ちのある人間ではなかった。この世にそんな値打ちのある人間はいません。なんであろうと、おもっていたよりよかったなんてことはありません——わたしたちの結婚だってそうじゃありませんか」そういうとナンシーの顔に悲しげな笑みがうかんだ。

「ぼくはあんたがおもっていたよりもっと悪い人間なんだよ、ナンシー」とゴッドフリーはおどおどといった。「ぼくを許してくれるかい、ナンシー？」

「あなたがわたしに対してなさったことなんて、たいしたことではありませんよ、ゴッドフリー。あなたはもう償ってくださった——十五年ものあいだ、わたしにとてもよくしてくださったもの。あなたがまちがったことをしたのは、もうひとりのひと、それはもう永久に償えませんね」

「しかしこうなればエピーを引き取ることができる」とゴッドフリーはいった。「世間に知られようが、かまうものか。残りの人生は嘘いつわりのないものにするつもりだ」

「でもいまとなっては、事情がちがっています、あの子はもう大人ですもの」ナンシーは悲しげに首をふった。「でもあの子をわが子と認めて扶養するのがあなたの義務です。わたしは、あの子に対するお役目を果たしましょう。あの子がわたしを愛してくれるよう、神さまに祈ります」

「じゃあ、今夜のうちにマーナーのところへ行こう。採石場の騒ぎがおさまったらすぐにもね」

第十九章

その夜、八時をすぎて九時近くには、エピーとサイラスはふたりきりで小屋にいた。午後の出来事でたいそうな興奮を味わったあと、サイラスはこの静寂を待ちのぞんでいた。当然あとまで残っていたウィンスロップのおかみさんとエアロンにも、娘とふたりだけにしておくれとたのんだ。興奮はいっこうに冷めなかった。だがそれは鋭敏になった感覚が外からの刺激に耐えられなくなっていたからだった——疲労感はないが、心が張りつめていたために、どうしても眠れなかった。このような状態におちいった人間を見たことがあるものなら、目が異様に輝いていたことや、烈しい衝撃のために粗野な顔も引き締まっていたのをおもいだすだろう。それは、いかなる霊的な声も聞きもらさぬ新しい聴覚が、鈍重なその体に不可思議な震動をもたらしているように見えた——まるで「さざめく音より生まれし美」が聞きいるひとの顔にあらわれたかのように。

肱掛け椅子にすわりこみ、エピーを見つめているサイラスの顔にも同じような変化があらわれていた。エピーは椅子をかれの膝もとに引きよせ、前に身をのりだすと、その両手を握ってサイラスの顔を見あげた。そばのテーブルには、蠟燭の灯に照らされて、戻ってきた金貨がのっていた――その昔、愛してやまなかった金貨が、きちんといくつかの山になって並んでいる。金貨が唯一の楽しみだった日々、サイラスは金貨をこんなふうに並べたものだった。毎夜、どんなふうに金貨を数えたか、そしておまえがくるまでは、自分がどれほど孤独だったかと、エピーに話してきかせていたのだった。

「はじめのうちはなあ、ときどきおまえが金貨に変わるんじゃないかと、ふっとおもったこともあったなあ」とかれは、静かな口調で話している。「どこを向いても金貨が見えるような気がしてなあ。あれに触ることができたらと、戻ってきてくれたらと、よくおもったものだよ。だがそんなことは長くはつづかなんだ。しばらくするとなあ、金貨が戻ってきても、おまえがわしの手から奪われてしまったら、そりゃまた呪いがふりかかったということだとおもうようになってな。おまえの顔やら声やら、おまえのかわいい手がなあ、もうなくてはならぬものになってなあ。おまえはなんも知らなかったな、あんなに小さかったもんなあ――おまえの老いぼれ父さんのサイラス・マーナーが、おまえのことをどうおもってたかなんて、わかるはずはなかったなあ」

「でもいまはわかっているよ、父さん」とエピーはいった。「もし父さんがいなかったら、わたしは救貧院に連れていかれたんだもの。わたしを愛してくれたひとは、父さんのほかにはいなかったもの」

「ああ、大事なわしの娘、助けられたのは、わしのほうなんだ。わしを救うために、おまえが授けられなんだら、わしは惨めな思いをしたまんま、墓に入っておったよ。あの金は、いいときに盗まれたんだ。ところがそいつが無事でいた――おまえのために入り用になるときまでな。不思議だなあ――なんと不思議な人生だろう」

サイラスは、しばしのあいだ黙りこんで、じっと金貨を見つめていた。「こいつはもう二度とわしをとりこにはせん。この金貨には、そんなことは二度と起こらんとおもうがね。だがおまえを失うようなことがあったら、それはわからん、エピー。そんなことがあったら、わしは神さまから見捨てられたとおもうだろう。そうして神さまがわしによくしてくださったという思いも、消しとんじまうだろうな」

まさにそのときだった、戸を叩く音がしたのは。エピーはサイラスに答えるひまもなく立ち上がった。目に涙をうかべたやさしい表情、ぽうっと赤みがさしている頰、開けようと戸に近づいたエピーのなんと美しかったことだろう。

ゴッドフリー・キャス夫妻の姿を見たとき、頰の赤みはいっそう濃さをまし、ちょっと膝を屈める挨拶をすると、夫妻のために戸を大きく開けた。

「こんな遅くにお邪魔してごめんなさいな」とキャス夫人がいいながら、エピーの手をとり、その顔を不安そうにのぞきこんだ。夫人は青ざめ、そして震えていた。

エピーは夫妻のために椅子をすすめてから、サイラスに寄り添うようにして、夫妻の真向かいに立った。

「やあ、マーナー」ゴッドフリーはしっかりとした口調で話そうとつとめた。「金貨をとりもどして、ほんとうによかった。何年ものあいだ、持ち去られていたのだからな。こんな悪事をはたらいたのが、わたしの身内だったとは――じつに嘆かわしいことだ――どんなことをしても、あんたに償いをしなければならないとおもっている。わたしになにができるにせよ、とにかくあんたに重いつけを返さねばならない。この盗みだけを考えてもね。だがわたしが負っているものはほかにもあるんだよ――あんたに負っているものがね、マーナー」

ゴッドフリーはふいに言葉を切った。これは妻とも話し合ってきたことだが、自分が父親であるという事実を打ち明けるには、慎重に話をすすめねばならない。しかしできることなら、その事実はとうぶんは話さないほうがいい、エピーには時間をかけて少しずつ話すべきだと、ナンシーは強く主張した。なぜなら、エピーはそこで実の父親と母親の関係を知ることになると、ナンシーにははっきりとわかったからである。

サイラスは、キャスさまのように身分の高いひと——たいていは馬上の姿しか見たことがない、長身で逞しく血色のよいご仁に話しかけられると、たいそう不安になっておずおずと返事をした。

「旦那さまには、これまでいろいろ世話になっとりますで。盗みのことも、わたしはなんの損もしとらんし。旦那さまにはどうしようもなかったことで。あんたさまに責任はありません」

「あんたの気持ちはそうかもしれないがね、マーナー、わたしはそうはいかないよ。だからどうかこちらの気持ちを察して、わたしが正しいとおもうことをさせてくれないか。あんたにはすぐに満足してもらえるとおもう。これまで苦労して働いてきたんだからな」

「はい、旦那さま、そうなんです」とサイラスは考え深げにいった。「仕事がなけりゃ、食うにも困りましたな。けどな、なにもかも失っても、こうしてすがるもんがありましたから」

「ああ」とゴッドフリーは、マーナーが貧乏暮らしについて語っているのだと受け取った。「このあたりでは、いい商売になったんだろうな。亜麻布はいくらでも注文があっただろう。だがああいう手先の仕事をするには、あんたも年をとりすぎたなあ、マーナー。ここらで仕事をやめて、ゆっくりしてはどうかね。見たところだいぶ弱っとるようだし。まだ年寄りというほどの年ではないだろうが？」

「五十五になりましたろうか」とサイラスはいった。

「ほう、それじゃ、あと三十年は生きられるな――あの老いぼれのメイシーさんを見たまえよ！　長生きするには、その卓の上の金ぐらいじゃとても足りないな。どうやりくりしたって足りないよ――ひとに貸して利息をとるにせよ、金がなくなるまで食い延ばすにせよだ。自分ひとりが食っていくにも足らないしな、この先ずっと、二人分の口を養っていかなければならないとすると」

「ああ、旦那さま」とサイラスは、ゴッドフリーの言葉に動揺する気色はなかった。「足らんなんて心配はありませんで。ふたりでうまくやっていきますで。働いて稼いでおる連中で、これだけの金をもっとるものはおりません。旦那さま方にとっちゃあ、どれほどのもんかわかりませんが、わたしにとっちゃあ、大金で――多すぎるくらいで。それにわたしら、ほしいもんもたいしてありませんで」

「お庭だけよね、父さん」とエピーはいうと、耳までさっと赤くなった。

「お庭が好きなのね、あなた？」とナンシーがいった。こんなふうに話題をそらしていけば、夫の助けになるかもしれないとおもったのだ。「それはいいこと、わたしもお庭いじりが大好きなの」

「ああ、赤屋敷には、庭仕事だったらいくらもあるよ」とゴッドフリーがいった。前もって考えたときには、いとも容易だとおもわれた申し出も、いざ切り出そうとすると、たいそう難儀なことだった。

「これまでエピーにはよくしてくれたねえ、マーナー。十六年もなあ。この子がこの先、大事に育てられていくのを見れば、あんたも安心だろう。この子は、若い盛りで丈夫そうに見えるが、苦労にはむかないようだ。荒仕事をする親から生まれた逞しい娘には見えないからな。この子が豊かに暮らせるように、将来は大家《たいけ》の奥方になれるように、十分なものを残してやれるものの世話になる姿を、あんた、見たくはないか。貧しい暮らしをするより、豊かな暮らしができるほうがいいとおもうがね、あと数年もすれば、厳しい暮らしの待つところに嫁にいかねばならないだろうし」

サイラスの面にかすかな赤みがさし、さっと消えた、まるで閃光のように。エピーは、キャスさまが現実とはなんのかかわりもない、あんな話をなぜしているのか、不思議におもっただけだった。だがサイラスは傷つき、そして不安にもなった。

「お話の意味がわかりかねますが」とサイラスはただそう答えた。キャスさまの言葉を聞いたときの複雑な思いを言葉でうまくいいあらわすことはできなかった。

「うん、わたしの話というのはな、こういうことなんだよ、マーナー」ゴッドフリーは要点に入る決心をした。「妻とわたしには子がない――わたしたちの立派な屋敷やありあまるほどの財産のすべてを、相続するものがいないのだよ。それで、わたしたちの娘になってくれるものを屋敷に迎えたいとおもっている――つまりわたしたちは、エピーを迎えたいとおもっているのだよ。そしてわが子同様に世話をしたいと考えている。あんたも年をとったし、そうなれば、あんたも安心だろう。この子の運が、そんなふうに上向いていくのを見ればね。なにしろ、あんたは苦労してこの娘を立派に育ててくれた。その苦労に報いるものはもらってしかるべきだ。それにエピーは、あんたをいつまでも愛しているだろうし、感謝もするだろう。あんたのところにもちょくちょく顔を見せるだろうし。あんたがいつまでも快く過ごせるように、どんなことでもさせてもらうよ」

ゴッドフリー・キャスのように飾り気のない、はっきりとものをいう人間は、知らず知らずのうちに荒っぽいものいいをして、かならず大しくじりをするものだ。その言葉は、感じやすいものの耳に、きしるような音をたてるだろう。かれが話しているあいだ、エピーはサイラスの頭のうしろにそっと手をあてた。かれがぶるぶると震えているのがその手に伝わってくる。キャスが話しおわっても、サイラスはじっと黙りこんでいた。気持ちが動転し、力が抜け、苦痛すら感じていた。エピーは父親が苦しんでいるのを感じとると、自分の胸も痛んだ。屈みこんで父親に話しかけようとしたとき、抗いがたい恐れがついにマーナーのあらゆる感情を抑えつけた。かれはかぼそい声でこういった。

「エピー、わしの娘、いっておくれ。わしはおまえの邪魔はせんよ。キャスご夫妻にお礼をおいい」

エピーは父親の首筋から手をはなし、一歩前に進みでた。その頬は紅潮していたが、それは羞《は》じらいのためではなかった。父親がとまどい、苦しんでいるのを感じとると、羞じらいは消えていた。まずキャス夫人に、そしてキャスさまに、膝をちょっと屈めて会釈をし、エピーは口をひらいた。

「ありがとうございます、奥さま――ありがとうございます、旦那さま。でもわたしは父さんをおいてはいけません。どなたにしろ、父さんより近しい身内がいるとはおもいません。それにわたしは大家の奥方になろうともおもいません――でもお礼は申します」ここでエピーはふたたび膝をちょっと屈めて会釈をした。「これまで親しくしてきたひとたちのそばを、わたしははなれることはできません」

エピーの唇は、この言葉を吐くと、かすかに震えはじめた。そして父親のすわる椅子のかたわらに引き下がると、父親の首に手をまわした。サイラスはすすり泣きながら、手を伸ばしてエピーの手をつかんだ。

涙はナンシーの目にもうかんだが、エピーによせる同情と、夫の心中を察する苦痛とに、心は二分されていた。夫の胸のうちはいかばかりかと思いやると、口を開くこともできなかった。

ゴッドフリーはというと、ひとがおもいがけぬ障害に突き当たったとき、だれしもが感じる苛立ちを感じていた。まだ間に合ううちに、自分の犯した過ちを正そうと精いっぱいの決意をかためてきたのである。そして自ら正しいとおもう道、これからとるべき道をしっかと思い定めてきたので、自分の高潔なる決意に逆らおうとする人間の気持ちを察するゆとりはまったくなかった。興奮して口を開いたかれの語調に、怒りがふくまれていなかったとはいえない。

「だがわたしは、おまえに対して権利があるんだよ、エピー、いかなる権利もかなわぬ権利だ。これはわたしの義務なんだよ、マーナー、エピーをわたしの子と認めることは、この子を養うことは。この娘はわたしの実の子なんだ——この娘の母親は、わたしの妻だったひとだ。わたしはこの娘に対して、正当な権利をもっている、これはだれにも否めない」

エピーは、仰天し、蒼白になった。サイラスは逆に、最前のエピーの返答にほっとしていた。自分の思いとエピーの思いが、食い違っていたらという懸念がなくなったので、がぜん抵抗しようという気持ちも湧き、その口調には親としての猛々しさもないではなかった。

「それでは、旦那さま」と答えたその口調には、かつて若者としての希望が打ち砕かれた、あの忘れえぬ日々からこのかた、絶えて発したことのない怒気がにじんでいた。「それでは、旦那さま、なぜおまえさまは、十六年前にそれをいってくださらなんだ、この娘がかわいくてならんようになる前に、なぜ自分が父親だと名乗りでなかった、いまになってわたしからこの娘を取り上げて、わたしの心臓をもぎとるようなことをしなさるとは。神さまはわたしにこの子をお授けくだすった、おまえさまが、この子に背を向けたからではないか。神さまは、この娘をわたしのものと見ておられます。おまえさまは、この子になんの権利もない！　天の恵みを門前ばらいなさりゃあ、それはもう迎えいれたもののもんになるんだ」

「そうだね、マーナー。わたしが間違っていた。自分のしたことを心から後悔している」とゴッドフリーは返したものの、サイラスの言葉はきりきりと胸に突き刺さるようだった。

「そりゃあ、よかった、旦那さま」サイラスは昂《たかぶ》る思いを抑えかねていた。「けどな、いまさら懺悔なさろうと、十六年ものあいだ、つづいてきたことを変えられはせんですよ。おまえさまが、こうしてやってきて、わたしが父親だといいなすっても、わたしらの気持ちを変えることはでけんのですよ。この子は、父さんという言葉がいえるようになってから、ずうっとこのわたしを父さんと呼んどりますで」

「だが、もう少し道理というものをわきまえてはくれまいか、マーナー」とゴッドフリーはいったものの、機屋の偽りのない直言にはたじろいでいた。「この娘があんたからひきはなされて、二度とふたたび会えないということじゃないんだ。あんたのすぐ近くにいるんだよ。ちょくちょく会いにもくるだろう。あんたをおもうこの子の気持ちも変わるまいな」

「変わるまい、ですと」とサイラスはいっそう厳しい口調になった。「ふたりで同じものを食い、同じ壺の水を飲み、一日じゅう同じことを考えているときと、同じような気持ちに、どうすればなれるというんだね。気持ちは変わるまいだと？　まったくしょうもない話だな。おまえさまは、わたしらをふたつにぶったぎるんだ」

ゴッドフリーは、サイラスの飾り気のない言葉に含まれるものを汲みとれるほどの経験はなかったので、またもや怒りがこみあげてきた。かれから見れば、機屋はたいそう手前勝手なやつに思えた（手前勝手とは、自分自身にどれほどの犠牲を払えるか、試したことのないひとが口にする言葉だが）。エピーの幸せを保障する人間に逆らおうとは。そこでかれは、エピーのためにも、自分の権利をどこまでも主張すべきだとおもった。

「わたしはこうおもっていたんだよ、マーナー」とかれは厳しい口調でいった。「あんたはエピーをかわいがっているから、この子のためになることなら、よろこんでくれるだろうとおもっていた。たとえあんたがなにかをあきらめなければならないとしてもね。あんたは先行きもおぼつかないじゃないか。年ごろになったこの娘は、いずれ近いうちに嫁入り先を探さねばならん、だが実の父親の屋敷にいて選ぶものとは、まったくちがう運命が待っているだろう。身分の低い労働者と結婚するかもしれない。そうなったら、わたしがなにをしてやろうと、この子は幸せにはなれんのだ。あんたは、娘の幸せを邪魔しようとしているんだよ。あんたがせっかくここまでやってきてくれたのに、そのあんたを傷つけるのは心外なんだが。わたしの実の娘は、このわたしが面倒をみるのが、わたしの務めだとおもうんだ。わたしは実の親としての義務を果たしたいんだよ」

ゴッドフリーのこの最後の言葉にうちのめされたのは、サイラスか、エピーか、どちらであったかは判じがたい。エピーは、長い年月、愛してきた老いた父親と、この新しい、見馴れぬ父親とのあいだで交わされる言葉にじっと耳をかたむけていた。この新しい父親は、あの指輪を母親の指にはめた顔のない黒い影と入れかわるように突如あらわれた人物だった。いまここで明かされた実の父親の姿は、過去においてはいかようであったか、未来はどのようになるのか、エピーは想像してみた。その未来をとりわけ鮮やかにしてくれたのは、ゴッドフリーの最後の言葉だった。彼女の決意を固めさせたのは、過去だの、未来だのということではなかった。サイラスのひとことひとことに揺れ動いた自分の感情を思い起こして決心した。だがそうした感情とは別に、さしだされた運命と、新しく名乗りをあげた父親に対する嫌悪感がわきあがった。

一方サイラスはふたたび良心の呵責に苦しめられ、ゴッドフリーの非難が、まことになりはしないか、意地を押し通してエピーの幸せを妨げるのではないかと不安になった。しばらくのあいだマーナーは押し黙っていた。いいにくい言葉を絞りだそうともがいていた。その言葉は震えおののきながら出てきた。

「わたしはもうなにも申しません。おまえさまのよいようにすればよい。娘にいってください。わたしはもう邪魔だてはしません」

たいそう細やかな愛情に富むナンシーですら、夫の意見には賛成だったし、実の父親だと打ち明けたのに、エピーはわたさぬとサイラスがいいはるのは、理にかなわぬという夫の意見にも同感だった。貧しい機屋にとって、さぞや辛いことだろうとおもうものの、血のつながる父親に、養父にまさる権利があるのは当然だと考えていた。その上ナンシーは、高い身分の裕福な環境で育っていたので、生まれながらに貧しいひとびとが、幼いときから努力をして、ささやかな幸せを求める心情を理解することができなかった。エピーは生得権（長子相続権）をとりもどし、長いあいだあたえられずにいた、まことの幸せを得るのだとナンシーはおもっていた。それゆえマーナーの最後の言葉をきいて、ゴッドフリーと同じように、ようやく自分たちの望みがかなえられたとほっとした。

「エピーよ」とゴッドフリーはわが娘を見つめながらいったものの、娘はもう自分を批判するだけの分別をそなえた年ごろになっているとおもうと、多少の戸惑いをおぼえずにはいられなかった。「長い年月、きみの父親であったひとに、愛情と感謝をいつまでももちつづけてもらいたいというのが、わたしたちの願いだよ。そうしてわたしたちもさまざまな方法でかれが安楽に暮らせるよう取り計らおうとおもう。だがね、わたしたちのことも同じように愛してもらいたいんだよ。もっともわたしは、これまでの歳月、父親がやるべきことをなにもしてやれなかった。だがこれからは命あるかぎり、力のかぎりをつくして、きみの面倒をみようとおもっている。わたしのひとり子として育てたいとおもっている。それに妻も、きみにとっては最上の母親になってくれるだろう——それこそおまえが物心ついてから、一度も味わったことのない幸せだよ」

「そう、あなたはわたしの宝になるのよ」とナンシーはやさしくいった。「わたしたちにわが子がいたら、もうなにもいらないわ」

エピーはさっきのように前に進みでることもなく、膝を屈める挨拶もしなかった。サイラスの手を両手でしっかりと握り——その手は機屋の手、掌も指もこのような握力に敏感な手だった——前より冷静にきっぱりといった。

「ありがとうございます、奥さま——ありがとうございます、旦那さま、お申し出を感謝します——身にあまるお申し出、そしておもいもよらぬお申し出です。でもわたしが父親とひきはなされるなら、そしてひとりぼっちになった父が、わたしのことをおもい、淋しくなるなら、わたしにはもう生きるよろこびはありません。父とふたりだけでいられる毎日はとても楽しかった、父がいなければ、幸せなど考えられません。そしてわたしが父のもとに送られるまで、父はひとりぼっちだったそうなんです。

そうです、わたしがいなくなったら、父はまたひとりぼっちです。それに父さんはずうっとわたしの世話をしてくれて、かわいがってくれました。父さんが生きているかぎり、わたしは父さんのそばをはなれません。だれであろうとわたしと父さんのあいだを裂くことはなりません」

「だが、よく考えてみなければいかんよ、エピー」とサイラスは低い声でいった。

「この先、後悔しないといえるのか、おまえは、貧乏人のあいだにとどまると、粗末な衣服や粗末なものでもいいというのか。最上のものがいただけるというのに」

エピーの誠実さと愛情に満ちた言葉を聞いていると、サイラスの憂慮はいっそうつのった。

「後悔なんてするはずがないわ、父さん」とエピーはきっぱりといった。「だって、いままでもったこともない、欲しいとおもったこともない、そんなよいものにかこまれたら、どんなことを考えればいいのか、なにを希めばいいのか、わからなくなるわ。二輪馬車に乗ったり、教会の特別席にすわったりするなんてつまらないことよ、世間のひとたちから、身のほど知らずとおもわれるだけ。そんなことになったら、わたしはどうすればいいのですか」

ナンシーは、苦痛にみちたまなざしをゴッドフリーに向けた。だがかれの目は床にじっと注がれたまま、ぼんやりと考えるような様子で、杖の先を床の上であちこち動かしている。夫の口を開かせるより、自分がなにかいったほうがよいのではないかとナンシーは察した。

「あなたのいうことはもっともよ、エピー――自分を育ててくれたひとから離れたくないのも当然だわ」ナンシーは穏やかにいった。「でもあなたには、実の父親に対する責任というものがあるの。世間には、一方だけでなく、双方が犠牲を払わなければならないことがあるとおもうの。あなたのお父さまが、あなたのためにわが家の扉を開けてくださっているの。だからあなたは、そのお気持ちに背を向けてはならないとおもうのよ」

「わたしに父親はひとりしかおりません」とエピーは目に涙をうかべ、すかさずいった。「わたしの頭のなかにはいつも、部屋のすみっこに父さんがすわっている小さなお家がうかんでいます。わたしはそこで、父さんのためになんでもしてあげるんです。この家のほかに家なんて考えられません。わたしはご大家《たいけ》の奥方になるように育てられたんじゃありません。いまさらそうなろうともおもいません。わたしは働くひとたち、働くひとたちが食べるものが好きです。そしてその暮らしも。そして――」とエピーははらはらと涙をこぼしながら、烈しくいった。「わたしは、働くひとと結婚する約束をしました。そのひとは父さんといっしょに暮らしてくれて、父さんの世話をするわたしの手助けもしてくれます」

ゴッドフリーは、紅潮した面に苦痛をうかべ、訴えかけるようなまなざしをナンシーに向けた。己の人生の最大の失策を、いくぶんなりと償おうという一大決心が、かくもむざんに挫折したことを痛いほど感じ、この部屋の空気までが息苦しく感じられた。

「帰ろう」とかれは小声でいった。

「このお話は、ここまでとしましょう」とナンシーは立ち上がりながらいった。「わたしたちは、あなたの幸せを願っていますよ、エピー──そしてあなたの幸せもですよ、マーナー。またまいりますからね。さあ、もう、こんなに暗くなりました」

こうしてナンシーは、夫がいきなり席を立ったことを、上手にとりなした。ゴッドフリーが、なにもいえずにさっさと戸口に向かったからだった。

第二十章

ナンシーとゴッドフリーは、星明かりのもと、押し黙ったまま家路についた。樫板張りの客間に入ると、ゴッドフリーは椅子にどすんとすわりこみ、ナンシーは帽子と肩掛けをとり、夫のかたわらに立った。ほんのしばしでも夫をひとりにしたくなかったのだが、夫の気持ちを傷つけるような言葉を発するのも怖かった。しばらくしてゴッドフリーがナンシーのほうを向き、ふたりの目が合ったものの、ふたりとも身じろぎもせず見つめあったままだった。信頼しあっている夫と妻が交わす静かなまなざしににじむのは、重い疲労感、もしくは大きな危険をのがれたという安堵感だった——やすらぎというこの新たなよろこびを、言葉や振舞いで損なってはならなかった。

だがしばらくするとゴッドフリーは手をさしのべ、ナンシーはその手に自分の手を重ねた。かれはナンシーを引き寄せて、こういった。「おわったね！」

ナンシーは屈みこんで夫に接吻し、そのかたわらに立ったままこういった。「ええ、あの子を、わたしたちの子にしようという望みは、あきらめなければならないわね。あの子の気持ちに逆らって、むりやりわが子にするのはよくないことだわ。これまでの暮らしや、そこで培われたものを変えることはできませんものね」

「そうだね」とゴッドフリーは、ふだんの無頓着な力ない話し方とはうってかわって、きっぱりとした口調でそういった。「借金のようには支払えない負債というものがある。過ぎ去った年月に見合うものを支払えばいいということではないんだね。わたしが延ばし延ばししているうちに、若木は育ってしまった――もう手遅れだ。天の恵みを戸口で追い返してしまった人間と、マーナーが言っていたが、あれは正しかった。その恵みはほかのひとのところに行ってしまったんだね。わたしは一度は、子はないものとして世間をごまかそうとした。ナンシー――これからは、子なき人生に甘んじよう」

ナンシーはすぐには言葉が出なかったが、ややあってこう夫に尋ねた。「じゃああなたは、エピーがあなたの実の子であるということを、世間には知らせないのね？」

「ああ――そんなことを公にしても、だれの得にもならないよ――さしさわりがあるだけだ。ただわたしは、エピーが選んだ生活に、できるかぎりの援助はしようとおもう。あの娘が結婚しようとおもっている男がだれなのか、調べないとね」

「このことを公にしても詮ないというのでしたら」とナンシーはいった。さっきまでは決して口にはすまいとおもっていたことを、いまは話してもよいだろうとおもったのである。「父とプリシラにも、過去にあったことを知らせずにおいていただければ、ほんとうにありがたいわ。あのふたりが知ったところで、心配するだけですもの。ダンスタンさんのことは耳に入れないわけにはいきませんけど」

「このことは遺言書には書いておこう――そう遺言書には書きのこしておこうとおもう。こんどのダンスタンの件のように、あとになって露見するのはごめんだからな」とゴッドフリーは思案げにいった。「だがいま公にしたところで、なにもいいことはない。あの娘が、それなりの幸せをつかめるように、手助けはしようとおもう。ひとつ考えていることがあるんだよ」とちょっと間をおいてかれはつけくわえた。

「あの子が婚約したというのは、きっとエアロン・ウィンスロップだよ。あの子とかれとマーナーが三人そろって教会から出ていくのを見かけたことがあるんだ」

「そう、あの青年なら、とても真面目で勤勉なひとよ」ナンシーはこの問題をできるだけ明るく受けとめようと努めていた。

ゴッドフリーはふたたび物思いに沈んだ。やがて顔を上げると、ナンシーを悲しそうに見た。

「あの子はほんとうにかわいらしい、いい娘だねえ、ナンシー?」

「そうね、あなた、それに髪と目はあなたにそっくり。どうしていままで気づかなかったのかしら」

「あの子は、ぼくが父親だと考えるのが嫌でたまらないんだね。ぼくが父親と知ってから、がらりと態度が変わったもの」

「マーナーが父親ではないと考えるのが耐えられなかったんでしょうね」とナンシーはいった。夫の受けた痛ましい印象を、認めたくなかったのである。

「あの子は、自分にも、自分の母親にも、わたしがひどい仕打ちをしたとおもっているんだよ。じっさいのわたしより、ずっとひどい人間だとおもっている。そうおもうのも無理はないよ。あの子はすべてを知ることはできない。これはわたしに下された罰なんだね、ナンシー、実の子に憎まれるのも。あんたにさえ真実を打ち明けていれば、こんな悩みもせずにすんだ。わたしが愚かでさえなかったら。あの女との結婚からなにひとつ得られるものはないとわかっていたはずなんだ。しかもこのわたしは父親の義務を果たすことさえ逃げていたんだからね」

ナンシーは黙っていた。正義感あふれるその心は、夫の痛烈な良心の呵責を和らげてやろうとはしなかった。しばらくするとかれは口を開いたが、その語調は変わっていた。最前の自責の情に、やさしさがしのびこんでいた。「それでわたしはあんたを得たんだよ、ナンシー、あんなことがあったのにね。それなのに、ほかに手に入れたいものがあって、しじゅう不平を鳴らして、いらいらしていたんだ――それを手に入れるのが当然だとでもいうようにね」

「わたしは、あなたにはなんの不満もないわ、ゴッドフリー」とナンシーは心をこめて静かにいった。「わたしのたったひとつの心配も消えるでしょうね、あなたが、わたしたちに与えられた運命を受け入れてくださるなら、わたしのたったひとつの悩みも消えますもの」

「うん、たぶん改めるに遅すぎることはないとおもうよ。ひとがなんといおうと、もう手遅れということもあるがね」

第二十一章

翌朝、マーナーは、エピーとともに朝食の席についたとき、こう切りだした。

「エピー、わたしはこの二年間、やろうとおもっておったことがあった。こうして金貨も取り戻せたし、それを実行しようとおもう。夜のうちにあれこれ考えておったがな、あす、出発することにした。天気のよいうちにな。家のことやらなにやらは、ウィンスロップのおかみさんに任せてな、わたしら、小さな荷をこしらえて出かけようとおもうんだ」

「どこへ行くというの、父さん?」エピーはひどく驚いて聞き返した。

「わたしが昔暮らしておった町へだよ——わたしの生まれ故郷のランタン・ヤードへな。牧師のパストンさんにぜひ会いたいな。あの盗みのことは、わたしが潔白であったことが、わかったかもしれんしな。牧師のパストンさんは、もののわかったお方だった。御神籤のことでも、あのおひとと話がしたい。それからこの土地の宗教についても、あのお方と話してみたいのだよ、たぶんご存じあるまいからな」

エピーはたいそううれしかった。なんといっても見知らぬ土地を訪れるという素晴らしさ、うれしさばかりか、帰ってきて、そのことをぜんぶエアロンに話してきかせるのもうれしい。エアロンは、自分よりはるかに物知りだけど——あのひとが知らないことを、あれこれ話してきかせるのはうれしい。ドリー小母さんは、そんな長旅のあいだにいろんな危険な目にあいはしまいかと心配して、運送業者の荷車や大型の荷馬車が往来している街道からぜったいはずれてはならないと、しつこく念を押した。でもマーナー親方がふるさとを訪れて、無実の罪が晴れたことがわかれば、これほどうれしいことはないといった。

「このさき一生、心安らかに暮らせるわな、親方」とドリーはいった。「そうともね。そして、あんたさんの生まれ故郷のその土地で光明が見えたら、その光明はここの土地でも必要なもの、それをもって帰りなさったら、わたしもうれしいな」

それから四日後、サイラスとエピーは、晴れ着をまとい、青い亜麻布にくるんだ小さな荷物をもって、大きな工場町の通りを歩いていた。三十年という年月が、生まれ故郷にもたらしたさまざまな変化に、サイラスは当惑し、自分が場所をまちがえたのではないかと、道行くひとをつぎつぎに引き止めては、町の名をたしかめた。

「ランタン・ヤードはどこかと尋ねてみたら、父さん——ほら、あの店先に立っている、肩に房飾りをつけた男のひとに訊いてみたら、ほかのひとたちみたいに、忙しそうじゃないもの」とエピーがいった。父親の困った様子が気の毒だし、不安にもなった。あたりの騒音や、せわしなく行きかうひとびとや、素知らぬ顔の大勢のひとたちに、エピーはすっかり怖じけづいていた。

「ああ、あのひとはなにも知るまいな」とサイラスはいった。「旦那衆は、ヤードになんぞ足を踏みいれん。だが監獄通りへ行く道を知っとるひとがおるかもしれん。監獄があったところだがな、そこから先は、きのう見たようにはっきり覚えておるがな」

それからいくつも道を折れたり、あれこれひとに尋ねたりと、苦労を重ねた末に、ようよう監獄通りにたどりついた。監獄の不気味な塀は、サイラスの過去の記憶をはじめてまざまざと甦らせた。これまで町の名をいくらたしかめても、自分が生まれ故郷の地にたしかに立っているとはどうしても信じられなかったのである。

「ああ」とサイラスは長い吐息をついた。「あれはたしかに監獄だよ、エピー。昔のまんまだ。もう心配はいらん。監獄の扉の左側の、三つ目の角を曲がるんだよ」

「まあ、ずいぶん暗くて、いやなところねえ！」とエピーはいった。「空も見えないし！　救貧院のあたりよりひどい。こんなところに住んでいなくてよかったね、父さん。ランタン・ヤードもこんなふうなところなの？」

「かわいい娘や」とサイラスはほほえんだ。「こんなに広い通りじゃない。この通りはわしも嫌いだったがな、ランタン・ヤードは大好きだった。店屋もみんな変わってしもうたなあ——どれも見覚えがない、だが曲がり角はわかるぞ、三つ目の角だからな」

「さあ、ここだよ」とサイラスは狭い小路にたどりつくと、うれしそうにいった。「これをまた左に曲がってな、少しばかり行くとな、靴屋横町に出る。それから迫《せ》り出した窓がある家があって、そのとなりが出入り口なんだ。その道には溝があってな、水が流れとる。ああ、ようく覚えとるぞ」

「ああ、父さん、なんだか息が詰まりそう」とエピーがいった。「こんなにごちゃごちゃとひとが住んでるなんて、思いもしなかった。帰ったら、採石場がきっときれいに見えるな！」

「こうやって見ると、わしにもなんだか奇妙に見えるよ——いやな臭いもするしな。昔はこんな臭いはせなんだがなあ」

血色の悪い顔が、あちらこちらの暗い戸口から、このよそものたちをじろじろと眺めているので、エピーはますます不安になった。だからその横町を出て、靴屋横町にたどりついたときには、心からほっとした。そこには青空が、ほんのちょっぴりだがのぞいていたから。

「あれあれ！」とサイラスがいった。「ヤードからぞろぞろひとが出てくるぞ、こんな時間に、礼拝堂の帰りかなんぞのように――週日の正午だというのに！」

ふたりは、サイラスがぎょっとしたように、ふいに立ち止まったので、エピーはびっくりした。大きな工場の正面にある門の前にいたのだが、その門から、男や女のひとたちが、昼食をとるためにぞろぞろと出てきたのだ。

「父さん」とエピーは父親の腕をつかんだ。「いったいどうしたの？」

だがエピーが何度尋ねても、サイラスはなかなか口を開かなかった。

「なくなってしまったよ」とようやく口を開いたサイラスは、ひどく狼狽《ろうばい》していた。「ランタン・ヤードはもうなくなったんだ。たしかにここにあったはずなんだが。だってな、出窓のある家はちゃんとそこにあるからな――あの家は知っとるが――あれは昔と変わらんが、新しい出入り口を作ったんだな。それにあのでかい工場を見てごらんよ！　みんな、なくなっちまった――礼拝堂もなにもかも」

「あの小さな刷毛屋によって、腰をおろそうよ、父さん――腰ぐらいかけさせてくれるとおもう」とエピーはいった。父親の例の発作が起こらぬように、いつも気を配っていた。「きっと、いろいろ話してもらえるから」

だが刷毛屋は十年ほど前に靴屋横町に移り住んだばかりで、そのときにはすでにあの工場が建っていたという。刷毛屋の近所のひとたちは、昔のランタン・ヤードの友だちのことも、パストン牧師のことも、なにひとつ知らなかった。

「昔の場所はすっかり消えとりましたよ」とサイラスは、旅から戻ってきた晩に、ドリー・ウィンスロップにそう語った――「小さな墓地もなにもかも。昔住んでおった家もなくなっちまってな、わしにはもうこの家しかないんだねえ。盗みの張本人をみんなが突きとめてくれたか、パストン牧師が、御神籤のことで、わしの身の証をたててくださったかどうかもなあ、もう永久にわからなくなってしもうた。もうわからんでな、ウィンスロップさん。死ぬまでわからんでなあ」

「まあまあ、親方」穏やかな顔でサイラスの話を聞いていたドリーがいった。その髪にいまは白いものがまじっている。「そうかもしれんわなあ。わたしらによくわからんことがいろいろあるのも、あのお方さまの思し召しにちがいないねえ。けどな、はっきりとわかることもあるでね、そういうことは昼のうちに頭に浮かんでくるの。あんたさんはその昔、たいそう辛い目にあったがな、親方さん、それが正義にかなったことだったかどうかはわからんかもしれんけど、正義というもんがあるちゅうことは打ち消せせんでね、親方さん。あんたさんにもわしらにもようわからんがな」

「そうだなあ」とサイラスはいった。「打ち消すことはでけんな。この子がわしのところにやってきた、この子を愛するようになってから、わしは、光明ちゅうもんをもらってな、いまも、この子はわしをひとりにはせんといってくれるしな。わしは死ぬまでこの子をたよりにしとりますで」

結び

ラヴィロー村には、婚礼にもっともふさわしい時季というものがあった。それは、旧式な庭園にあるライラックの大樹やキバナフジの花が、苔むした石塀の上に紫色や黄金色の花を咲かせるとき、芳《かぐわ》しい匂いのする乳を桶いっぱい欲しがるような若い牛が育つころである。そんなときは村のひとたちも、チーズ作りや草刈りがはじまるころほど忙しくはない。それに薄手の花嫁衣裳の着心地も快いし、引き立って見えるだろう。

エピーが婚礼をあげた日は、さいわいなことにふだんよりあたたかな陽光がライラックの花に降りそそいでいた。なにしろ花嫁衣裳がとても薄手のものだったから。エピーはあきらめてはいたものの、花嫁衣裳のことは一応は考えていた。ごく小さなピンク色の小枝模様を散らした白木綿で作りたいなあとおもっていた。だからキャス夫人が、花嫁衣裳をどうか作らせてと申し出て、エピーにどんなものがよいかと尋ねたときには、すぐに返事ができたのだった。

教会の墓地を横切り、村のほうへと歩いていくエピーの姿は、少しはなれたところで見ると、純白の衣裳をまとっているように見えた。その髪はというと、百合の花に黄金をひと刷毛はいたようだった。片手を夫の腕にかけ、残る手は、父親のマーナーの手をしっかりと握っていた。

「父さんは、わたしをよそにやるわけではないのよ」エピーは教会に行く前にもそういった。「エアロンを息子として迎えるだけなのよ」

ドリー・ウィンスロップは、夫とともにそのうしろを歩いていた。このささやかな婚礼の行列はそれでおわりだった。

だが行列に注がれている目はたくさんあった。プリシラ・ラミターはたまたま赤屋敷の玄関に馬車をつけ、父親といっしょにこの美しい情景を見ることができたので、とてもよろこんでいた。きょうはナンシーの相手をするために二人してやってきたのである。ゴッドフリーが、なにやら特別な用事があるということで、リザリーに出かけねばならなかったからだ。これは残念なことだった。さもなければ、ゴッドフリーもクラッケンソープさんやオズグッドさんのように、自身が虹屋に手配しておいた婚礼の宴に顔を出すこともできたのに。自分の身内にひどい目にあわされたあの機屋には当然関心があっただろうに。

「ナンシーがああいう子を見つけて、自分の手もとで育てられたら、ほんとうによかったのにねえ」とプリシラは馬車のなかで父親にいったのだった。「そうしたらわたしにも、羊や牛のほかに、世話してやれるものがいたわけだもの」

「そう、そうだねえ」とラミターさんはいった。「人間、年をとると、そうおもうよ。年寄りには、ものごとがなんでも暗く見えてなあ。身のまわりに若者の目というものが必要だな、この世が昔通りのものだと教えてくれる目がな」

ナンシーが、父親と姉を迎えにあらわれた。婚礼の列は、赤屋敷の前をすでに通りすぎ、村の貧しいひとびとの住むあたりにさしかかっていた。

ドリー・ウィンスロップは、家の前の肱掛け椅子にすわっているメイシーさんにいち早く目をとめた。そして年をとりすぎて婚礼の宴にも出られない自分に、前を通りすぎる婚礼の行列のなかからなにか挨拶があるだろうと、メイシーさんは心待ちにしているだろうとおもった。

「メイシーさんが、わたしらの挨拶をお待ちですよ」とドリーはいった。「前を通りすぎるとき、だれもなにもいわなんだら、気を悪くなさるで——リュウマチで苦しんでおられるからねえ」

そこで婚礼の行列はメイシーさんの前で止まり、みながメイシーさんと握手をした。かれはこの機会を待ちかねていて、口上までちゃんと用意していたのである。

「やあ、マーナー親方よ」とかれは、ひどく震える声でいった。「わしのいったことが、ほんとうになる日を待っておったで。おまえさんは、決して性悪な人間じゃないといったのは、このわしだがな、ご面相はよくなかったが。おまえさんの金貨が、いつかは戻るだろうと最初にいったのはこのわしだがな。それは当然だわな。この神聖な結婚式では、わしがアーメンを唱えたかったんだがのう、近ごろはトーキーがうまくやりおるで。おまえさんたちが、これからも悪運に見舞われぬよう祈っておるぞ」

虹屋の前の広場には、宴の客たちがつめかけていた。定められた時刻の一時間も前だというのに。こうして早くから集まっていれば、お楽しみの時間も伸びるというものだし。サイラス・マーナーの数奇な身の上を語るたのしみもたっぷりとある。なにしろあのご仁は、母なし子を実の親のように育てたから、己も幸せになったという結論も出たし。獣医までも、この結論を否定しなかった。逆に、こいつはおれがいいだしたことだ、おれに反対するものがいるなら申し出ろと挑むありさまだった。だが異を唱えるものはだれひとりいなかった。幸運に恵まれたものがいれば、それをいっしょに祝ってやるのは、近隣のものの務めだという虹屋のスネルさんの意見にはみんな賛同した。

花嫁たちの行列が近づいてくると、虹屋の広場で温かい歓声がわきあがった。べン・ウィンスロップ、その冗談はいつでも拍手喝采を浴びるおひとだが、この盛大なる歓迎をいまここで受けるほうが気分がよろしいとおもった。いったん採石場に戻って、一休みしてからここに戻ろうという算段をしていたのだが、そうする必要はないと踏んだのだった。

エピーは、おもってもみなかったような広い庭を作ってもらったし、ほかにもマーナーの増えた家族のために、地主のキャスさまが自前でいろいろと模様がえをしてくださった。マーナーとエピーが、新しい家に移るより採石場に住みつづけたいといったからだった。庭は、両側に石垣がめぐらされ、前面は出入りが自由な垣根になっていた。四人が打ち揃ってそこへ近づいていくと、さまざまな花が晴れやかにかれらを迎えてくれた。

「ああ、父さん」とエピーはいった。「わたしたちのお家って、なんてすてきなんだろう！　わたしたちほど幸せな家族って、どこにもいないね」

解説

冨田成子
（元甲子園大学教授）

〈作家について〉

『サイラス・マーナー』の作者ジョージ・エリオットは、一八一九年イングランド中部ウォリックシャー、ナニートンの名家、ニューディゲイト家の所領管理人を務めるロバート・エヴァンズとクリスティアナ夫妻の二女として生まれた。このような片田舎のおよそ文壇とは無縁の環境に育った彼女が、フリードリッヒ・シュトラウスやルードヴィヒ・フォイエルバッハによる当時最新の思想書を翻訳したり、伝統ある季刊誌『ウェストミンスター・レヴュー』の事実上の編集長を務めた後、活発な評論活動を経て、優れた小説を次々と世に出しヴィクトリア朝を代表する大作家となり得たのは何故だろうか。

メアリ・アン（エリオットの本名）は教育熱心な両親によって、九歳の時ナニートンの、一三歳の時コヴェントリーの寄宿学校に入学し、中産階級として可能な限りの教育を受けた。母の病のため一六歳で実家に帰って以降は、家事に忙殺されながらも、父の勤務先であるアーベリー・ホールの図書室の使用を許可され古典を読み漁るなど、知識の吸収に努めている。

ところで、エリオットの人生を概観する時、自己実現を追求していく過程の要所要所で、より広い世界へと導いてくれた人脈に恵まれた幸運を感じずにはいられない。彼女の知的発展に画期的に寄与したのは、時代の先端を行く自由な精神の友人たちである。

第一の転機となったのは、一八四一年父と共に移り住んだコヴェントリーでのチャールズ・ブレイ、チャールズ・ヘネルたち哲学者グループとの交流である。彼らは最先端の科学知識によって聖書を合理的に解釈し、伝統宗教に懐疑を抱く自由思想家であった。自由で開明的な彼らのサークルで思想と表現の訓練を受けた彼女は、先ずブレイの主宰する新聞『コヴェントリー・ヘラルド』でのエッセイや書評より執筆活動を始める。特筆すべきはシュトラウスの『イエスの生涯』の翻訳（一八四六）を出版し高く評価されたことだ。この仕事はもともとヘネルに依頼が舞い込んだのだが、難解なあまり友人たちが次々挫折する中で、彼女ひとりが二年をかけて成し遂げている。ひたむきな努力と高い資質がこの快挙の原動力だが、歴史に残る名著の翻訳という大きな仕事に遭遇したのは、ヘネルとの交流の賜物に他ならない。

この好評から第二の転機が訪れる。自由主義的な季刊誌『ウェストミンスター・レヴュー』を引き継いだジョン・チャップマンより編集業務を依頼され、ロンドンの出版街ストランドで働くこととなる。当時の女性編集者の常として名前は公表されなかったが、事実上の編集長として腕を振るった約二年半の間に、同誌のレベルは向上し評価を高めている。担当した新刊書の書評のために読破した国内外の書籍は約千冊と言われ、ここで育まれた思想と表現力、視野の広さは測り知れない。また、チャップマン邸で開かれる夜会《ソワレ》では、ディケンズ、カーライル、ナイチンゲール、マルクスなど内外の指導者や知識人と交わる機会が多く、最新の思想や学芸に触れることとなる。

この時に得た豊かな人脈から、一八五一年、哲学者で小説家のジョージ・ヘンリー・ルイスと知り合う。彼には既に妻子がいたが、不幸な結婚は事実上終わっていた。友情が愛へと進み、五四年七月、ゲーテの伝記執筆の取材にドイツへ赴くルイスに同行し、以後生涯のパートナーとして生活を共にすることとなる。ワイマールへ旅立つ直前、彼女はフォイエルバッハの『キリスト教の本質』を翻訳・出版しているが、

「人間関係を支配する原動力は愛である」と説く結婚観が、彼女を決断させた要因の一つかもしれない。

ルイスは現在では、作家ジョージ・エリオットを育てた存在として有名だが、当時は多彩な能力を発揮した時代の寵児だった。文学評論を手始めに、アマチュア俳優として活躍しつつ哲学、演劇批評、小説、戯曲、伝記を出版し、後半生には科学（博物学、生理学）で業績を挙げている。大学教育を受けず、独学で才能を磨き様々な分野で頭角を現わした。ルイスだけでなく、ヘネルやブレイなどコヴェントリーの友人たちもすべて独学で専門分野を研究し、独創的な著書を出版しており、如何にこの時代の中産階級に自助努力の精神が浸透していたか、が実感される。このように野心的で上昇志向の強いルイスの生き方は、エリオットにも多大の影響を与えたが、とりわけ創作活動への第一歩を踏み出させたことこそ、彼の最大の功績だろう。

一八五六年九月下旬に執筆開始した「エイモス・バートン師の悲運」が一一月に完成すると、ルイスは間髪を容れず翌日、親しい出版業者ジョン・ブラックウッドに「友人の作品」と称して推薦する。一読後、高く評価したブラックウッドは、早くも翌年一月『ブラックウッズ・マガジン』の巻頭に掲載しており、この連携の早さは驚くばかりだ。好評の波に乗り「ギルフィル氏の恋」、「ジャネットの悔悟」が相次ぎ連載される。この中編三作は『牧師たちの物語』として二巻本で五八年に出版され、ジョージ・エリオットという男性名が付された。女性の作品というだけで軽視された当時の文壇事情、更にエリオット自身の特殊な立場を考慮してのことである。翻訳・編集・評論という仕事があったため、三八歳という遅い作家デビューだが、文壇登場後のスピードには目を見張るものがある。第一作の原稿をどの出版社からも拒否されたシャーロット・ブロンテをはじめ、女性作家のほとんどが原稿が陽の目を見るまでに苦い失望を経験した中で、出版メディアでの人脈により、ジャーナリズムと文壇への道がスムースに開かれたエリオットは極めて幸運だった。

〈『サイラス・マーナー』について〉

『牧師たちの物語』の順調なデビューに続き、『アダム・ビード』(一八五九)、『フロス河の水車場』(一八六〇)が着々と書き上げられた。これら初期小説は全て彼女の故郷の田園を背景としており、記憶の中で温められた素材が郷愁という情念に醸成されて一気に小説への具体化に向けて噴出した観がある。どの作品も大変好評だったが、エリオット自身は同じ素材から脱却したいという思いが強く、一八六〇年、作風の新境地を求めてイタリアへの旅を決行する。フィレンツェで歴史物語の着想を得て、帰国後、『ロモラ』に取り組むが、構想がまとまらず難行する中で、突然「イングランド中部の昔風の村の生活を書きたい」(『書簡集』三巻三〇〇)という思いがインスピレィションのように閃く。こうして約六か月で書き上げたのが『サイラス・マーナー』(以下、『サイラス』と略記)である。『ロモラ』制作で一五世紀末フィレンツェを舞台とする歴史物語という初めてのジャンルに手こずり大層苦労したのは有名だが、『サイラス』の場合、彼女の熟知する世界を素材とした強みが生かされ、社会の全体像と個人の精細な心理描写というエリオットの本領がバランスよく発揮されて、小品ながら完成度の高い作品が生まれた。初期小説の最後を飾る名作だが、新しい女性像や結婚観など後期作品のテーマの萌芽が見られるのも興味深い。日本では大正十二年、『サイラス』がエリオットの小説としては最も早く全訳(梗概や抄訳ではなく)され、その後も新訳がたびたび出版されたため広く親しまれ知名度も高い。

〈主題について〉

神にも人間にも絶望し、故郷も過去も捨て、人間社会と絶縁するサイラスを救済したのは何か？　一九世紀初頭のイングランド農村という設定のもとで、「人間の孤独を救うものは何か？」という永遠のテーマが展開する。異郷の地で村人との接触を断ち、ひたすら機を織って得た金貨を眺めるのを唯一の愉しみとするサイラスの荒涼たる孤独が冒頭二章で淡々と綴られる。

金銭に執着し、ただ貯めるだけに熱心な人を守銭奴というが、サイラスには守銭奴に特有の非人間的な吝嗇《りんしょく》は全く見られない。金貨を貯めるのは、「その感触を愉しみ、輝きを目で愉しむため」、「金貨と交わるため」であり、彼が求めるのは触れ合いなのだ。「金貨は自分の親友」「渇きを癒してくれる存在」、「赤子のように愛しい」とあるように、彼にとって金貨はモノ以上の存在、金貨の形をした人間の代替物、握手する友なのだ。人間に絶望しコミュニティーから隔絶するサイラスだが、人間に背を向けつつ、人間を追い求めずにはいられない。使い慣れた茶色の壺への愛着など具体的なエピソードを挙げて、語り手は絆を求めずにいられないサイラスの痛々しい孤独を語るが、二章の終盤に「彼より賢い者であろうと、信頼と愛情を断ち切られたら、同じような道をたどるだろう」と一般論で述べ、これは彼だけのことではなく、もし同様の立場になれば、誰しも同じような状況に陥るだろうと示唆する。サイラスはいわば、ひとしく孤独の苦しみを抱え持つ人間全ての代表なのだ。

こうして、人間の孤立を救うものは何か、という普遍的根源的なテーマが、当時流行の田園小説《パストラル・ロマンス》の枠組の中で追求され、愛の思想が寓話風に称揚される。この作品が書かれた社会的背景を見てみよう。

〈神なき時代〉

一九世紀は科学の世紀と言われ、科学の目覚ましい発展により新しい学説が相次ぎ発表され衝撃を与えた。チャールズ・ライエルの『地質学原理』（一八三〇～三三）、ダーウィンの『種の起源』（一八五九）など地質学、人類学部門の新説は、「天地創造」をはじめ聖書の非理性的、超自然的な矛盾を炙り出した。特に観察と実験によるデータを根拠とするダーウィンの理論は強い説得力があり、聖書の神話性を徹底的に破壊したので、進歩的知識人層にキリスト教への懐疑が渦巻き、離反が起こる。混迷に揺らぐ当時、神に代わって何を指針として生きるべきか、が切実な問題であった。神の喪失は人々を不安に陥れたが、同時に強力な権威から解放されたため、自我が目覚ましく増長することとなる。こうして、自我を持つ人間に避けられない他者との闘争が起こり、その結果の精神の荒廃、疎外、孤独は一九世紀後半の作家たちに共通の切実な課題となった。エリオットも創作の重要な主題として自と他を結ぶものを半生かけて追求している。

エリオットは二二歳まで厳格な福音主義者だったが、先述したブレイのサークルで、聖書を合理的客観的に解釈する高等批評に触れ、宗教観が一変する。伝統宗教の不合理な神秘性や形式的な教義を拒否し、教会へ行くのを一時止めてしまうが、棄教とはいえ「愛と思いやり」というキリスト教の根本精神を棄てたわけではない。懐疑を経由してキリスト教を再解釈した彼女は、「神は人間すべてを愛する。人間を救うのは愛である」と説くフォイエルバッハの愛の思想に共感し、最終的には人類そのものを崇拝するオーギュスト・コントの人道教《レリジョン・オブ・ヒューマニティー》に到達する。

伝統宗教への痛烈な批判と共にこの愛の思想が、ランタン・ヤードとラヴィローの教会の対照的なあり方に反映している。サイラスにとって「地上における神の王国」であったランタン・ヤードは、すべてが厳しい戒律中心に動くキリスト教の浸透した世界だ。聖書についての言及も多いが、そのほとんどに懐疑的否定的なニュアンスが濃い。例えば御神籤のエピソードは、「くじは膝に投げられたが、そのすべての決定は神から来る」(『箴言』一六章三三節)の風刺であり、理性を欠いた神秘主義、神への服従を強制する教条主義への非難がこめられている。形式だけの儀式や教義を第一義に掲げ、根本的な救済の精神を忘れたランタン・ヤードの宗教の腐敗には、非国教派への風刺が明らかだろう。

一方、ラヴィロー村には大きな教会はあるが、人々は信仰にルーズで教義に縛られず、礼拝の時間に居酒屋へ寄る者すらいる。だが、この一見信仰心の薄い田園にこそ、キリスト教の本質である愛と哀れみの精神が大らかに実践されていた。金貨の盗難事件を契機に村人たちにサイラスへの同情が湧きあがり慰めと励ましが始まる。サイラスは金貨を失うことにより、多くの友を得たのだ。更にエピーの養育をめぐって主婦たちが助言や支援を惜しまない。

物語の前半を読んだブラックウッドが「少し陰気ではないか」(『書簡集』三巻三八二)と感想を述べたところ、エリオットは「この作品は純粋で自然な人間関係の持つ救済力に光を当てたものなので、全体としてみると少しも悲しい物語ではありません」と答えている。ドリーたちの素朴な優しさがサイラスの心を開き血の通った交流が生まれる過程は幸せな雰囲気に満ちており、ラヴィローは愛に結ばれた理想の場となっている。

〈作品の構成〉

『サイラス』は構造的に綿密に考慮されたサイラスの物語とゴッドフリーの物語から成る。第一部で、並行してそれぞれ独自に進展する二つの物語は、一三章の赤屋敷の舞踏会の場面で、サイラス、エピー、ゴッドフリー、ナンシーの主要人物が一堂に会し、モリーの死と孤児となったエピーの養育をどうするか、という前半の山場となる。この時にエピーを見捨てたゴッドフリーと、進んで養育を引き受けたサイラスの対照的な選択をターニング・ポイントとして、それ以降はそれぞれの行為の結果である応報のプロセスが繰り広げられる。二つのプロットは交互に登場し、時間の経過につれて対照的な結末に至るという因果応報の模様を織り上げていく。金貨とエピーをめぐる因果の展開は図式的なほど単純に具現され、愛の精神が称揚されるサイラスの物語には、要所要所で起こるサイラスの発作など神秘的な要素や象徴の要素が多く、寓意が明白でリアリズム風に読むと不自然な部分もある。
一方、ゴッドフリーの物語には農村に生きる人々が精細なリアリズムで描かれる。ラヴィローのような小村にも、ジェントリィ階級の地主、聖職者や医師といった中産階級上層部、小作人、織工、労働者の属する下層から成る階級社会が厳然とあり、人々の胸に秘める思いも多彩だ。『サイラス』が単純な勧善懲悪の道徳的寓話《モラル・フェイブル》に堕さず、共感と興味を喚起する作品となったのは、秘密に怯え悩むゴッドフリーや苦悩を抱えるナンシーなど詳細な心理描写による人物造型によるところが大きい。

〈結婚の実態——「家庭の天使」と新しい女たち〉

ゴッドフリーの物語で印象的なのは、コミュニティーの頂点に立つキャス家を覆う暗い影である。一家には勤勉・誠実といったヴィクトリア時代の道徳律が崩壊しており、家族間には暖かな心の交流も無く、父親は居酒屋に入り浸り、息子たちも働かず賭け事に明け暮れている。酒場女モリーとの秘密結婚の発覚を恐れるゴッドフリー、その兄の弱みに付け込み恐喝したり、挙句は盗みに至るダンスタン、といった腐敗ぶりだ。その中で存在感を発揮するのは、結婚をめぐって対照的な生き方を選ぶ三人の女性たちである。

ヴィクトリア朝、大英帝国の目覚ましい繁栄を支えたのは、主として中産階級の男性たちであり、その男性を支えたのは家庭を守る女性だとして、女性の内助の功を評価する風潮が強かった。家庭を安らぎの聖域と高め、「家庭の天使」という名のもとに良妻賢母が称えられる。しかし、社会通念が理想とするこのような家庭像は『サイラス』では影が薄い。むしろ既婚女性にとって極めて不平等だった当時の結婚制度の歪みがあちこちで仄見え、聖なる結びつきとされた結婚への懐疑の念が濃い。更に、サイラスとエピーのように血縁の絆ではなく心情で結ばれた親子・家族のあり方や、プリシラのように強い意志で独身を貫く例など、家父長社会の伝統的な結婚の在り方を超えた新しい家族・新しい結婚に光が当てられる。以下、ナンシー、プリシラ、エピーの家庭像と結婚観を見てみよう。

ナンシーの場合

キャス家の長男ゴッドフリーは、地主階級のラミター家の娘ナンシーとの結婚を「楽園」のように憧れている。しかし、秘密結婚という後ろ暗い罪の暴露を恐れて、卑劣な弟に恐喝されるまま、求婚に踏み切れない優柔不断な男だ。

ヴィクトリア朝の社会通念は、結婚の絆を神聖視して厳しい性的モラルを強要したが、男性に関して言えば、未婚・既婚・階級の如何を問わず、風紀の乱れがひどかった。激増する娼婦の存在を必要悪と認めたのを一例に、性規範における男女の格差《ダブル・スタンダード》は大きく、公認の一夫一婦制を逸脱する男性が多かったと言われる。一八世紀以降、正式の結婚制度が乱れ、秘密結婚、重婚、未成年の結婚などが激増している。野放し状態になっていた性の紊乱に歯止めを打つべく一七五三年、ハードウィック法が成立するが、その後も依然として秘密結婚をはじめ男性の放縦は続いている。特に裕福な男が貧しい労働者階級の女を誘惑し――見捨て――転落させるといったケースの増加は深刻な社会問題だったが、ゴッドフリーの場合もこの典型的な事例だ。

潔癖なピューリタン精神のもとで育ったナンシーは、キャス家に嫁ぐと、一家にはびこる放縦を一掃し、見違えるように清潔な家庭を作り上げる。夫ゴッドフリーも無為の生活から足を洗い、赤屋敷の当主として酪農や農場経営に勤しむ。こうして、「家庭の天使」の役割を見事に果たしたナンシーだが、幸せには程遠い。当時、女性は妻・母としての存在意義を重視されたが、一人の人間としての意義は希薄であった。

妻・主婦の務めを立派に果たした彼女は夫から敬愛され、近隣の評価も高い。しかし、直系子孫の相続によって維持される家父長制において、後継ぎたる子供の欠落は致命的であり、第一子の死産後、子供に恵まれない彼女の精神的苦悩は大きい。

プリシラの場合

一方、プリシラは結婚の実態を見据えた上で、「家庭の天使」になることを潔く放棄し、独自の生き方を貫いている。当時の時代精神の一環として、男性はあらゆる点で女性より優れていることが「自然の法則」として認められており、無力な女性は男性に庇護される代わりに服従と献身を要求され、制約や不公平に甘んじねばならなかった。しかし、こういった考え方は主として中産階級に根付くもので、上流階級はある程度この束縛から免れていた。小規模とはいえ父親が地主のプリシラは、男性優位のこの規範を一蹴している。男性に依存せねば生きていけない中産階級の女性と違って、地主の父を補佐して所領をしっかり切り盛りするプリシラには、結婚のささやかな幸せなど眼中にない。「わたしは男なんてどうでもいいけどね、（中略）〈勝手にせい〉氏が最良の夫だな、そういうやつにならら、おとなしく従ってやるわね」（一七七）と言う彼女にとって何より大切なのは物心両面における自由である。

この台詞の背後には、当時の既婚女性が婚姻法上、独立した人格がなく実に惨めな存在だったという実状がある。「夫婦一体」の概念のもとに、動産・不動産を問わず妻の財産はすべて、婚約の段階で夫のものとなる。また結婚後の相続権や金銭収入もやはり夫のものとなった。その他にも、自由の権利（夫が妻を監禁する権利は一八九一年まで存続）、子供の保護権利等が妻には無かった。財産権の喪失に関しては、階級の如何を問わず実施されるので、プリシラとて結婚すれば経済力に関しては無力になる。

多くの女性を苦しめたこの悪法は、エリオットの親友バーバラ・ボディションたちの尽力の結果、妻が自分の収入のうち二百ポンドまで使用できる権利を認める財産法が一八七〇年に、完全管理権を認める財産法が一八八二年に成立する。一八九〇年代、イギリス小説には「家庭の天使」を拒否し、自己の求める生き方と結婚を実行する新しいタイプのヒロインが登場して独身主義を貫いたり、従来の結婚制度の枠を超えた男女の自由な結びつきを実践している。時代の規範を見限るプリシラの台詞は赤屋敷の宴会の際の発言なので一九世紀初頭と推定され、一八九〇年代の女たちに先駆ける極めて進んだ存在だったと言えるだろう。

エピーの場合

これに対してエピーはどうだろうか。実の父に捨てられた幼な子と、親友と婚約者から裏切られたサイラスとの、虐げられた弱者同士の再生、血の繋がりのない親子を結ぶ完璧な愛は非現実的なほど美しく昇華される。第一部において、寓話世界・聖書世界の「天使」として語られるエピーは、生身の人間らしさが希薄である。しかし、第二部では、ゴッドフリーからの養女の申し出、労働者エアロンとの結婚といった重大な選択に当たって、自己の意志を貫く芯の強い女性として印象的だ。階級と権力への上昇志向はヴィクトリア人の常だが、彼女は裕福な実の父よりも織工の養父サイラスとの絆を選び、レディーへの道を拒否する。彼女以外に相続人のいないキャス家は断絶することになるため、この否定は単にゴッドフリー個人だけではなく、家父長制度をも否定しコミュニティーの秩序に反旗を翻す勇気ある行為だろう。

更に、エピーが目指す家庭は、通例の結婚の絆を超えるはるかに豊かな人間関係に基づくものである。第二部の幕開けとなる一六章に、サイラス、エピー、エアロンが庭づくりを計画する楽しい場面がある。ヴィクトリア朝小説の慣例では「庭づくり」は家庭という愛の絆を示唆するとされており、エピーの場合も、愛で結ばれた三人の豊かな家庭づくりが暗示される。結婚はエピーとエアロンの結びつきだけではなく、サイラスにエアロンという息子が増えるというプラス志向のものなのだ。

〈エリオットと結婚〉

エリオット自身の結婚は当時としてはかなり異色である。ルイスとの生活は彼が亡くなる一八七八年まで続くが、彼の離婚が法律上不可能だったため、正式な結婚はできなかった。兄への手紙には、自分たちの結婚は合法的ではないけれども、愛に基づく聖なる絆によって結ばれたものです、と力強く報告している。しかし、社会規範に反するとして兄姉からは最晩年まで義絶され、ブレイやチャップマンなどを除いて友人・知人からも絶縁されるという社会的制裁を受けることとなった。世間は男性には寛容でルイスの社会復帰は早かったが、彼女は厳しく拒絶され、社交が一切途絶えた。『牧師たちの物語』など初期の作品は、こういったルイス不在の時間に執筆されている。孤独のサイラスが織機に打ち込んだように、創作に没頭することこそ、社会的疎外の不安を癒す最たるものだったのではないだろうか。彼女の社会復帰は一八六四〜六七年頃と推定される。プライオリーの私邸には知識人や熱狂的な崇拝者が集って彼女の言葉を謹聴し、王室関係のディナーに二人揃って招待されるほどとなった。小説家としての名声と真摯な作風が、頑ななヴィクトリア社会を納得させたと言える。二〇年にわたって生活を共にしたルイスの逝去に、エリオットの打撃は大きく、一八七九年の日記は「われここに悲しみと共に坐す」（『ジョン王』三幕一場三）より始まり、心身ともに不調の記載が続く。再生への道を開いたのは、かねてより家族ぐるみで親交の厚かった銀行家ジョン・ウォルター・クロスであった。彼もまた最愛の母を亡くしたばかりであり、ともに喪失の悲しみを分かち合う。ダンテの『地獄篇』と『煉獄篇』を一緒に読む一年を経るうちに「この聖なる詩人が私たちを新しい世界へと導いてくれた。人生が新たによみがえった」（クロス編『ジョージ・エリオット伝』三巻三五九）のである。

結婚を決意したのが四月九日、翌一〇日にはチェルシーへ新居を見に行っており、新生活にかけるエリオットの熱意が感じられる。プライオリーの豪邸、サリー州の広大な別荘を持ちながら、更にチェルシーに美しい新居を購入しての再出発。二一歳年下という点を考えただけで、普通なら決意する勇気もないだろうが、ルイスの死より一年半後の一八八〇年五月六日に結婚、その日のうちに新婚旅行へと旅立つ。旅先のヴェローナから親友のバーバラ・ボディションに宛てた「新たに始まった人生を愉しみたい。孤独でいた時よりももっと素晴らしい、もっと愛情深い人間になりたい」(『書簡集』七巻二九一)の文言も前向きだ。残念ながら一〇月以降持病の腎臓発作が続き、新居での生活も短期間しか享受できずに一二月二二日逝去する。名声も富もリスペクタビリティーも得た上でなお、充実した人生を希求するエリオットのヴァイタリティーには脱帽せざるを得ない。

〈もう一つの魅力〉

〈作品の構成〉で先述したように、この作品はサイラスの物語とゴッドフリーの物語が交互に登場するので、章ごとに場面が切り替わり、まるで映画を見ているように因果応報のストーリーが展開する。その合間に大勢の村人がにぎやかに集合する場面(六章と七章で虹屋、一一章と一三章で赤屋敷の宴会)が登場し、活気ある変化とドラマティックな迫力が生まれている。

特に赤屋敷での舞踏会のシーンは、華やかな絵巻を見るようだ。一向に求婚しないゴッドフリーの真意を測りかねて憂いを湛えたナンシーのクローズ・アップから始まる一一章は、ご婦人がたの華やかな衣裳や装飾品、大盤振舞いのご馳走を前にダンスに興じる地主や牧師たち、それを賑やかに品評する村人たちの、年に一度の大宴会を愉しむ様子が陽気に繰り広げられる。しかし、一二章では一転して雪の中を放浪するモリーとエピーへと場面は変わり、映画のクロス・カッティング手法のように、同時進行の二つの場面を交互に繋いでサスペンス効果を高めている。『サイラス』はエリオットの小説の中で最も多く映画化されているが、それは原作のこういった豊かな視覚的イメージと場面展開の鮮やかさによるものだろう。

ことにサイレント映画が多く制作されたのは、明快な筋立てと並んで、エピーとサイラスの愛の物語が放つ穏やかな幸福感ゆえではないだろうか? 静かな田園に繰り広げられるストーリーは、エリオットの他の作品のように重厚な哲学的思考の展開も、選挙や暴動といった激しい波乱もなく、素朴な温もりを湛えている。『サイラス』はエリオットの生涯の中で最も安らかな境地で制作されたと言われるが、その心境が作品に反映している。

ルイスと法律婚の妻アグネスとの長男チャールズとの同居生活が始まったのは、『サイラス』執筆の三ヶ月前のことである。四一歳にして一八歳になった息子を育てる体験はエリオットには新鮮で楽しかったようだ。二男ソーントン、三男ハーバートは海外に活路を求めたため、共に暮らすことはなかったが、エリオットを慕い交流を続けている。「人生も晩年になって、彼女と息子たちの間の完璧な愛を見ることは、最高の幸せです。私は長年、家庭生活に縁がなかったのですが、今は滅多にない程、家庭の幸せに恵まれています」(『書簡集』三巻四二一)とのルイスの文言からも、血縁ではないが、互いを思いやる愛に包まれた幸せな親子関係がほうふつと浮かぶ。この間の体験と心境がサイラスとエピーの愛に投影していることは否定できないだろう。

後年、ある婦人から「ルイスはメアリアン・エヴァンズを愛したから、妻のもとを去ったのか」と聞かれたチャールズは、「邪推だ」ときっぱり否定し、「ジョージ・エリオットは崩壊した家庭を素晴らしい生活へと変えてくれた。母親の無い哀れなわれわれ兄弟に彼女がどれほど尽力してくれたか、誰にも分からないでしょう」と言っている。当時の不完全、不平等な婚姻法の壁に阻まれて、正式な結婚は不可能だったが、最後まで愛を貫き、ルイスと義理の息子たちと深い絆を結んで、ルイス家の崩壊した家庭を立て直し、新しい家族の在り方を実践している。

結婚を聖なる結びつき、家庭を聖なる場とした当時の単純な通念に、エリオットはかなり懐疑的である。従来の小説のようにめでたしめでたしと結婚で物語を締めくくる楽観性は彼女にはない（寓意の要素の濃い『サイラス』は例外だが）。結婚という最も基本的で最も密接な関係には自我の闘争が不可欠であり、男女の生々しい喜怒哀楽はむしろ結婚後にこそ始まることを無視できなかったのである。ジェイン・オースティンの小説をはじめ、当時大半の小説が夫探しのプロセスをテーマとし、結婚というハッピー・エンディングで締めくくるのが定石だったが、エリオットの場合はむしろ結婚後に光を当てた点を注目すべきだろう。こうして、『ロモラ』、『急進主義者フィーリクス・ホルト』、『ミドルマーチ』、『ダニエル・デロンダ』の後期四小説は、ヒロインが「夫婦の自我の葛藤」という試練を経て自己の狭さより脱し、愛の精神に開眼する形成の歩みが追求される。

〈参考文献〉

Altick, Richard D. *Victorian People and Ideas*. W.W.Norton & Company,1973.

Brown, Julia Prewitt. *A Reader's Guide to the Nineteenth-Century English Novel*. New York: Macmillan, 1985.

Willey, Basil. *Nineteenth Century Studies*. London:Chatto & Windus, 1955.

Williams, Merryn. *Women in the English Novel, 1800-1900*. Macmillan, 1984.

松村昌家・川本静子・長島伸一・村岡健次編『民衆の文化誌（英国文化の世紀 4）』（研究社出版、一九九六）

松村昌家・川本静子・長島伸一・村岡健次編『女王陛下の時代（英国文化の世紀 3）』（研究社出版、一九九六）

冨田成子『ジョージ・エリオットと出版文化』（南雲堂、二〇一一）

ジョージ・エリオット年譜

一八一九年
一一月二二日、イングランド、ウォリックシャー、ナニートンの名家ニューディゲイト家の所領管理人ロバート・エヴァンズとクリスティアナの二女として生まれる。

一八二八年　九歳
ナニートンのウォリントン夫人の寄宿学校に入学。女性教師のマライア・ルイスより福音主義の薫陶を受ける。

一八三二年　一三歳
コヴェントリーのフランクリン姉妹の寄宿学校に入学。

一八三五年　一六歳
母の病のため学校をやめて実家に戻る。

一八三六年　一七歳
二月、母クリスティアナ死去。

一八三七年　一八歳
五月、姉クリスティアナ結婚。家事の切り盛り（チーズ造りなども）をしつつ、イタリア語、フランス語、ドイツ語を学ぶ。六月、ヴィクトリア女王即位。

一八四一年　二二歳
三月、父と共にコヴェントリーに移転。

一一月、チャールズ・ブレイ夫妻、チャールズ・ヘネル等と知り合い、宗教観が一変する。

一八四二年　二三歳
一～四月、教会へ行くことを拒否。

一八四四年　二五歳
一月、シュトラウス著『イエスの生涯』の翻訳を引き継ぐ。

一八四六年　二七歳
六月、翻訳『イエスの生涯』が匿名で出版される。

一八四九年　三〇歳
五月、父ロバート死去。六月ブレイ夫妻と共にフランス、イタリア、スイスを旅する。七月、彼女のみジュネーヴに残り、ジュネーヴ大学で聴講（翌年三月まで）。

一八五一年　三二歳
九月、ジョン・チャップマンに依頼され、『ウェストミンスター・レヴュー』の編集に携わることになる。一〇月、ハーバート・スペンサー、ジョージ・ヘンリー・ルイスと知り合う。

一八五三年　三四歳
一〇月、ルイスとの親密な交際が始まる。一二月、『ウェストミンスター・レヴュー』の編集から退く。

一八五四年　三五歳
七月、フォイエルバッハ著『キリスト教の本質』の翻訳が実名で出版される。同月、ゲーテ伝の取材をするルイスに同行してドイツへ旅立つ。一一月までワイマールに、その後、翌年三月までベルリンに滞在し、最新のドイツの文芸と思想に関する評論を多数執筆。

一八五五年　三六歳

三月、帰国。フリーの評論家として精力的な活動を続ける。一〇月、ルイスの『ゲーテの生涯と作品』が出版され、高い評価を得る。

一八五六年　三七歳

五〜六月、ルイスの水生生物研究に同行してイルフラクームに滞在。

九月二三日「エイモス・バートン師の悲運」執筆開始。一一月五日、完成。

一八五七年　三八歳

一月より「エイモス」が月刊誌『ブラックウッズ・マガジン』に連載。引き続き「ギルフィル氏の恋」と「ジャネットの悔悟」が同誌に連載。三〜七月、ルイスの水生生物研究に伴い、シリー諸島とジャージー島に滞在。

一八五八年　三九歳

一月、『牧師たちの物語』二巻本で出版。二月、ルイスの『海辺の研究』出版。

一八五九年　四〇歳

二月、『アダム・ビード』三巻本で出版。高く評価され、商業的にも大成功を収める。三月、姉が死去。六月、これまで伏せていた身元の公表を決意。

六月、ダーウィン『種の起源』出版。

一八六〇年　四一歳

三月、創作の新境地を求めてイタリアへ旅立つ。フィレンツェにて歴史物語の着想を得る（七月一日帰国）。四月、『フロス河の水車場』三巻本で出版。
九月、『サイラス・マーナー』執筆開始。

一八六一年　四二歳
四月、『サイラス・マーナー』出版。
四月一九日、『ロモラ』取材のため、再度フィレンツェへ向かう（六月半ば帰国）。一〇月、『ロモラ』執筆開始。

一八六二年　四三歳
七月、『ロモラ』が月刊誌『コーンヒル・マガジン』に連載開始。

一八六三年　四四歳
七月、『ロモラ』三巻本で出版。

一八六四年　四五歳
五月、ルイスとイタリアへ旅行。帰国後、詩劇『スペインのジプシー』を執筆開始。

一八六五年　四六歳
二月、『スペインのジプシー』の執筆に行き詰まり、一時保留。三月、『急進主義者フィーリクス・ホルト』を執筆開始。

一八六六年　四七歳
六月、『フィーリクス・ホルト』三巻本で出版。

一八六七年　四八歳
一月、ルイスとスペインへ取材旅行。

一八六八年　四九歳
五月、『スペインのジプシー』出版。

一八六九年　五〇歳
三月、ルイスとイタリアへ。ローマ滞在中にジョン・ウォルター・クロスを紹介される。八月、『ミドルマーチ』執筆開始。

一八七〇年　五一歳

一二月、『ミス・ブルック』を『ミドルマーチ』と合体の上、分冊刊行に決定（貸本システムへの対抗策として、八部に分けて出版）。

一八七一年　五二歳

一二月、『ミドルマーチ』第一部出版。

一八七二年　五三歳

一二月、『ミドルマーチ』第八部出版。さらに四巻本も出版。高く評価され商業的にも成功する。

一八七四年　五五歳

二月、腎臓結石の発作が初めて起こる。以後、持病となり、度々苦しむことになる。六月、『ダニエル・デロンダ』執筆開始。

一八七六年　五七歳

二〜九月、『ダニエル・デロンダ』分冊出版。

一八七七年　五八歳

一〇月、『ダニエル・デロンダ』一巻本で出版。

一八七八年　五九歳

一一月三〇日、ルイス死去。喪に服して、ひたすらルイスの遺稿『生命と精神の諸問題』の整理に没頭する。一二月九日、クロスの母死去。

一八七九年　六〇歳

二月二八日、ルイスの死後、初めてクロスと会う。五月、『テオフラストス・サッチの印象』出版。

一八八〇年　六一歳

五月六日、クロスと結婚。フランス、イタリア、ドイツへ新婚旅行。五月一七日、兄アイザックより、結婚祝いの手紙が届く。一〇月半ば、腎臓に激痛。一二月、チェルシーの新居に移転。同月二二日、死去。同月二九日、ハイゲイト墓地に埋葬。

訳者あとがき

わたしが、「サイラス・マーナー」に出会ったのは、本当に昔々のことでした。戦争が終わって数年、疎開先だった地方の町で高校生になったわたしは、大学受験のために町の英語塾に通っておりました。そこで一冊のテキストを渡され、それが「サイラス・マーナー」だったのです。

むろん高校生向きに優しく書き直された文章、しかもこの物語の前半の部分で、サイラスが失意のひとになるまでの物語でした。機《はた》に向かうサイラスの暗い表紙絵とともに、このときサイラス・マーナーは金貨を愛でる守銭奴というイメージが、くっきりとわたしの脳裏に刻みつけられてしまいました。高校時代の英語の時間に「サイラス・マーナー」を副読本（サブリーダー）として読んだという同世代のひとたちもいて、「サイラス・マーナー、ああ、あの守銭奴の話ね」と話し合ったものです。

そして大学に入って、ジョージ・エリオットという偉大な作家を知り、その名作の

ひとつである *The Mill on the Floss*（「フロス河の水車場」）の魅力に触れ、深い感動を味わうことができました。ですが、このころも、わたしが「サイラス・マーナー」の原書に触れることはありませんでした。

ところが数年前のことです。わたしは、アメリカの現代小説（ガブリエル・ゼヴィン著 *The Storied Life of A.J.Fikry*『書店主フィクリーのものがたり』早川書房）の翻訳を手がけることになりました。原作を読むうちに、この作品の登場人物が、好きな小説のひとつとして「サイラス・マーナー」をあげているのを発見したのです。こうしてとうとうわたしは、あの「サイラス・マーナー」を読みました。

読み終えると、わたしの脳裏にしみついていた暗いイメージはたちまち払拭されました。信心深い純真な機織りの若ものが、友にも恋人にも裏切られ、その信仰心もゆらいで、傷心のうちに故郷の町を捨てる。そしてラヴィローという小さな村にたどりついた若ものは、そこで巣を紡ぐ蜘蛛のように、ただひたすら機を織りつづける。そんな若ものに、ふたたび襲いかかる災難。やがて訪れる神の恵み。村人たちをまきこむそのドラマチックな展開に、わたしは息を呑み、激しい感動と興奮をおぼえたのでした。

マーナーにかかわっていくさまざまなひとびとを、作者は、鋭い目と繊細な愛情をもって描き出しています。読みおわったわたしは、この物語の素晴らしい魅力を、いまのひとたちにもぜひとも伝えたいと、強く感じたのです。このたび、その機会をあたえられた幸せを、わたしはあらためて嚙みしめています。

翻訳にあたっては、原作の構文がたいそう長く、改行が極端に少ないこともあり、読者が読みやすいようにと適宜改行したことをお断りしておきます。

また第六章の、虹屋に集う村びとたちが使う方言の魅力を絶賛する評者もいるようですが、訳者にとって、この方言の翻訳は不可能というもの。できるかぎり村びとたちの雰囲気を伝えるように努めました。

夏目漱石は、英国留学から帰ったおりに、オースチンやブロンテなどの作品とともに、エリオットの「サイラス・マーナー」も持ち帰り、東京帝国大学の講義のテキストに使ったといわれています。漱石に師事した厨川白村が、かかる傑作の邦訳がないことを嘆き、弟子の今泉浦治郎に翻訳をすすめたといいます。一九二三年に今泉浦治郎訳『サイラス・マアナ』が警醒社書店から刊行されており、古風な文体ながら、丁寧な注釈も添えられ、貴重な書といえましょう。同年には、飯田敏雄訳『サイラス・マアナー』（新潮社）が、一九四六年には豊田実、水之江有義訳『サイラス・マアナア』（愛育社）、一九四七年には土井治訳（新月社→岩波書店）、一九五五年には工藤好美、淀川郁子訳（河出書房→文泉堂出版）などが刊行されております。これら先達の訳業にあらためて敬意を表したいと思います。

翻訳の底本としては、一九八〇年オックスフォード大学出版部刊行のオックスフォード・ワールド・クラシックス・ペーパーバック版（二〇一七年）を使いました。

本書刊行にあたり、まことに貴重なるご助言を賜った編集部の中町俊伸氏、そして大橋由香子氏に心より感謝を捧げたいと思います。

二〇一九年八月

小尾芙佐

kobunsha classics
光文社古典新訳文庫

サイラス・マーナー

著者　ジョージ・エリオット
訳者　小尾芙佐《おびふさ》

2019年9月20日　初版第1刷発行

発行者　田邉浩司
印刷　新藤慶昌堂
製本　ナショナル製本

発行所　株式会社光文社
〒112-8011東京都文京区音羽1-16-6
電話　03（5395）8162（編集部）
03（5395）8116（書籍販売部）
03（5395）8125（業務部）
www.kobunsha.com

落丁本・乱丁本は業務部へご連絡くだされば、お取り替えいたします。
ISBN978-4-334-75410-5 Printed in Japan

いま、息をしている言葉で、もういちど古典を

長い年月をかけて世界中で読み継がれてきたのが古典です。奥の深い味わいある作品ばかりがそろっており、この「古典の森」に分け入ることは人生のもっとも大きな喜びであることに異論のある人はいないはずです。しかしながら、こんなに豊饒で魅力に満ちた古典を、なぜわたしたちはこれほどまで疎んじてきたのでしょうか。

ひとつには古臭い教養主義からの逃走だったのかもしれません。真面目に文学や思想を論じることは、ある種の権威化であるという思いから、その呪縛から逃れるために、教養そのものを否定しすぎてしまったのではないでしょうか。

いま、時代は大きな転換期を迎えています。まれに見るスピードで歴史が動いていくのを多くの人々が実感していると思います。

こんな時わたしたちを支え、導いてくれるものが古典なのです。「いま、息をしている言葉で」――光文社の古典新訳文庫は、さまよえる現代人の心の奥底まで届くような言葉で、古典を現代に蘇らせることを意図して創刊されました。気取らず、自由に、心の赴くままに、気軽に手に取って楽しめる古典作品を、新訳という光のもとに読者に届けていくこと。それがこの文庫の使命だとわたしたちは考えています。

このシリーズについてのご意見、ご感想、ご要望をハガキ、手紙、メール等で翻訳編集部までお寄せください。今後の企画の参考にさせていただきます。
メール　info@kotensinyaku.jp

光文社古典新訳文庫　好評既刊

ミドルマーチ1
ジョージ・エリオット
廣野由美子 訳

若くて美しいドロシアが、五十がらみの陰気な牧師と婚約したことに周囲は驚くが……。個人の心情をつぶさに描き、壮大な社会絵巻として完成させた「偉大な英国小説」第1位！

ジェイン・エア（上・下）
C・ブロンテ
小尾芙佐 訳

両親を亡くしたジェイン・エア。寄宿学校で八年間を過ごした後、自立を決意。家庭教師として出向いた館でロチェスターと出会うのだった。運命の扉が開かれる—。（解説・小林章夫）

高慢と偏見（上・下）
オースティン
小尾芙佐 訳

高慢で鼻持ちならぬと思っていた相手からの屈折した求愛と、やがて変化する彼への感情。恋のすれ違いを笑いと皮肉たっぷりに描く英国文学の傑作。躍動感あふれる明快な決定訳。

嵐が丘（上・下）
E・ブロンテ
小野寺健 訳

荒野に建つ屋敷「嵐が丘」の主人に拾われた少年ヒースクリフ。屋敷の娘キャサリンと愛し合いながらも、身分の違いから結ばれず、ヒースクリフは復讐の念にとりつかれていく。

フランケンシュタイン
シェリー
小林章夫 訳

天才科学者フランケンシュタインによって生命を与えられた怪物は、人間の理解と愛を求めるが、醜悪な姿ゆえに疎外され……。これまでの作品イメージを一変させる新訳！

★続刊

とはずがたり　後深草院二条／佐々木和歌子・訳

十四歳で後深草院の後宮に入り寵愛を受ける二条。自意識高い美人で宮廷のアイドル的存在となった彼女が、誰にも見られぬ場所で愛欲の生活と出家後の旅の記録を綴った日本中世の日記・紀行文。二条の魅力がより身近に感じられる新訳。

勇気の赤い勲章　スティーヴン・クレイン／藤井 光・訳

勇敢に戦いたいという熱意から志願して従軍したヘンリーは、停滞している戦況に苛立ちを覚えるものの、戦闘が始まるや、その苛烈さに怯えて隊を逃亡する……。戦場における一兵卒の心理と成長をリアルに描いたアメリカ文学の記念碑的小説。

憲政の本義、その有終の美　吉野作造／山田博雄・訳

主権の所在をあえて問わない人民のための政治、いわゆる「民本主義」を唱道した吉野作造の代表作。当時の藩閥政治を批判し、国家の根本である憲法の本来的な意義を考察するとともに、立憲政治にむけて国民一般の「知徳」が重要だと説く。